老殘遊記

清．劉鶚 著

五南圖書出版公司 印行

作者小傳

君名鶚，生而敏異，年未逾冠，已能傳其先德子恕觀察（成忠）之學，精疇人術，尤長於治河。顧放曠不守繩墨，而不廢讀書。……光緒戊子（一八八八），河決鄭州。君慨然欲有以自試，以同知往投效於吳恆軒中丞。中丞與語，奇之，頗用其說。君則短衣匹馬，與徒役雜作，凡同僚所畏殫不能為之事，悉任之。聲譽乃大起。河決既塞，中丞欲表其功績，則讓與其兄渭清觀察（夢熊）而請歸讀書。……乃徵試於京師，以知府用。君於是慨然欲有所樹立。留都門者二年，謂扶衰振弊當從興造鐵路始，路成則實業可興，實業興而國富，國富然後庶政可得而理也。上書請築津鎮鐵路；當道頗為所動。事垂成，適張文襄公請修京鄂線，乃罷津鎮之議。……庚子（一九〇〇）之亂，剛毅奏君通洋，請明正典刑。以在滬上，幸免。……時君方受廩於歐人，服用豪侈。予亟以危行遠害規君。君雖韙之，不能改也。聯軍入都城，兩宮西幸，都人苦饑，道饉相望。君乃挾資入國門，議振卹。適太倉為俄軍所據，歐人不食米，君請於俄軍，以賤價盡得之，糶諸民，民賴以安。君平生所以惠於人者，實在此事。而數年後，柄臣某乃以私售倉粟罪君，致流新疆死矣。（羅振玉《五十日夢痕錄・劉鐵雲傳》）

目錄

老殘遊記初編

老殘遊記二編

老殘遊記外編

初編　自序

鴻都百鍊生

嬰兒墮地，其泣也呱呱；又其老死，家人環繞，其哭也嚎啕。然則哭泣也者，固人之所以成始成終也。其間人品之高下，以其哭泣之多寡為衡。蓋哭泣者，靈性之現象也，有一分靈性即有一分哭泣，而際遇之順逆不與焉。

馬與牛，終歲勤苦，食不過芻秣，與鞭策相終始，可謂辛苦矣，然不知哭泣，靈性缺也。猿猴之為物，跳擲於深林，厭飽乎梨栗，至逸樂也，而善啼；啼者，猿猴之哭泣也。故博物家云：「猿猴，動物中性最近人者，以其有靈性也。」古詩云：「巴東三峽巫峽長，猿啼三聲斷人腸。」其感情為何如矣！

靈性生感情，感情生哭泣。哭泣計有兩類：一為有力類，一為無力類。癡兒騃女，失果則啼，遺簪亦泣，此為無力類之哭泣。城崩杞婦之哭，竹染湘妃之淚，此有力類之哭泣也。有力類之哭泣又分兩種：以哭泣為哭泣者，其力尚弱；不以哭泣為哭泣者，其力甚勁，其行乃彌遠也。

「離騷」為屈大夫之哭泣，「莊子」為蒙叟之哭泣，「史記」為太史公之哭泣，「草堂詩集」為杜工部之哭泣；李後主以詞哭，八大山人以畫哭；王實甫寄哭泣於「西廂」，曹雪芹寄哭泣於「紅樓夢」。王之言曰：「別恨離愁，滿肺腑，難陶洩，除紙筆，代喉舌，我千種相思向誰說？」曹之言曰：「滿紙荒唐言，一把辛酸淚；都云作者癡，誰解其中意？」名其茶曰「千芳一窟」，名其酒曰「萬豔同杯」者：千芳一哭，萬豔同悲也。

吾人生今之時，有身世之感情，有家國之感情，有社會之感情，有種教之感情。其感情愈深者，其哭泣愈痛：此鴻都百鍊生所以有「老殘遊記」之作也。

棋局已殘，吾人將老，欲不哭泣也得乎？吾知海內千芳，人間萬豔，必有與吾同哭同悲者焉！

第一回　土不制水歷年成患　風能鼓浪到處可危

話說山東登州府東門外有一座大山，名叫蓬萊山。山上有個閣子，名叫蓬萊閣。這閣造得畫棟飛雲，珠簾捲雨，十分壯麗。西面看城中人戶，煙雨萬家；東面看海上波濤，崢嶸千里。所以城中人士往往於下午攜尊挈酒在閣中住宿，準備次日天未明時，看海中出日，習以為常。這且不表。

卻說那年有個遊客，名叫老殘。此人原姓鐵，單名一個英字，號補殘；因慕懶殘和尚煨芋的故事，遂取這「殘」字做號。大家因他為人頗不討厭，契重他的意思，都叫他老殘，不知不覺，這「老殘」二字便成了個別號了。他年紀不過三十多歲，原是江南人氏。當年也曾讀過幾句詩書，因八股文章做得不通，所以學也未曾進得一個，教書沒人要他，學生意又嫌歲數大，不中用了。其先他的父親原也是個三四品的官，因性情迂拙，不會要錢，所以做了二十年實缺，回家仍是賣了袍褂做的盤川。你想，可有餘資給他兒子應用呢？

這老殘既無祖業可守，又無行當可做，自然「飢寒」二字漸漸的相逼來了。正在無可如何，可巧天不絕人，來了一個搖串鈴的道士，說是曾受異人傳授，能治百病，街上人找他治病，百治百效。所以這老殘就拜他為師，學了幾個口訣，從此也就搖個串鈴，替人治病餬口去了，奔走江湖近二十年。

這年剛剛走到山東古千乘地方，有個大戶，姓黃，名叫瑞和，害了一個奇病：渾身潰爛，每年總要潰幾個窟窿，今年治好這個，明年別處又潰幾個窟窿，經歷多年，沒有人能治得。這病每發都在夏天，一過秋分，就不要緊了。那年春天，剛剛老殘走到此地，黃大戶家管事的，問他可有法子治這個病。他說：「法子儘有，只是你們未必依我去做。今年權且略施小技，試試我的手段。若要此病永遠不發，也沒有什麼難處，只須依著古人方法，那是百發百中的。別的病是神農、黃帝傳下來的方法，只有此病是大禹傳下來的方法。後來唐朝有個王景得了這個傳授，以後就沒有人知道此方法了。今日奇緣，在下倒也懂得些個。」

於是黃大戶家遂留老殘住下替他治病。卻說真也奇怪，這年雖然小有潰爛，卻是一個窟窿也沒有出過。為此，黃大戶家甚為喜歡。看看秋分已過，病勢今年是不要緊的了。大家因為黃大戶不出窟窿，是十多年來沒有的事，異常快活，就叫了個戲班子，唱了三天謝神的戲；又在西花廳上，搭了一座菊花假山，今日開筵，明朝設席，鬧的十分暢快。

這日，老殘吃過午飯，因多喝了兩杯酒，覺得身子有些困倦，就跑到自己房裡一張睡榻上躺下，歇息歇息。才閉了眼睛，看外邊就走進兩個人來：一個叫文章伯，一個叫德慧生。這兩人本是老殘的至友，一齊說道：「這麼長天大日的，老殘，你蹲在家裡做甚？」老殘連忙起身讓坐，說：「我因為這兩天困於酒食，覺得怪膩的慌。」二人道：「我們現在要往登州府去，訪蓬萊閣的勝景，因此特來約你。車子已替你雇了。你趕緊收拾行李，就此動身罷。」老殘行李本不甚多，不過古書數卷，儀器幾件，收檢也極容易，頃刻之間便上了車。無非風餐露宿，不久便到了登州，就在蓬萊閣下覓了兩間客房，大家住下，也就玩賞玩賞海市的虛情，蜃樓的幻相。

次日，老殘向文、德二公說道：「人人都說日出好看，我們今夜何妨不睡，看一看日出，何如？」二人說道：「老兄有此清興，弟等一定奉陪。」秋天雖是晝夜停勻時候，究竟日出日入，有蒙氣傳光，還覺得夜是短的。三人開了兩瓶酒，取出攜來的肴饌，一面吃酒，一面談心，不知不覺，那東方已漸漸發大光明了。其實離日出尚遠，這就是蒙氣傳光的道理。三人又略談片刻。德慧生道：「此刻也差不多是時候了，我們何妨先到閣子上頭去等呢？」文章伯說：「耳邊風聲甚急，上頭窗子太敞，恐怕寒冷，比不得這屋子裡暖和，須多穿兩件衣服上去。」

各人照樣辦了，又都帶了千里鏡，攜了毯子，由後面扶梯曲折上去。到了閣子中間，靠窗一張桌子旁邊坐下，朝東觀看，只見海中白浪如山，一望無際，東北青煙數點，最近的是長山島，再遠便是大竹、大黑等島了。那閣子旁邊風聲「呼呼」價響，彷彿閣子都要搖動似的，天上雲氣一片一片價疊起。只見北邊有一片大雲，飛到中間，將原有的雲壓將下去，並將東邊一片雲擠的越過越緊，越緊越不能相讓，情狀甚為譎詭。過了些時，也就變成一片紅光了。

慧生道：「殘兄，看此光景，今兒日出是看不著的了。」老殘道：「天風海水，能移我情，即是看不著日出，此行亦不為辜負。」章伯正在用遠鏡凝視，說道：「你們看！東邊有一絲黑影隨波出沒，定是一隻輪船由此經過。」於是大家皆拿出遠鏡對著觀看。看了一刻，說道：「是的，是的。你看，有極細一絲黑線，在那天水交界的地方，那不就是船身嗎？」

大家看了一回，那輪船也就過去，看不見了。慧生還拿遠鏡左右觀視。正在凝神，忽然大叫：「噯呀，噯呀！你瞧，那邊一隻帆船在那洪波巨浪之中，好不危險！」兩人道：「在什麼地方？」慧生道：「你望正東北瞧，那一片雪白浪花，不是長山島嗎？在長山島的這邊，漸漸來得近了。」兩人用遠鏡一看，都道：「噯呀，噯呀！實在危險得極！幸而是向這邊來，不過二三十里就可泊岸了。」

相隔不過一點鐘之久，那船來得業已甚近。三人用遠鏡凝神細看，原來船身長有二十三四丈，原是隻很大的船。船主坐在舵樓之上，樓下四人專管轉舵的事。前後六枝桅桿，掛著六扇舊帆，又有兩枝新桅，掛著一扇簇新的帆，一扇半新不舊的帆，算來這船便有八枝桅了。船身吃儎很重，想那艙裡一定裝的各項貨物。船面上坐的人口，男男女女，不計其數，卻無篷窗等件遮蓋風日，——同那天津到北京火車的三等客位一樣。——面上有北風吹著，身上有浪花濺著，又濕又寒，又飢又怕。看這船上的人都有民不聊生的氣象。那八扇帆下，各有兩人專管繩腳的事。船頭又船幫上有許多的人，彷彿水手的打扮。

這船雖有二十三四丈長，卻是破壞的地方不少：東邊有一塊，約有三丈長短，已經破壞，浪花直灌進去；那旁，仍在東邊，又有一塊，約長一丈，水波亦漸漸侵入；其餘的地方，無一處沒有傷痕。那八個管帆的卻是認真的在那裡管，只是各人管各人的帆，彷彿在八隻船上似的，彼此不相關照。那水手只管在那坐船的男男女女隊裡亂竄，不知所做何事。用遠鏡仔細看去，方知道他在那裡搜他們男男女女所帶的乾糧，並剝那些人身上穿的衣服。

章伯看得親切，不禁狂叫道：「這些該死的奴才！你看，這船眼睜睜就要沈覆，他們不知想法敷衍著早點泊岸，反在那裡蹂躪好人，氣死我了！」慧生道：「章哥，不用著急。此船目下相距不過七八里路，等他泊岸的時候，我們上去勸勸他們便是。」

正在說話之間，忽見那船上殺了幾個人，拋下海去，捩過舵來，又向東邊去了。章伯氣的兩腳直跳，罵道：「好好的一船人，無窮性命，無緣無故斷送在這幾個駕駛的人手裡，豈不冤枉！」沈思了一下，又說道：「好在我們山腳下有的是漁船，何不駕一隻去，將那幾個駕駛的人打死，換上幾個？豈不救了一船人的性命？何等功德！何等痛快！」慧生道：「這個辦法雖然痛快，究竟未免鹵莽，恐有未妥。請教殘哥以為何如？」

老殘笑向章伯道：「章哥此計甚妙，只是不知你帶幾營人去？」章伯憤道：「殘哥怎麼也這麼糊塗！此時人家正在性命交關，不過一時救急，自然是我們三個人去。那裡有幾營人來給你帶去！」老殘道：「既然如此，他們船上駕駛的不下頭二百人，我們三個人要去殺他，恐怕只會送死，不會成事罷。高明以為何如？」

章伯一想，理路卻也不錯，便道：「依你該怎麼樣？難道白白地看他們死嗎？」老殘道：「依我看來，駕駛的人並未曾錯，只因兩個緣故，所以把這船就弄的狼狽不堪了。怎麼兩個緣故呢？一則他們是走『太平洋』的，只會過太平日子。若遇風平浪靜的時候，他駕駛的情狀亦有操縱自如之妙，不意今日遇見這大的風浪，所以都毛了手腳。二則他們未曾預備方鍼。平常晴天的時候，照著老法子去走，又有日月星辰可看，所以南北東西尚還不大會錯。這就叫做『靠天吃飯』。那知遇了這陰天，日月星辰都被雲氣遮了，所以他們就沒了依傍。心裡不是不想望好處去做，只是不知東南西北，所以越走越錯。為今之計，依章兄法子，駕隻漁艇，追將上去，他的船重，我們的船輕，一定追得上的。到了之後，送他一個羅盤，他有了方向，便會走了。再將這有風浪與無風浪時駕駛不同之處，告知船主，他們依了我們的話，豈不立刻就登彼岸了嗎？」

慧生道：「老殘所說極是，我們就趕緊照樣辦去。不然，這一船人實在可危的極！」說著，三人就下了閣子，吩咐從人看守行李物件。那三人卻俱是空身，帶了一個最準的向盤，一個紀限儀，並幾件行船要用的物件，下了山，——山腳下有個船塢，都是漁船停泊之處。——選了一隻輕快漁船，掛起帆來，一直追向前去。幸喜本日颳的是北風，所以向東向西都是旁風，使帆很便當的。

一霎時，離大船已經不遠了，三人仍拿遠鏡不住細看。及至離大船十餘丈時，連船上人說話都聽得見了。誰知道除那管船的人搜括眾人外，又有一種人在那裡高談闊論的演說。只聽他說道：「你們各人均是出了船錢坐船的，況且這船也就是你們祖遺的公司產業，現在已被這幾個駕駛人弄的破壞不堪，你們全家老幼性命都在船上，難道都在這裡等死不成？就不想個法兒挽回挽回嗎？真真該死奴才！該死奴才！」眾人被他罵的直口無言。

內中便有數人出來說道：「你這先生所說的都是我們肺腑中欲說說不出的話，今日被先生喚醒，我們實在慚愧，感激得很！只是請教有什麼法子呢？」那人便道：「你們知道現在是非錢不行的世界了，你們大家斂幾個錢來，我們捨出自己的精神，拚著幾個人流血，替你們掙個萬世安穩自由的基業，你們看好不好呢？」眾人一齊拍掌稱快。

章伯遠遠聽見，對二人說道：「不想那船上竟有這等的英雄豪傑！早知如此，我們可以不必來了。」慧生道：「姑且將我們的帆落幾葉下來，不必追上那船，看他是如何的舉動。倘真有點道理，我們便可回去了。」老殘道：「慧哥所說甚是。依愚見看來，這等人恐怕不是辦事的人，只是用幾句文明的辭頭騙幾個錢用用罷了！」

當時三人便將帆葉落小，緩緩的尾大船之後。只見那船上人斂了許多錢，交給演說的人，看他如何動手。誰知那演說的人，斂了許多錢去，找了一塊眾人傷害不著的地方，立住了腳，便高聲叫道：「你們這些沒血性的人，涼血種類的畜生，還不趕緊去打那個掌舵的嗎？」又叫道：「你們還不去把這些管船的一個一個殺了嗎？」那知就有那不懂事的少年，依著他去打掌舵的，也有去罵船主的，俱被那旁邊人殺的殺了，拋棄下海的拋下海了。那個演說的人，又在高處大叫道：「你們為什麼沒有團體？若是全船人一齊動手，還怕打不過他們麼？」

那船上人，就有老年曉事的人，也高聲叫道：「諸位切不可亂動！倘若這樣做去，勝負未分，船先覆了！萬萬沒有這個辦法！」慧生聽得此語，向章伯道：「原來這裡的英雄只管自己斂錢，叫別人流血的。」老殘道：「幸而尚有幾個老成持重的人，不然，這船覆的更快了。」說著，三人便將帆葉抽滿，頃刻便與大船相近。篙工用篙子鈎住大船，三人便跳將上去，走至舵樓底下，深深的唱了一個喏，便將自己的向盤及紀限儀等項取出呈上。舵工看見，倒也和氣，便問：「此物怎樣用法？有何益處？」

正在議論，那知那下等水手裡面，忽然起了咆哮，說道：「船主！船主！千萬不可為這人所惑！他們用的是外國向盤，一定是洋鬼子差遣來的漢奸！他們是天主教！他們將這隻大船已經賣與洋鬼子了，所以才有這個向盤。請船主趕緊將這三人綁去殺了，以除後患。倘與他們多說幾句話，再用了他的向盤，就算收了洋鬼子的定錢，他就要來拿我們的船了！」誰知這一陣嘈嚷，滿船的人俱為之震動。就是那演說的英雄豪傑，也在那裡喊道：「這是賣船的漢奸！快殺，快殺！」

船主舵工聽了，俱猶疑不定。內中有一個舵工，是船主的叔叔，說道：「你們來意甚善，只是眾怒難犯，趕快去罷！」三人垂淚，趕忙回了小船。那知大船上人，餘怒未息，看三人上了小船，忙用被浪打碎了的斷樁破板打下船去。你想，一隻小小漁船，怎禁得幾百個人用力亂砸？頃刻之間，將那漁船打得粉碎，看著沈下海中去了。

未知三人性命如何，且聽下回分解。

〔作者 評〕

白樂天云：「我是玉皇香案吏，謫居猶得住蓬萊。」此書由蓬萊閣起，可知本是仙吏謫落人間。

舉世皆病，又舉世皆睡。真正無下手處，搖串鈴先醒其睡。無論何等病症，非先醒無治法。具菩薩婆心，得異人口訣，鈴而曰串，則盼望同志相助，心苦情切。

「駕駛的人，並未曾錯」二語，心平氣和。以下兩個病源，也說得至當不易。

「去找了一塊眾人傷害不著的地方立住了腳。」我想不是上海，便是日本。

「原來這裏的英雄，只管自己斂錢叫別人流血的。」為近日造時世的英雄寫一小照；更喚醒許多痴漢，不必替人枉送頭顱。

第二回　歷山山下古帝遺蹤　明湖湖邊美人絕調

話說老殘在漁船上被眾人砸得沈下海去，自知萬無生理，只好閉著眼睛，聽他怎樣。覺得身體如落葉一般，飄飄蕩蕩，頃刻工夫沈了底了。只聽耳邊有人叫道：「先生，起來罷！先生，起來罷！天已黑了，飯廳上飯已擺好多時了。」老殘慌忙睜開眼睛，楞了一楞道：「呀！原來是一夢！」

自從那日起，又過了幾天，老殘向管事的道：「現在天氣漸寒，貴居停的病也不會再發，明年如有委用之處，再來效勞。目下鄙人要往濟南府去看看大明湖的風景。」管事的再三挽留不住，只好當晚設酒餞行，封了一千兩銀子奉給老殘，算是醫生的酬勞。老殘略道一聲「謝謝」，也就收入箱籠，告辭動身上車去了。一路秋山紅葉，老圃黃花，頗不寂寞。到了濟南府，進得城來，家家泉水，戶戶垂楊，比那江南風景，覺得更為有趣。到了小布政司街，覓了一家客店，名叫高陞店，將行李卸下，開發了車價酒錢，胡亂吃點晚飯，也就睡了。

次日清晨起來，吃點兒點心，便搖著串鈴滿街踅了一趟，虛應一應故事。午後便步行至鵲華橋邊，雇了一隻小船，盪起雙槳。朝北不遠，便到歷下亭前。下船進去，入了大門，便是一個亭子，油漆已大半剝蝕。亭子上懸了一副對聯，寫的是「歷下此亭古，濟南名士多」；上寫著「杜工部句」，下寫著「道州何紹基書」。亭子旁邊雖有幾間群房，也沒有什麼意思。復行下船，向西盪去，不甚遠，又到了鐵公祠畔。你道鐵公是誰？就是明初與燕王為難的那個鐵鉉。後人敬他的忠義，所以至今春秋時節，土人尚不斷的來此進香。

到了鐵公祠前，朝南一望，只見對面千佛山上，梵宇僧樓，與那蒼松翠柏，高下相間，紅的火紅，白的雪白，青的靛青，綠的碧綠，更有那一株半株的丹楓夾在裡面，彷彿宋人趙千里的一幅大畫，做了一架數十里長的屏風。正在歎賞不絕，忽聽一聲漁唱。低頭看去，誰知那明湖業已澄淨的同鏡子一般。那千佛山的倒影映在湖裡，顯得明明白白。那樓台樹木，格外光彩，覺得比上頭的一個千佛山還要好看，還要清楚。這湖的南岸，上去便是街市，卻有一層蘆葦，密密遮住。現在正是開花的時候，一片白花映著帶水氣的斜陽，好似一條粉紅絨毯，做了上下兩個山的墊子，實在奇絕。

老殘心裡想道：「如此佳景，為何沒有什麼遊人？」看了一會兒，回轉身來，看那大門裡面楹柱上有副對聯，寫的是「四面荷花三面柳，一城山色半城湖」，暗暗點頭道：「真正不錯！」進了大門，正面便是鐵公享堂，朝東便是一個荷池。繞著曲折的迴廊，到了荷池東面，就是個圓門。圓門東邊有三間舊房，有個破匾，上題「古水仙祠」四個字。祠前一副破舊對聯，寫的是「一盞寒泉薦秋菊，三更畫船穿藕花」。過了水仙祠，仍舊上了船，盪到歷下亭的後面。兩邊荷葉荷花將船夾住，那荷葉初枯，擦的船嗤嗤價響；那水鳥被人驚起，格格價飛；那已老的蓮蓬，不斷的綳到船窗裡面來。老殘隨手摘了幾個蓮蓬，一面吃著，一面船已到了鵲華橋畔了。

到了鵲華橋，才覺得人煙稠密，也有挑擔子的，也有推小車子的，也有坐二人抬小藍呢轎子的。轎子後面，一個跟班的戴個紅纓帽子，膀子底下夾個護書，拚命價奔，一面用手巾擦汗，一面低著頭跑。街上五六歲的孩子不知避人，被那轎夫無意踢倒一個，他便哇哇的哭起。他的母親趕忙跑來問：「誰碰倒你的？誰碰倒你的？」那個孩子只是哇哇的哭，並不說話。問了半天，才帶哭說了一句道：「抬轎子的！」他母親抬頭看時，轎子早已跑的有二里多遠了。那婦人牽了孩子，嘴裡不住嘰嘰咕咕的罵著，就回去了。

老殘從鵲華橋往南，緩緩向小布政司街走去，一抬頭，見那牆上貼了一張黃紙，有一尺長，七八寸寬的光景，居中寫著「說鼓書」三個大字，旁邊一行小字是「二十四日明湖居」。那紙還未十分乾，心知是方才貼的，只不知道這是什麼事情，別處也沒有見過這樣招子，一路走著，一路盤算，只聽得耳邊有兩個挑擔子的說道：「明兒白妞說書，我們可以不必做生意，來聽書罷。」又走到街上，聽鋪子裡櫃台上有人說道：「前次白妞說書是你告假的，明兒的書，應該我告假了。」一路行來，街談巷議，大半都是這話，心裡詫異道：「白妞是何許人？說的是何等樣書？為甚一紙招貼，便舉國若狂如此？」信步走來，不知不覺已到高陞店口。

進得店去，茶房便來回道：「客人，用什麼夜膳？」老殘一一說過，就順便問道：「你們此地說鼓書是個什麼玩意兒？何以驚動這麼許多的人？」茶房說：「客人，你不知道。這說鼓書本是山東鄉下的土調，用一面鼓，兩片梨花簡，名叫『梨花大鼓』，演說些前人的故事，本也沒什稀奇。自從王家出了這個白妞黑妞姊妹兩個，這白妞名字叫做王小玉，此人是天生的怪物！她十二三歲時就學會了這說書的本事。她卻嫌這鄉下的調兒沒什麼出奇，她就常到戲園裡看戲，所有什麼西皮、二簧、梆子腔等唱，一聽就會；什麼余三勝、程長庚、張二奎等人的調子，她一聽也就會唱。仗著她的喉嚨，要多高有多高；她的中氣，要多長有多長。她又把那南方的什麼崑腔、小曲，種種的腔調，她都拿來裝在這大鼓書的調兒裡面。不過二三年工夫，創出這個調兒，竟至無論南北高下的人，聽了她唱書，無不神魂顛倒。現在已有招子，明兒就唱。你不信，去聽一聽就知道了。只是要聽還要早去，她雖是一點鐘開唱，若到十點鐘去，便沒有坐位的。」老殘聽了，也不甚相信。

次日六點鐘起，先到南門內看了舜井，又出南門，到歷山腳下，看看相傳大舜昔日耕田的地方。及至回店，已有九點鐘的光景，趕忙吃了飯，走到明湖居，才不過十點鐘時候。那明湖居本是個大戲園子，戲台前有一百多張桌子。那知進了園門，園子裡面已經坐的滿滿的了，只有中間七八張桌子還無人坐，桌子卻都貼著「撫院定」「學院定」等類紅紙條兒。

老殘看了半天，無處落腳，只好袖裡送了看坐兒的二百個錢，才弄了一張短板凳，在人縫裡坐下。看那戲台上，只擺了一張半桌，桌子上放了一面板鼓，鼓上放了兩個鐵片兒，心裡知道這就是所謂梨花簡了，旁邊放了一個三弦子，半桌後面放了兩張椅子，並無一個人在台上。偌大的個戲台，空空洞洞，別無他物，看了不覺有些好笑。園子裡面，頂著籃子賣燒餅油條的有一二十個，都是為那不吃飯來的人買了充飢的。

到了十一點鐘，只見門口轎子漸漸擁擠，許多官員都著了便衣，帶著家人，陸續進來。不到十二點鐘，前面幾張空桌俱已滿了，不斷還有人來，看坐兒的也只是搬張短凳，在夾縫中安插。這一群人來了，彼此招呼，有打千兒的，有作揖的，大半打千兒的多。高談闊論，說笑自如。這十幾張桌子外，看來都是做生意的人，又有些像是本地讀書人的樣子，大家都嘁嘁喳喳的在那裡說閒話。因為人太多了，所以說的什麼話都聽不清楚，也不去管他。

到了十二點半鐘，看那台上，從後台簾子裡面，出來一個男人，穿了一件藍布長衫，長長的臉兒，一臉疙瘩，彷彿風乾福橘皮似的，甚為醜陋。但覺得那人氣味倒還沈靜，出得台來，並無一語，就往半桌後面左手一張椅子上坐下。慢慢的將三弦子取來，隨便和了和弦，彈了一兩個小調，人也不甚留神去聽。後來彈了一支大調，也不知道叫什麼牌子；只是到後來，全用輪指，那抑揚頓挫，入耳動心，恍若有幾十根弦，幾百個指頭，在那裡彈似的。這時台下叫好的聲音不絕於耳，卻也壓不下那弦子去。這曲彈罷，就歇了手，旁邊有人送上茶來。

停了數分鐘時，簾子裡面出來一個姑娘，約有十六七歲，長長鴨蛋臉兒，梳了一個抓髻，戴了一副銀耳環，穿了一件藍布外褂兒，一條藍布褲子，都是黑布鑲滾的。雖是粗布衣裳，倒十分潔淨。來到半桌後面右手椅子上坐下。那彈弦子的便取了弦子，錚錚鏦鏦彈起。這姑娘便立起身來，左手取了梨花簡，夾在指頭縫裡，便叮叮噹噹的敲，與那弦子聲音相應；右手持了鼓捶子，凝神聽那弦子的節奏。忽羯鼓一聲，歌喉遽發，字字清脆，聲聲宛轉，如新鶯出谷，乳燕歸巢。每句七字，每段數十句，或緩或急，忽高忽低；其中轉腔換調之處，百變不窮，覺一切歌曲腔調俱出其下，以為觀止矣。

旁坐有兩人，其一人低聲問那人道：「此想必是白妞了罷？」其一人道：「不是。這人叫黑妞，是白妞的妹子。她的調門兒都是白妞教的，若比白妞，還不曉得差多遠呢！她的好處人說得出，白妞的好處人說不出。她的好處人學的到，白妞的好處人學不到。你想，這幾年來，好玩耍的誰不學她們的調兒呢？就是窯子裡的姑娘，也人人都學，只是頂多有一兩句到黑妞的地步，若白妞的好處，從沒有一個人能及她十分裡的一分的。」說著的時候，黑妞早唱完，後面去了。這時滿園子裡的人，談心的談心，說笑的說笑。賣瓜子、落花生、山裡紅、核桃仁的，高聲喊叫著賣，滿園子裡聽來都是人聲。

正在熱鬧哄哄的時節，只見那後台裡，又出來了一位姑娘，年紀約十八九歲，裝束與前一個毫無分別，瓜子臉兒，白淨面皮，相貌不過中人以上之姿，只覺得秀而不媚，清而不寒，半低著頭出來，立在半桌後面，把梨花簡叮噹了幾聲，煞是奇怪：只是兩片頑鐵，到她手裡，便有了五音十二律似的。又將鼓捶子輕輕的點了兩下，方抬起頭來，向台下一盼。那雙眼睛，如秋水，如寒星，如寶珠，如白水銀裡頭養著兩丸黑水銀，左右一顧一看，連那坐在遠遠牆角子裡的人，都覺得王小玉看見我了；那坐得近的，更不必說。就這一眼，滿園子裡便鴉雀無聲，比皇帝出來還要靜悄得多呢，連一根針掉在地下都聽得見響！

王小玉便啟朱脣，發皓齒，唱了幾句書兒。聲音初不甚大，只覺入耳有說不出來的妙境：五臟六腑裡，像熨斗熨過，無一處不伏貼；三萬六千個毛孔，像吃了人參果，無一個毛孔不暢快。唱了十數句之後，漸漸的越唱越高，忽然拔了一個尖兒，像一線鋼絲拋入天際，不禁暗暗叫絕。那知她於那極高的地方，尚能迴環轉折，幾囀之後，又高一層，接連有三四疊，節節高起。恍如由傲來峰西面，攀登泰山的景象：初看傲來峰削壁千仞，以為上與天通；及至翻到傲來峰頂，才見扇子崖更在傲來峰上；及至翻到扇子崖，又見南天門更在扇子崖上：愈翻愈險，愈險愈奇。

那王小玉唱到極高的三四疊後，陡然一落，又極力騁其千迴百折的精神，如一條飛蛇在黃山三十六峰半中腰裡盤旋穿插，頃刻之間，周匝數遍。從此以後，愈唱愈低，愈低愈細，那聲音漸漸的就聽不見了。滿園子的人都屏氣凝神，不敢少動。約有兩三分鐘之久，彷彿有一點聲音從地底下發出。這一出之後，忽又揚起，像放那東洋煙火，一個彈子上天，隨化作千百道五色火光，縱橫散亂。這一聲飛起，即有無限聲音俱來並發。那彈弦子的亦全用輪指，忽大忽小，同他那聲音相和相合，有如花塢春曉，好鳥亂鳴。耳朵忙不過來，不曉得聽那一聲的為是。正在撩亂之際，忽聽霍然一聲，人弦俱寂。這時台下叫好之聲，轟然雷動。

停了一會，鬧聲稍定，只聽那台下正座上，有一個少年人，不到三十歲光景，是湖南口音，說道：「當年讀書，見古人形容歌聲的好處，有那『餘音繞梁，三日不絕』的話，我總不懂。空中設想，餘音怎樣會得繞梁呢？又怎會三日不絕呢？及至聽了小玉先生說書，才知古人措辭之妙。每次聽她說書之後，總有好幾天耳朵裡無非都是她的書，無論做什麼事，總不入神，反覺得『三日不絕』這『三日』二字下得太少，還是孔子『三月不知肉味』，『三月』二字形容得透徹些！」旁邊人都說道：「夢湘先生論得透闢極了！『於我心有戚戚焉』！」

說著，那黑妞又上來說了一段，底下便又是白妞上場。這一段，聞旁邊人說，叫做「黑驢段」。聽了去，不過是一個士子見一美人，騎了一個黑驢走過去的故事。將形容那美人，先形容那黑驢怎樣怎樣好法，待鋪敘到美人的好處，不過數語，這段書也就完了。其音節全是快板，越說越快。白香山詩云：「大珠小珠落玉盤。」可以盡之。其妙處，在說得極快的時候，聽的人彷彿都趕不上聽，她卻字字清楚，無一字不送到人耳輪深處。這是她的獨到，然比著前一段卻未免遜一籌了。這時不過五點鐘光景，算計王小玉應該還有一段。不知那一段又是怎樣好法。

究竟如何，且聽下回分解。

〔作者 評〕

黃山谷詩云：「濟南瀟灑似江南。」據此看來，濟南風景猶在江南之上。

作者云：「明湖景緻似一幅趙千里畫，作者倒寫得出，吾恐趙千里還畫不出。」

昔年曾遊泰山，由泰安府出北門上山，過斗姥宮，覽經石峪，歷柏樹洞，上一天門，看萬松崖，迤邐而上，甚為平坦。比到南天門，十八盤，方覺陡峻。不知作者幾時從西面上去，經得如許險境，為登泰山者聞所未聞，卻又無一字虛假，出人意表。

王小玉說書，為聲色絕調。百鍊生著書，為文章絕調。

第三回　金線東來尋黑虎　布帆西去訪蒼鷹

話說眾人以為天時尚早，王小玉必還要唱一段，不知只是她妹子出來敷衍幾句就收場了，當時一哄而散。

老殘到了次日，想起一千兩銀子放在寓中，總不放心，即到院前大街上找了一家匯票莊，叫個日昇昌字號，匯了八百兩寄回江南徐州老家裡去，自己卻留了一百多兩銀子，本日在大街上買了一匹繭綢，又買了一件大呢馬褂面子，拿回寓去，叫個成衣做一身棉袍子馬褂。因為已是九月底天氣，雖十分和暖，倘然西北風一起，立刻便要穿棉了。吩咐成衣已畢，吃了午飯，步出西門，先到趵突泉上吃了一碗茶。

這趵突泉乃濟南府七十二泉中的第一個泉，在大池之中，有四五畝地寬闊，兩頭均通谿河。池中流水，汩汩有聲。池子正中間有三股大泉，從池底冒出，翻上水面有二三尺高。據土人云：當年冒起有五六尺高，後來修池，不知怎樣就矮下去了。這三股水，均比吊桶還粗。池子北面是個呂祖殿，殿前搭著涼棚，擺設著四五張桌子、十幾條板凳賣茶，以便遊人歇息。

老殘吃完茶，出了趵突泉後門，向東轉了幾個彎，尋著了金泉書院。進了二門，便是投轄井，相傳即是陳遵留客之處。再望西去，過一重門，即是一個蝴蝶廳，廳前廳後均是泉水圍繞。廳後許多芭蕉，雖有幾批殘葉，尚是一碧無際。西北角上，芭蕉叢裡，有個方池，不過二丈見方，就是金線泉了。金線乃四大名泉之一。你道四大名泉是那四個？就剛才說的趵突泉，此刻的金線泉，南門外的黑虎泉，撫台衙門裡的珍珠泉：叫做「四大名泉」。

這金線泉相傳水中有條金線。老殘左右看了半天，不要說金線，連鐵線也沒有。後來幸而走過一個士子來，老殘便作揖請教這「金線」二字有無著落。那士子便拉著老殘踅到池子西面，彎了身體，側著頭，向水面上看，說道：「你看，那水面上有一條線，彷彿遊絲一樣，在水面上搖動，看見了沒有？」

老殘也側了頭照樣看去。看了些時，說道：「看見了，看見了！這是什麼緣故呢？」想了一想，道：「莫非底下是兩股泉水，力量相敵，所以中間擠出這一線來？」那士子道：「這泉見於著錄好幾百年，難道這兩股泉的力量，經歷這久就沒有個強弱嗎？」老殘道：「你看，這線常常左右擺動，這就是兩邊泉力不勻的道理了。」那士子倒也點頭會意。說完，彼此各散。

老殘出了金泉書院，順著西城南行，過了城角，仍是一條街市，一直向東。這南門城外好大一條城河。河裡泉水湛清，看得河底明明白白。河裡的水草都有一丈多長，被那河水流得搖搖擺擺，煞是好看。走著看著，見河岸南面，有幾個大長方池子，許多婦女坐在池邊石上搗衣。再過去，有一個大池，池南幾間草房，走到面前，知是一個茶館。進了茶館，靠北窗坐下，就有一個茶房泡了一壺茶來。茶壺都是宜興壺的樣子，卻是本地仿照燒的。

老殘坐定，問茶房道：「聽說你們這裡有個黑虎泉，可知道在什麼地方？」那茶房笑道：「先生，你伏到這窗台上朝外看，不就是黑虎泉嗎？」老殘果然望外一看，原來就在自己腳底下有一個石頭雕的老虎頭，約有二尺餘長，倒有尺五六的寬徑。從那老虎口中噴出一股泉來，力量很大，從池子這邊直沖到池子那面，然後轉到兩邊，流入城河去了。坐了片刻，看那夕陽有漸漸下山的意思，遂付了茶錢，緩步進南門，回寓。

到了次日，覺得遊興已足，就拿了串鈴，到街上去混混。踅過撫台衙門，望西一條胡同口上，有所中等房子，朝南的大門，門旁貼了「高公館」三個字。只見那公館門口站了一個瘦長臉的人，穿了件棕紫羅棉大襖，手裡捧了一支洋白銅二馬車水煙袋，面帶愁容。看見老殘，喚道：「先生，先生！你會看喉嚨嗎？」老殘答道：「懂得一點半點的。」那人便說：「請裡面坐。」進了大門，望西一拐，便是三間客廳，鋪設也還妥當。兩邊字畫多半是時下名人的筆墨，只有中間掛著一幅中堂，只畫了一個人，彷彿列子御風的形狀，衣服冠帶均被風吹起，筆力甚為遒勁，上題「大風張風」四字，也寫得極好。坐定，彼此問過名姓。

原來這人係江蘇人，號紹殷，充當撫院內文案差使。他說道：「有個小妾害了喉蛾，已經五天，今日滴水不能進了。請先生診視，尚有救沒有？」老殘道：「須看了病，方好說話。」當時高公即叫家人：「到上房關照一聲，說有先生來看病。」隨後就同著進了二門，即是三間上房。進得堂屋，有老媽子打起西房的門簾，說聲：「請裡面坐。」進去房門，貼西牆靠北一張大床，床上懸著印花夏布帳子，床面前靠西，放了一張半桌，床前兩張杌凳。

高公讓老殘西面杌凳上坐下，帳子裡伸出一隻手來，老媽子拿了幾本書墊在手下，診了一隻手，又換一隻。老殘道：「兩手脈沈數而弦，是火被寒逼住，不得出來，所以越過越重。請看一看喉嚨。」高公便將帳子打起。看那婦人，約有二十歲光景，面上通紅，人卻甚為委頓的樣子。高公將她輕輕扶起，對著窗戶的亮光。

老殘低頭一看，兩邊腫的已將要合縫了，顏色淡紅。看過，對高公道：「這病本不甚重，原起只是一點火氣，被醫家用苦寒藥一逼，火不得發，兼之平常肝氣易動，抑鬱而成。目下只須吃兩劑辛涼發散藥就好了。」又在自己藥囊內取出一個藥瓶、一支喉槍，替她吹了些藥上去。出到廳房，開了個藥方，名叫「加味甘桔湯」。用的是生甘草、苦桔梗、牛蒡子、荊芥、防風、薄荷、辛夷、飛滑石八味藥，鮮荷梗做的引子。方子開畢，送了過去。

高公道：「高明得極。不知吃幾帖？」老殘道：「今日吃兩帖，明日再來覆診。」高公又問：「藥金請教幾何？」老殘道：「鄙人行道，沒有一定的藥金。果然醫好了姨太太病，等我肚子飢時，賞碗飯吃，走不動時，給幾個盤川，儘夠的了。」高公道：「既如此說，病好一總酬謝。尊寓在何處？以便倘有變動，著人來請。」老殘道：「在布政司街高陞店。」說畢分手。從此，天天來請。不過三四天，病勢漸退，已經同常人一樣。高公喜歡得無可如何，送了八兩銀子謝儀，還在北柱樓辦了一席酒，邀請文案上同事作陪，也是個揄揚的意思。誰知一個傳十，十個傳百，官幕兩途，拿轎子來接的漸漸有日不暇給之勢。

那日，又在北柱樓吃飯，是個候補道請的。席上右邊上首一個人說道：「玉佐臣要補曹州府了。」左邊下首，緊靠老殘的一個人道：「他的班次很遠，怎樣會補缺呢？」右邊人道：「因為他辦強盜辦的好，不到一年竟有路不拾遺的景象，宮保賞識非凡。前日有人對宮保說：『曾走曹州府某鄉莊過，親眼見有個藍布包袱棄在路旁，無人敢拾。某就問土人：「這包袱是誰的？為何沒人收起？」土人道：「昨兒夜裡，不知何人放在這裡的。」某問：「你們為什麼不拾了回去？」都笑著搖搖頭道：「俺還要一家子性命嗎！」如此，可見路不拾遺，古人竟不是欺人，今日也竟做得到的！』宮保聽著很是喜歡，所以打算專摺明保他。」

左邊的人道：「佐臣人是能幹的，只嫌太殘忍些。未到一年，站籠站死兩千多人。難道沒有冤枉嗎？」旁邊一人道：「冤枉一定是有的，自無庸議；但不知有幾成不冤枉的？」右邊人道：「大凡酷吏的政治，外面都是好看的。諸君記得當年常剝皮做兗州府的時候，何嘗不是這樣？總做的人人側目而視就完了。」

又一人道：「佐臣酷虐是誠然酷虐，然曹州府的民情也實在可恨。那年，兄弟署曹州的時候，幾乎無一天無盜案。養了二百名小隊子，像那不捕鼠的貓一樣，毫無用處。及至各縣捕快捉來的強盜，不是老實鄉民，就是被強盜脅了去看守騾馬的人。至於真強盜，一百個裡也沒有幾個。現在被這玉佐臣雷厲風行的一辦，盜案竟自沒有了。相形之下，兄弟實在慚愧的很。」左邊人道：「依兄弟愚見，還是不多殺人的為是。此人名震一時，恐將來果報也在不可思議之列。」說完，大家都道：「酒也夠了，賜飯罷。」飯後各散。

過了一日，老殘下午無事，正在寓中閒坐，忽見門口一乘藍呢轎落下，進來一個人，口中喊道：「鐵先生在家嗎？」老殘一看，原來就是高紹殷，趕忙迎出，說：「在家，在家。請房裡坐。只是地方卑污，屈駕的很。」紹殷一面道：「說那裡的話！」一面就往裡走。進得二門，是個朝東的兩間廂房。房裡靠南一張磚炕，炕上鋪著被褥。北面一張方桌，兩張椅子。西面兩個小小竹箱。桌上放了幾本書，一方小硯台，幾枝筆，一個印色盒子。

老殘讓他上首坐了。他就隨手揭過書來，細細一看，驚訝道：「這是部宋版張君房刻本的莊子，從那裡得來的？此書世上久不見了，季滄葦、黃丕烈諸人俱未見過，要算稀世之寶呢！」老殘道：「不過先人遺留下來的幾本破書，賣又不值錢，隨便帶在行篋解解悶兒，當小說書看罷了，何足掛齒。」再望下翻，是一本蘇東坡手寫的陶詩，就是毛子晉所仿刻的祖本。

紹殷再三讚歎不絕，隨便問道：「先生本是科第世家，為甚不在功名上講求，卻操此冷業？雖說富貴浮雲，未免太高尚了罷。」老殘歎道：「閣下以『高尚』二字許我，實過獎了。鄙人並非無志功名：一則，性情過於疏放，不合時宜；二則，俗說『攀得高，跌得重』，不想攀高是想跌輕些的意思。」

紹殷道：「昨晚在裡頭吃便飯，宮保談起：『幕府人才濟濟，凡有所聞的，無不羅致於此了。』同坐姚雲翁便道：『目下就有一個人在此，宮保並未羅致。』宮保急問：『是誰？』姚雲翁就將閣下學問怎樣，品行怎樣，而又通達人情、熟諳世勢怎樣，說得宮保抓耳撓腮，十分歡喜。宮保就叫兄弟立刻寫個內文案札子送來。那是兄弟答道：『這樣恐不妥當。此人既非候補，又非投效，且還不知他有什麼功名，札子不甚好下。』宮保說：『那麼就下個關書去請。』兄弟說：『若要請他看病，那是一請就到的；若要招致幕府，不知他願意不願意，須先問他一聲才好。』宮保說：『很好。你明天就去探探口氣，你就同了他來見我一見。』為此，兄弟今日特來與閣下商議，可否今日同到裡面見宮保一見？」

老殘道：「那也沒有什麼不可。只是見宮保須要冠帶，我卻穿不慣，能便衣相見就好。」紹殷道：「自然便衣。稍停一刻，我們同去。你到我書房裡坐等。宮保午後從裡邊下來，我們就在簽押房裡見了。」說著，又喊了一乘轎子。

老殘穿著隨身衣服，同高紹殷進了撫署。原來這山東撫署是明朝的齊王府，故許多地方仍用舊名。進了三堂，就叫「宮門口」。旁邊就是高紹殷的書房，對面便是宮保的簽押房。方到紹殷書房坐下，不到半時，只見宮保已從裡面出來，身體甚是魁梧，相貌卻還仁厚。高紹殷看見，立刻迎上前去，低低說了幾句。只聽張宮保連聲叫道：「請過來，請過來。」便有個差官跑來喊道：

「宮保請鐵老爺！」老殘連忙走來，向張宮保對面一站。張云：「久慕得很！」用手一伸，腰一呵，說：「請裡面坐。」差官早將軟簾打起。

老殘進了房門，深深作了一個揖。宮保讓在紅木炕上首坐下。紹殷對面相陪。另外搬了一張方杌凳在兩人中間，宮保坐了，便問道：「聽說補殘先生學問經濟都出眾的很。兄弟以不學之資，聖恩叫我做這封疆大吏，別省不過盡心吏治就完了，本省更有這個河工，實在難辦，所以兄弟沒有別的法子，但凡聞有奇才異能之士，都想請來，也是集思廣益的意思。倘有見到的所在，能指教一二，那就受賜得多了。」老殘道：「宮保的政聲，有口皆碑，那是沒有得說的了。只是河工一事，聽得外邊議論，皆是本賈讓三策，主不與河爭地的？」

宮保道：「原是呢。你看，河南的河面多寬，此地的河面多窄呢。」老殘道：「不是這麼說。河面窄，容不下，只是伏汛幾十天。其餘的時候，水力甚軟，沙所以易淤。要知賈讓只是文章做得好，他也沒有辦過河工。賈讓之後，不到一百年，就有個王景出來了。他治河的法子乃是從大禹一脈下來的，專主『禹抑洪水』的『抑』字，與賈讓之說正相反背。自他治過之後，一千多年沒河患。明朝潘季馴，本朝靳文襄，皆略仿其意，遂享盛名。宮保想必也是知道的。」宮保道：「王景是用何法子呢？」老殘道：「他是從『播為九河，同為逆河』，『播』『同』兩個字上悟出來的。後漢書上也只有『十里立一水門，令更相迴注』兩句話。至於其中曲折，亦非傾蓋之間所能盡的，容慢慢的做個說帖呈出覽了。」

張宮保聽了，甚為喜歡，向高紹殷道：「你叫他們趕緊把那南書房三間收拾，只便請鐵先生就搬到衙門裡來住罷，以便隨時領教。」老殘道：「宮保雅愛，甚為感激。只是目下有個親戚在曹州府住，打算去探望一遭；並且風聞玉守的政聲，也要去參考參考，究竟是個何等樣人。等鄙人從曹州回來，再領宮保的教罷。」宮保神色甚為怏怏。說完，老殘即告辭，同紹殷出了衙門，各自回去。

未知老殘究竟是到曹州與否，且聽下回分解。

〔作者評〕

第二卷前半，可當「大明湖記」讀。此卷前半，可當「濟南名泉記」讀。

北柱樓一席話，各人俱有不滿玉賢之意。只以「路不拾遺」四字美名，無人敢直發其奸。亦由省城距曹州較遠，未能得其確耗。

濟南撫署，相傳為齊王府。署中有東朝房、西朝房、宮門口、東宮、西宮、五鳳樓、五朝門等名目，至今仍舊。

莊勤果公延攬海內名士，有見善若不及之勢。

第四回 宮保愛才求賢若渴 太尊治盜疾惡如仇

話說老殘從撫署出來，即將轎子辭去，步行在街上遊玩了一會兒，又在古玩店裡盤桓些時。傍晚回到店裡，店裡掌櫃的連忙跑進屋來說聲「恭喜」，老殘茫然不知道是何事。

掌櫃的道：「我適才聽說院上高大老爺親自來請你老，說是撫台要想見你老，因此一路進衙門的，你老真好造化！上房一個李老爺，一個張老爺，都拿著京城裡的信去見撫台，三次五次的見不著。偶然見著回把，這就要鬧脾氣，罵人，動不動就要拿片子送人到縣裡去打。像你老這樣撫台央出文案老爺來請進去談談，這面子有多大！那怕不是立刻就有差使的嗎？怎麼樣不給你老道喜呢！」老殘道：「沒有的事，你聽他們胡說呢。高大老爺是我替他家醫治好了病，我說，撫台衙門裡有個珍珠泉，可能引我們去見識見識？所以昨日高大老爺偶然得空，來約我看泉水的，那裡有撫台來請我的話！」

掌櫃的道：「我知道的，你老別騙我。先前高大老爺在這裡說話的時候，我聽他管家說：撫台進去吃飯。走從高大老爺房門口過，還嚷說：『你趕緊吃過飯，就去約那個鐵公來哪！去遲，恐怕他出門，今兒就見不著了。』」老殘笑道：「你別信他們胡謅，沒有的事。」掌櫃的道：「你老放心，我不問你借錢。」

只聽外邊大嚷：「掌櫃的在那兒呢？」掌櫃的慌忙跑出去。只見一個人，戴了亮藍頂子，拖著花翎，穿了一雙抓地虎靴子，紫呢夾袍，天青哈喇馬褂，一手提著燈籠，一手拿了個雙紅名帖，嘴裡喊：「掌櫃的呢？」掌櫃的說：「在這兒，在這兒！你老啥事？」那人道：「你這兒有位鐵爺嗎？」掌櫃的道：「不錯，不錯，在這東廂房裡住著呢。我引你去。」

兩人走進來，掌櫃指著老殘道：「這就是鐵爺。」那人趕了一步，進前請了一個安，舉起手中帖子，口中說道：「宮保說，請鐵老爺的安。今晚因學台請吃飯，沒有能留鐵老爺在衙門裡吃飯，所以叫廚房裡趕緊辦了一桌酒席，叫立刻送過來。宮保說，不中吃，請鐵老爺格外包涵些。」那人回頭道：「把酒席抬上來。」那後邊的兩個人抬著一個三屜的長方抬盒，揭了蓋子，頭屜是碟子小碗，第二屜是燕窩魚翅等類大碗，第三屜是一個燒小豬、一隻鴨子，還有兩碟點心。打開看過，那人就叫：「掌櫃的呢？」

這時，掌櫃同茶房等人站在旁邊，久已看呆了，聽叫，忙應道：「啥事？」那人道：「你招呼著送到廚房裡去。」老殘忙道：「宮保這樣費心，是不敢當的。」一面讓那人房裡去坐坐吃茶，那人再三不肯。老殘固讓，那人才進房，在下首一個杌子上坐下；讓他上炕，死也不肯。

老殘拿茶壺，替他倒了碗茶。那人連忙立起，請了個安道謝，因說道：「聽宮保吩咐，趕緊打掃南書房院子，請鐵老爺明後天進去住呢。將來有什麼差遣，只管到武巡捕房呼喚一聲，就過去伺候。」老殘道：「豈敢，豈敢。」那人便站起來，又請了個安，說：「告辭，要回衙銷差，請賞個名片。」老殘一面叫茶房來，給了挑盒子的四百錢，一面寫了個領謝帖子，送那人出去。那人再三固讓，老殘仍送出大門，看那人上馬去了。

老殘從門口回來，掌櫃的笑瞇瞇的迎著說道：「你老還要騙我！這不是撫台大人送了酒席來了嗎？剛才來的，我聽說是武巡捕赫大老爺，他是個參將呢。這二年裡，住在俺店裡的客，撫台也常有送酒席來的，都不過是尋常酒席，差個戈什來就算了。像這樣尊重，俺這裡是頭一回呢！」老殘道：「那也不必管他，尋常也好，異常也好，只是這桌菜怎樣銷法呢？」掌櫃的道：「或者分送幾個至好朋友，或者今晚趕寫一個帖子，請幾位體面客，明兒帶到大明湖上去吃。撫台送的，比金子買的還榮耀得多呢。」

老殘笑道：「既是比金子買的還要榮耀，可有人要買？我就賣他兩把金子來，抵還你的房飯錢罷。」掌櫃的道：「別忙，你老房飯錢，我很不怕，自有人來替你開發。你老不信，試試我的話，看靈不靈。」老殘道：「管他怎麼呢，只是今晚這桌菜，依我看，倒是轉送了你去請客罷。我很不願意吃它，怪煩的慌。」

二人講了些時，仍是老殘請客，就將這本店的住客都請到上房明間裡去。這上房住的，一個姓李，一個姓張，本是極倨傲的，今日見撫台如此契重，正在想法聯絡聯絡，以為托情謀保舉地步。卻遇老殘借他的外間請本店的人，自然是他二人上坐，喜歡的無可如何。所以這一席間，將個老殘恭維得渾身難受，十分沒法，也只好敷衍幾句。好容易一席酒完，各自散去。

那知這張李二公，又親自到廂房裡來道謝，一替一句，又奉承了半日。姓李的道：「老兄可以捐個同知，今年隨摺一個過班，明年春間大案，又是一個過班，秋天引見，就可得濟東泰武臨道。失署後補，是意中事。」姓張的道：「李兄是天津的首富，如老兄可以照應他得兩個保舉，這捐官之費，李兄可以拿出奉借。等老兄得了優差，再還不遲。」老殘道：「承兩位過愛，兄弟總算有造化的了。只是目下尚無出山之志，將來如要出山，再為奉懇。」兩人又力勸了一回，各自回房安寢。

老殘心裡想道：「本想再為盤桓兩天，看這光景，恐無謂的糾纏，要越逼越緊了。『三十六計，走為上計』。」當夜遂寫了一封書，托高紹殷代謝張宮保的厚誼。天未明即將店帳算清楚，雇了一輛二把手的小車，就出城去了。出濟南府西門，北行十八里，有個鎮市，名叫雒口。當初黃河未併大清河的時候，凡城裡的七十二泉泉水，皆從此地入河，本是個極繁盛的所在。自從黃河併了，雖仍有貨船來往，究竟不過十分之一二，差得遠了。

老殘到了雒口，雇了一隻小船，講明逆流送到曹州府屬董家口下船，先付了兩吊錢，船家買點柴米。卻好本日是東南風，掛起帆來，呼呼的去了。走到太陽將要落山，已到了齊河縣城，拋錨住下。第二日住了平陰，第三日住了壽張，第四日便到了董家口，仍在船上住了一夜。天明開發船錢，將行李搬在董家口一個店裡住下。

這董家口，本是曹州府到大名府的一條大道，故很有幾家車店。這家店就叫個董二房老店。掌櫃的姓董，有六十多歲，人都叫他老董。只有一個夥計，名叫王三。老殘住在店內，本該雇車，就往曹州府去，因想沿路打聽那玉賢的政績，故緩緩起行，以便察訪。

這日有辰牌時候，店裡住客，連那起身極遲的，也都走了。店夥打掃房屋，掌櫃的帳已寫完，在門口閒坐。老殘也在門口長凳上坐下，向老董說道：「聽說你們這府裡的大人，辦盜案好的很，究竟是個什麼情形？」那老董歎口氣道：「玉大人官卻是個清官，辦案也實在盡力，只是手太辣些。初起還辦著幾個強盜，後來強盜摸著他的脾氣，這玉大人倒反做了強盜的兵器了。」

老殘道：「這話怎麼講呢？」老董道：「在我們此地西南角上，有個村莊，叫于家屯。這于家屯也有二百多戶人家。那莊上有個財主，叫于朝棟，生了兩個兒子，一個女兒。二子都娶了媳婦，養了兩個孫子。女兒也出了閣。這家人家，過的日子很為安逸。不料禍事臨門，去年秋間，被強盜搶了一次。其實也不過搶去些衣服首飾，所值不過幾百吊錢。這家就報了案，經這玉大人極力的嚴拿，居然也拿住了兩個為從的強盜夥計，追出來的贓物不過幾件布衣服。那強盜頭腦，早已不知跑到那裡去了。

「誰知因這一拿，強盜結了冤仇。到了今年春天，那強盜竟在府城裡面搶了一家子。玉大人雷厲風行的，幾天也沒有拿著一個人。過了幾天，又搶了一家子。搶過之後，大明大白的放火。你想，玉大人可能依呢？自然調起馬隊，追下來了。

「那強盜搶過之後，打著火把出城，手裡拿著洋槍，誰敢上前攔阻。出了東門，望北走了十幾里地，火把就滅了。玉大人調了馬隊，走到街上，地保、更夫就將這情形詳細稟報。當時放馬追出了城，遠遠還看見強盜的火把。追了二三十里，看見前面又有火光，帶著兩三聲槍響。玉大人聽了，怎能不氣呢？仗著膽子本來大，他手下又有二三十匹馬，都帶著洋槍，還怕什麼呢，一直的追去，不是火光，便是槍聲。到了天快明時，眼看離追上不遠了，那時也到了這于家屯了。過了于家屯再往前追，槍也沒有，火也沒有。

「玉大人心裡一想，說道：『不必往前追，這強盜一定在這村莊上了。』當時勒回了馬頭，到了莊上，在大街當中有個關帝廟下了馬，吩咐手下的馬隊，派了八個人，東南西北，一面兩匹馬把住，不許一個人出去，將地保、鄉約等人叫起。這時天已大明了。這玉大人自己帶著馬隊上的人，步行從南頭到北頭，挨家去搜。搜了半天，一些形跡沒有。又從東望西搜去，剛剛搜到這于朝棟家，搜出三枝土槍，又有幾把刀，十幾根竿子。

「玉大人大怒，說強盜一定在他家了，坐在廳上，叫地保來問：『這是什麼人家？』地保回道：『這家姓于。老頭子叫于朝棟，有兩個兒子：大兒子叫于學詩，二兒子叫于學禮，都是捐的監生。』玉大人立刻叫把這于家父子三個帶上來。你想，一個鄉下人，見了府裡大人來了，又是盛怒之下，那有不怕的道理呢？上得廳房裡，父子三個跪下，已經是颯颯的抖，那裡還能說話。

「玉大人說道：『你好大膽！你把強盜藏到那裡去了？』那老頭子早已嚇的說不出話來。還是他二兒子，在府城裡讀過兩年書，見過點世面，膽子稍為壯些，跪著伸直了腰，朝上回道：『監生家裡向來是良民，從沒有同強盜往來的，如何敢藏著強盜？」玉大人道：『既沒有勾當強盜，這軍器從那裡來的？』于學禮道：『因去年被盜之後，莊上不斷常有強盜來，所以買了幾根竿子，叫田戶、長工輪班來幾個保家。因強盜都有洋槍，鄉下洋槍沒有買處，也不敢買，所以從他們打鳥兒的回了兩三枝土槍，夜裡放兩聲，驚嚇驚嚇強盜的意思。』

「玉大人喝道：『胡說！那有良民敢置軍火的道理！你家一定是強盜！』回頭叫了一聲：『來！』那手下人便齊聲像打雷一樣答應了一聲：『嗏！』玉大人說：『你們把前後門都派人札了，替我切實的搜！』這些馬兵遂到他家，從上房裡搜起，衣箱櫥櫃，全行抖擻一個盡，稍為輕便值錢一點的首飾，就掖在腰裡去了。搜了半天，倒也沒有搜出什麼犯法的東西。那知搜到後來，在西北角上，有兩間堆破爛農器的一間屋子裡，搜出了一個包袱，裡頭有七八件衣裳，有三四件還是舊綢子的。馬兵拿到廳上，回說：『在堆東西的裡房搜出這個包袱，不像是自己的衣服，請大人驗看。』

「那玉大人看了，眉毛一皺，眼睛一凝，說道：『這幾件衣服，我記得彷彿是前天城裡失盜那一家子的。姑且帶回衙門去，照失單查對。』就指著衣服向于家父子道：『你說這衣服那裡來的？』于家父子面面相窺，都回不出。還是于學禮說：『這衣服實在不曉得那裡來的。』玉大人就立起身來，吩咐：『留下十二個馬兵，同地保將于家父子帶回城去聽審！』說著就出去。跟從的人，拉過馬來，騎上了馬，帶著餘下的人先進城去。

「這裡于家父子同他家裡人抱頭痛哭。這十二個馬兵說：『我們跑了一夜，肚子裡很餓，你們趕緊給我們弄點吃的，趕緊走罷。大人的脾氣誰不知道，越遲去越不得了。』地保也慌張的回去交代一聲，收拾行李，叫于家預備了幾輛車子，大家坐了進去。趕到二更多天，才進了城。

「這裡于學禮的媳婦，是城裡吳舉人的姑娘，想著她丈夫同她公公、大伯子都被捉去的，斷不能鬆散，當時同她大嫂子商議，說：『他們爺兒三個都被拘了去，城裡不能沒個人照料。我想，家裡的事，大嫂子，妳老照管著；這裡我也趕忙追進城去，找俺爸爸想法子去。妳看好不好？』她大嫂子說：『很好，很好。我正想著城裡不能沒人照應。這些管莊子的都是鄉下老兒，就差幾個去，到得城裡，也跟傻子一樣，沒有用處的。』說著，吳氏就收拾收拾，選了一掛雙套飛車，趕進城去。到了她父親面前，嚎啕大哭。這時候不過一更多天，比他們父子三個，還早十幾里地呢。

「吳氏一頭哭著，一頭把飛災大禍告訴了她父親。她父親吳舉人一聽，渾身發抖，抖著說道：『犯著這位喪門星，事情可就大大的不妥了！我先去走一趟看罷！』連忙穿了衣服，到府衙門求見。號房上去回過，說：『大人說的，現在要辦盜案，無論什麼人，一應不見。』吳舉人同裡頭刑名師爺素來相好，連忙進去見了師爺，把這種種冤枉說了一遍。師爺說：『這案在別人手裡，斷然無事。但這位東家向來不照律例辦事的。如能交到兄弟書房裡來，包你無事。恐怕不交下來，那就沒法了。』

「吳舉人接連作了幾個揖，重托了出去。趕到東門口，等他親家、女婿進來。不過一鍾茶的時候，那馬兵押著車子已到。吳舉人搶到面前，見他三人面無人色。于朝棟看了看，只說了一句『親家救我』，那眼淚就同潮水一樣的直流下來。

「吳舉人方要開口，旁邊的馬兵嚷道：『大人久已坐在堂上等著呢！已經四五撥子馬來催過了，趕快走罷！』車子也並不敢停留。吳舉人便跟著車子走著，說道：『親家寬心！湯裡火裡，我但有法子，必去就是了。』說著，已到衙門口。只見衙裡許多公人出來催道：『趕緊帶上堂去罷！』當時來了幾個差人，用鐵鍊子將于家父子鎖好，帶上去。方跪下，玉大人拿了失單交下來，說：『你們還有得說的嗎？』于家父子方說得一聲『冤枉』，只聽堂上驚堂一拍，大嚷道：『人贓俱獲，還喊冤枉！把他站起來！去！』左右差人連拖帶拽，拉下去了。」

未知後事如何，且聽下回分解。

〔作者 評〕

莊勤果公撫東時，內文案一百三十餘人，隨工差遣者三百餘人，有戰國四公子之風。然而鷄鳴狗盜間出其間，國士羞之。

玉賢撫山西，其虐待教士，並令兵丁強姦女教士，種種惡狀，人多知之。至其守曹州，大得賢聲，當時所為，人多不知，幸賴此書傳出，將來可資正史採用，小說云乎者。

第五回　烈婦有心殉節　鄉人無意逢殃

話說老董說到此處，老殘問道：「那不仍就把這人家爺兒三個都站死了嗎？」老董道：「可不是呢！那吳舉人到府衙門請見的時候，他女兒——于學禮的媳婦——也跟到衙門口，借了延生堂生藥鋪裡坐下，打聽消息。聽說府裡大人不見他父親，已到衙門裡頭求師爺去了，吳氏便知事體不好，立刻叫人把三班頭兒請來。

「那頭兒姓陳，名仁美，是曹州府著名的能吏。吳氏將他請來，把被屈的情形告訴了一遍，央他從中設法。陳仁美聽了，把頭連搖幾搖，說：『這是強盜報仇，做的圈套。你們家又有上夜的，又有保家的，怎麼就讓強盜把贓物送到家中屋子裡還不知道？也算得個特等糊糊了！』吳氏就從手上抹下一副金鐲子，遞給陳頭，說：『無論怎樣，總要頭兒費心！但能救得三人性命，無論花多少錢都願意！不怕將田地房產賣盡，咱一家子要飯吃去都使得！』陳頭兒道：『我去替少奶奶設法，做得成也別歡喜，做不成也別埋怨，俺有多少力量用多少力量就是了。這早晚，他爺兒三個恐怕要到了，大人已是坐在堂上等著呢。我趕快替少奶奶打點去。』說罷告辭。

「回到班房，把金鐲子望堂中桌上一擱，開口道：『諸位兄弟叔伯們，今兒于家這案明是冤枉，諸位有什麼法子，大家幫湊想想。如能救得他們三人性命，一則是件好事，二則大家也可沾潤幾兩銀子。誰能想出妙計，這副鐲就是誰的。』大家答道：『那有一准的法子呢！只好相機行事，做到那裡說那裡話罷。』說過，各人先去通知已站在堂上的夥計們留神方便。

「這時于家父子三個已到堂上。玉大人叫把他們站起來。就有幾個差人橫拖倒拽，將他三人拉下堂去。這邊值日頭兒就走到公案面前，跪了一條腿，回道：『稟大人的話：今日站籠沒有空子，請大人示下。』那玉大人一聽，怒道：『胡說！我這兩天記得沒有站什麼人，怎會沒有空子呢？』值日差回道：『只有十二架站籠，三天已滿。請大人查簿子看。』大人一查簿子，用手在簿子上點著說：『一，二，三：昨兒是三個。一，二，三，四，五：前兒是五個。一，二，三，四：大前兒是四個。沒有空，到也不錯的。』差人又回道：『今兒可否將他們先行收監？明天定有幾個死的，等站籠出了缺，將他們補上好不好？請大人示下。』

「玉大人凝了一凝神，說道：『我最恨這些東西！著要將他們收監，豈不是又被他多活了一天去了嗎？斷乎不行！你們去把大前天站的四個放下，拉來我看。』差人去將那四人放下，拉上堂去。大人親自下案，用手摸著四人鼻子，說道：『是還有點游氣。』復行坐上堂去，說：『每人打二千板子，看他死不死！』那知每人不消得幾十板子，那四個人就都死了。眾人沒法，只好將于家父子站起，卻在腳下選了三塊厚磚，讓他可以三四天不死，趕忙想法。誰知什麼法子都想到，仍是不濟。

「這吳氏真是好個賢惠婦人！她天天到站籠前來灌點參湯，灌了回去就哭，哭了就去求人，響頭不知磕了幾千，總沒有人挽回得動這玉大人的牛性。于朝棟究竟上了幾歲年紀，第三天就死了。于學詩到第四天也就差不多了。吳氏將于朝棟屍首領回，親視含殮，換了孝服，將她大伯、丈夫後事囑託了她父親，自己跪到府衙門口，對著于學禮哭了個死去活來。末後向她丈夫說道：『你慢慢的走，我替你先到地下收拾房子去！』說罷，袖中掏出一把飛利的小刀，向脖子上只一抹，就沒有了氣了。

「這裡三班頭腦陳仁美看見，說：『諸位，這吳少奶奶的節烈，可以請得旌表的。我看，倘若這時把于學禮放下來，還可以活。我們不如借這個題目上去替他求一求罷。』眾人都說：『有理。』陳頭立刻進去找了稿案門上，把那吳氏怎樣節烈說了一遍，又說：『民間的意思說：這節婦為夫自盡，情實可憫，可否求大人將她丈夫放下，以慰烈婦幽魂？』稿案說：『這話很有理，我就替你回去。』抓了一頂大帽子戴上，走到簽押房，見了大人，把吳氏怎樣節烈，眾人怎樣乞恩，說了一遍。

「玉大人笑道：『你們倒好，忽然的慈悲起來了！你會慈悲于學禮，你就不會慈悲你主人嗎？

這人無論冤枉不冤枉，若放下他，一定不能甘心，將來連我前程都保不住。俗語說的好，「斬草要除根」，就是這個道理。況這吳氏尤其可恨，她一肚子覺得我冤枉了她一家子。若不是個女人，她雖死了，我還要打她二千板子出出氣呢！你傳話出去：誰要再來替于家求情，就是得賄的憑據，不用上來回，就把這求情的人也用站籠站起來就完了！』稿案下來，一五一十將話告知了陳仁美。大家歎口氣就散了。

「那裡吳家業已備了棺木前來收殮。到晚，于學詩、于學禮先後死了。一家四口棺木，都停在西門外觀音寺裡，我春間進城還去看了看呢！」

老殘道：「于家後來怎麼樣呢，就不想報仇嗎？」老董說道：「那有什麼法子呢！民家被官家害了，除卻忍受，更有什麼法子？倘若是上控，照例仍舊發回來審問，再落在他手裡，還不是又饒上一個嗎？

「那于朝棟的女婿倒是一個秀才。四個人死後，于學詩的媳婦也到城裡去了一趟，商議著要上控。就有那老年見過世面的人說：『不妥，不妥！你想叫誰去呢？外人去，叫做「事不干己」，先有個多事的罪名。若說叫于大奶奶去罷，兩個孫子還小，家裡偌大的事業，全靠她一人支撐呢，她再有個長短，這家業怕不是眾親族一分，這兩個小孩子誰來撫養？反把于家香煙絕了。』又有人說：『大奶奶是去不得的，倘若是姑老爺去走一趟，倒沒有什麼不可。』

「他姑老爺說：『我去是很可以去，只是與正事無濟，反叫站籠裡多添個屈死鬼。你想，撫台一定發回原官審問；縱然派個委員前來會審，官官相護，他又拿著人家失單衣服來頂我們。我們不過說：「那是強盜的移贓。」他們問：「你瞧見強盜移的嗎？你有什麼憑據？」那時自然說不出來。他是官，我們是民；他是有失單為憑的，我們是憑空裡沒有證據的。你說，這官事打得贏打不贏呢？』眾人想想也是真沒有法子，只好罷了。

「後來聽得他們說：那移贓的強盜，聽見這樣，都後悔的了不得，說：『我當初恨他報案，毀了我兩個弟兄，所以用個「借刀殺人」的法子，讓他家吃幾個月官事，不怕不毀他一兩千吊錢。

誰知道就鬧的這麼利害，連傷了他四條人命！——委實我同他家也沒有這大的仇隙。』」

老董說罷，復道：「你老想想，這不是給強盜做兵器嗎？」老殘道：「這強盜所說的話又是誰聽見的呢？」老董道：「那是陳仁美他們碰了頂子下來，看這于家死的實在可慘，又平白的受了人家一副金鐲子，心裡也有點過不去，所以大家動了公憤，齊心齊意要破這一案。又加著那鄰近地方，有些江湖上的英雄，也恨這夥強盜做的太毒，所以不到一個月，就捉住了五六個人。有三四個牽連著別的案情的，都站死了；有兩三個專只犯于家移贓這一案的，被玉大人都放了。」

老殘說：「玉賢這個酷吏，實在令人可恨！他除了這一案不算，別的案子辦的怎麼樣呢？」老董說：「多著呢，等我慢慢的說給你老聽。就咱這個本莊，就有一案，也是冤枉，不過條把人命就不算事了。我說給你老聽……」

正要往下說時，只聽他夥計王三喊道：「掌櫃的，你怎麼著了？大家等你挖麵做飯吃呢！你老的話布口袋破了口兒，說不完了！」老董聽著就站起，走往後邊挖麵做飯。接連又來了幾輛小車，漸漸的打尖的客陸續都到店裡，老董前後招呼，不暇來說閒話。

過了一刻，吃過了飯，老董在各處算飯錢，招呼生意，正忙得有勁，老殘無事，便向街頭閒逛。出門望東走了二三十步，有家小店，賣油鹽雜貨。老殘進去買了兩包蘭花潮煙，順便坐下，看櫃台裡邊的人，約有五十多歲光景，就問他：「貴姓？」那人道：「姓王，就是本地人氏。你老貴姓？」老殘道：「姓鐵，江南人氏。」那人道：「江南真好地方！『上有天堂，下有蘇杭』，不像我們這地獄世界。」老殘道：「此地有山有水，也種稻，也種麥，與江南何異？」那人歎口氣道：「一言難盡！」就不往下說了。

老殘道：「你們這玉大人好嗎？」那人道：「是個清官！是個好官！衙門口有十二架站籠，天天不得空，難得有天把空得一個兩個的。」說話的時候，後面走出一個中年婦人，在山架上檢尋物件，手裡拿著一個粗碗；看櫃台外邊有人，她看了一眼，仍找物件。老殘道：「那有這麼些強盜呢？」那人道：「誰知道呢！」老殘道：「恐怕總是冤枉得多罷？」那人道：「不冤枉！不冤枉！」老殘道：「聽說他隨便見看什麼人，只要不順他的眼，他就把他用站籠站死；或者說話說的不得法，犯到他手裡，也是一個死。有這話嗎？」那人說：「沒有！沒有！」只是覺得那人一面答話，那臉就漸漸發青，眼眶子就漸漸發紅。聽到「或者說話說的不得法」這兩句的時候，那人眼裡已經擱了許多淚，未曾墜下。那找尋物件的婦人，朝外一看，卻止不住淚珠直滾下來，也不找尋物件，一手拿著碗，一手用袖子掩了眼睛，跑往後面去，才走到院子裡，就飄飄的哭起來了。

老殘頗想再望下問，因那人顏色過於淒慘，知道必有一番負屈含冤的苦，不敢說出來的光景，也只好搭訕著去了。走回店去就到本房坐了一刻，看了兩頁書，見老董事也忙完，就緩緩的走出，找著老董閒話，便將剛才小雜貨店裡所見光景告訴老董，問他是什麼緣故。

老董說：「這人姓王，只有夫妻兩個，三十歲上成家。他女人小他頭十歲呢。成家後，只生了一個兒子，今年已經二十一歲了。這家店裡的貨，粗笨的，本莊有集的時候買進；那細巧一點子的，都是他這兒子到府城裡去販買。春間，他兒子在府城裡，不知怎樣，多吃了兩杯酒，在人家店門口，就把這玉大人怎樣糊塗，怎樣好冤枉人，隨口瞎說。被玉大人心腹私訪的人聽見，就把他抓進衙門。大人坐堂，只罵了一句說：『你這東西謠言惑眾，還了得嗎！』站起站籠，不到兩天就站死了。你老才見的那中年婦人就是這王姓的妻子，她也四十歲外了。夫妻兩個只有此子，另外更無別人。你提起玉大人，叫他怎樣不傷心呢？」

老殘說：「這個玉賢真正是死有餘辜的人，怎樣省城官聲好到那步田地？煞是怪事！我若有權，此人在必殺之例。」老董說：「你老小點嗓子！你老在此地，隨便說說還不要緊；若到城裡，可別這麼說了，要送性命的呢！」老殘道：「承關照，我留心就是了。」當日吃過晚飯，安歇。第二天，辭了老董，上車動身。

到晚，住了馬村集。這集比董家口略小些，離曹州府城只有四五十里遠近。老殘在街上看了，只有三家車店，兩家已經住滿，只有一家未有人住，大門卻是掩著。老殘推門進去，找不著人。

半天，才有一個人出來說：「我家這兩天不住客人。」問他什麼緣故，卻也不說。欲往別家，已無隙地，不得已，同他再三商議。那人才沒精打采的開了一間房間，嘴裡還說：「茶水飯食都沒有的，客人沒地方睡，在這裡將就點罷。我們掌櫃的進城收屍去了，店裡沒人，你老吃飯喝茶，門口南邊有個飯店帶茶館，可以去的。」老殘連聲說：「勞駕，勞駕。行路的人怎樣將就都行得的。」那人說：「我睡在大門旁邊南屋裡，你老有事，來招呼我罷。」

老殘聽了「收屍」二字，心裡著實放心不下。晚間吃完了飯，回到店裡，買了幾塊茶乾，四五包長生果，又沽了兩瓶酒，連那沙瓶攜了回來。那個店夥早已把燈掌上。老殘對店夥道：「此地有酒，你閂了大門，可以來喝一杯吧。」店夥欣然應諾，跑去把大門上了大閂，一直進來，立著說：「你老請用罷，俺是不敢當的。」老殘拉他坐下，倒了一杯給他。他歡喜的支著牙，連說「不敢」，其實酒杯子早已送到嘴邊去了。

初起說些閒話，幾杯之後，老殘便問：「你方才說掌櫃的進城收屍去了，這話怎講？難道又是甚人害在玉大人手裡了嗎？」那店夥說道：「仗著此地一個人也沒有，我可以放肆說兩句：俺們這個玉大人真是了不得！賽過活閻王，碰著了就是個死！」

「俺掌櫃的進城，為的是他妹夫。他這妹夫也是個極老實的人。因為掌櫃的哥妹兩個極好，所以都住在這店裡後面。他妹夫常常在鄉下機上買幾匹布，到城裡去賣，賺幾個錢貼補著零用。那天背著四匹白布進城，在廟門口擺在地下賣，早晨賣去兩匹，後來又賣去了五尺。末後又來一個人，撕八尺五寸布，一定要在那整匹上撕，說情願每尺多給兩個大錢，就是不要撕過那匹上的布。鄉下人見多賣十幾個錢，有個不願意的嗎？自然就給他撕了。誰知沒有兩頓飯工夫，玉大人騎著馬，走廟門口過，旁邊有個人上去不知說了兩句什麼話。

「只見玉大人朝他望了望，就說：『把這個人連布帶到衙門裡去。』到了衙門，大人就坐堂，叫把布呈上去，看了一看，就拍著驚堂問道：『你這布那裡來的？』他說：『我鄉下買來的，』又問：『每個有多少尺寸？』他說：『一個賣過五尺，一個賣過八尺五寸。』大人說：『你既是零賣，兩個是一樣的布，為什麼這個上撕撕，那個上扯扯呢？還剩多少尺寸，怎麼說不出來呢？』叫差人：『替我把這布量一量！』當時量過，報上去說：『一個是二丈五尺，一個是二丈一尺五寸。』

「大人聽了，當時大怒，發下一個單子來，說：『你認識字嗎？』他說；「不認識。』大人說：『念給他聽！』旁邊一個書辦先生拿過單子念道：『十七日早，金四報：昨日太陽落山時候，在西門外十五里地方被劫。是一個人從樹林子裡出來，用大刀在我肩膀上砍了一刀，搶去大錢一吊四百，白布兩個：一個長二丈五尺，一個長二丈一尺五寸。』念到此，玉大人說：『布匹尺寸顏色都與失單相符，這案不是你搶的嗎？你還想狡強嗎？拉下去站起來！──把布匹交還金四完案。』」

未知後事如何，且聽下回分解。

〔作者　評〕

玉賢殘酷，吳氏節烈，都寫得奕奕如生，有功於人心世道不少。

陳仁美或吳少奶奶節烈，猶有人心，賢於玉賢遠矣。

玉賢對稿案所發議論，罪不容誅。哀哀我民，何遭此不幸！站籠裏多添個屈死鬼，尤其可慘。

第六回 萬家流血頂染猩紅 一席談心辯生狐白

話說店夥說到將他妹夫扯去站了站籠，布匹交金四完案。老殘便道：「這事我已明白，自然是捕快做的圈套，你們掌櫃的自然應該替他收屍去的。但是，他一個老實人，為什麼人要這麼害他呢，你掌櫃的就沒有打聽打聽嗎？」

店夥道：「這事，一被拿我們就知道了，都是為他嘴快，惹下來的亂子。我也是聽人家說的：府裡南門大街西邊小胡同裡，有一家子，只有父子兩個。他爸爸四十來歲，他女兒十七八歲，長的有十分人材，還沒有婆家。她爸爸做些小生意，住了三間草房，一個土牆院子。這閨女有一天在門口站著，碰見了府裡馬隊上什長花肐膊王三，因此王三看她長的體面，不知怎麼，胡二巴越的就把她弄上手了。過了些時，活該有事，被她爸爸回來一頭碰見，氣了個半死，把他閨女著實打了一頓，就把大門鎖上，不許女兒出去。不到半個月，那花肐膊王三就編了法子，把她爸爸也算了個強盜，用站籠站死。後來不但他閨女算了王三的媳婦，就連那點小房子也算了王三的產業。

「俺掌櫃的妹夫，曾在他家賣過兩回布，認得他家，知道這件事情。有一天，在飯店裡多吃了兩鍾酒，就發起瘋來，同這北街上的張二禿子，一面吃酒，一面說話，說怎麼樣緣故，這些人怎麼樣沒個天理。那張二禿子也是個不知利害的人，聽得高興，儘往下問，說：『他還是義和團裡的小師兄呢，那二郎、關爺多少正神常附在他身上，難道就不管管他嗎？』他妹夫說：『可不是呢。聽說前些時，他請孫大聖，孫大聖沒有到，還是豬八戒老爺下來的。倘若不是因為他昧良心，為什麼孫大聖不下來，倒叫豬八戒下來呢？我恐怕他這樣壞良心，總有一天碰著大聖不高興的時候，舉起金箍棒來給他一棒，那他就受不住了。』

「二人談得高興，不知早被他們團裡朋友，報給王三，把他們兩人面貌記得爛熟，沒有數個月的工夫，把他妹夫就毀了。張二禿子知道勢頭不好，仗著他沒有家眷，『天明四十五』，逃往河南歸德府去找朋友去了。酒也完了，你老睡罷。明天倘若進城，千萬說話小心！俺們這裡人人都耽著三分驚險，大意一點兒，站籠就會飛到脖兒梗上來的。」於是站起來，桌上摸了個半截線香，把燈撥了撥，說：「我去拿油壺來添添這燈。」老殘說：「不用了，各自睡罷。」兩人分手。

到了次日早晨，老殘收檢行李，叫車伕來搬上車子。店夥送出，再三叮嚀：「進了城去，切勿多話。要緊，要緊！」老殘笑著答道：「多謝關照。」一面車伕將車子推動，向南大路進發，不過午牌時候，早已到了曹州府城。進了北門，就在府前大街尋了一家客店，找了個廂房住下。跑堂的來問了飯菜。就照樣辦來吃過了，便到府衙門前來觀望觀望。

看那大門上懸著通紅的彩綢，兩旁果真有十二個站籠，卻都是空的，一個人也沒有，心裡詫異道：「難道一路傳聞都是謊話嗎？」踅了一會兒，仍自回到店裡。只見上房裡有許多戴大帽子的人出入，院子裡放了一肩藍呢大轎，許多轎伕穿了棉襖褲，也戴著大帽子，在那裡吃餅；又有幾個人穿著號衣，上寫著「城武縣民壯」字樣，心裡知道這上房住的必是城武縣了。

過了許久，見上房裡家人喊了一聲「伺候」，那轎伕便將轎子搭到階下，前頭打紅傘的拿了紅傘，馬棚裡牽出了兩匹馬，登時上房裡紅呢簾子打起，出來了一個人，水晶頂，補褂朝珠，年紀約在五十歲上下，從台階上下來，進了轎子，呼的一聲，抬起出門去了。老殘見了這人，心裡想到：「何以十分面善？我也未到曹屬來過，此人是在那裡見過的呢？……」想了些時，想不出來，也就罷了。因天時尚早，復到街上訪問本府政績，竟是一口同聲說好，不過都帶有慘淡顏色，不覺暗暗點頭，深服古人「苛政猛於虎」一語真是不錯。

回到店中，在門口略為小坐，卻好那城武縣已經回來，進了店門，從玻璃窗裡朝外一看，與老殘正屬四目相對。一恍的時候，轎子已到上房階下，那城武縣從轎子裡出來，家人放下轎簾，跟上台階。遠遠看見他向家人說了兩句話，只見那家人即向門口跑來，那城武縣仍站在台階上等著。家人跑到門口，向老殘道：「這位是鐵老爺麼？」老殘道：「正是。你何以知道？你貴上姓什麼？」家人道：「小的主人姓申，新從省裡出來，撫台委署城武縣的，說請鐵老爺上房裡去坐呢。」老殘恍然想起，這人就是文案上委員申東造。因雖會過兩三次，未曾多餘接談，故記不得了。

老殘當時上去，見了東造，彼此作了個揖。東造讓到裡間屋內坐下，嘴裡連稱：「放肆，我換衣服。」當時將官服脫去，換了便服，分賓主坐下，問道：「補翁是幾時來的？到這裡多少天了？可是就住在這店裡嗎？」老殘道：「今日到的，出省不過六七天，就到此地了。東翁是幾時出省？到過任再來的嗎？」東造道：「兄弟也是今天到，大前天出省；這伕馬人役是接到省城去的。我出省的前一天，還聽姚雲翁說：宮保看補翁去了，心裡著實難過，說：自己一生契重名士，以為無不可招致之人，今日竟遇著一個鐵君，真是浮雲富貴。反心內照，愈覺得齷齪不堪了！」

老殘道：「宮保愛才若渴，兄弟實在欽佩的。至於出來的原故，並不是肥遯鳴高的意思：一則深知自己才疏學淺，不稱揄揚；二則因這玉太尊聲望過大，到底看看是個何等人物。至『高尚』二字，兄弟不但不敢當，且亦不屑為。天地生才有數，若下愚蠢陋的人，高尚點也好借此藏拙；若真有點濟世之才，竟自遯世，豈不辜負天地生才之心嗎？」東造道：「屢聞至論，本極佩服，今日之說，則更五體投地。可見長沮、桀溺等人為孔子所不取的了。只是目下在補翁看來，我們這玉太尊究竟是何等樣人？」老殘道：「不過是下流的酷吏，又比郅都、甯成等人次一等了。」東造連連點頭，又問道：「弟等耳目有所隔閡，先生布衣遊歷，必可得其實在情形。我想太尊殘忍如此，必多冤枉，何以竟無上控的案件呢？」老殘便將一路所聞細說一遍。

說得一半的時候，家人來請吃飯，東造遂留老殘同吃，老殘亦不辭讓。吃過之後，又接著說去。說完了，便道：「我只有一事疑惑：今日在府門前瞻望，見十二個站籠都空著，恐怕鄉人之言，必有靠不住處。」東造道：「這卻不然。我適在菏澤縣署中，聽說太尊是因為晚日得了院上行知，除已補授實缺外，在大案裡又特保了他個以道員在任候補，並俟歸道員班後，賞加二品銜的保舉，所以停刑三日，讓大家賀喜。你不見衙門口掛著紅彩紬嗎？聽說停刑的頭一日，即是昨日，站籠上還有幾個半死不活的人，都收了監了。」彼此歎息了一回。老殘道：「旱路勞頓，天時不早了，安息罷。」東造道：「明日晚間，還請枉駕談談，弟有極難處置之事，要得領教，還望不棄才好。」說罷，各自歸寢。

到了次日，老殘起來，見那天色陰的很重，西北風雖不甚大，覺得棉袍子在身上有飄飄欲仙之致。洗過臉，買了幾根油條當了點心，沒精打采的到街上徘徊些時。正想上城牆上去眺望遠景，見那空中一片一片的飄下許多雪花來。頃刻之間，那雪便紛紛亂下，迴旋穿插，越下越緊。趕急走回店中，叫店家籠了一盆火來。那窗戶上的紙，只有一張大些的，懸空了半截，經了雪的潮氣，迎著風霍鐸霍鐸價響。旁邊零碎小紙，雖沒有聲音，卻不住的亂搖。房裡便覺得陰風森森，異常慘淡。

老殘坐著無事，書又在箱子裡，不便取，只是悶悶的坐，不禁有所感觸，遂從枕頭匣內取出筆硯來，在牆上題詩一首，專詠玉賢之事。詩曰：

得失淪肌髓，因之急事功。冤埋城闕暗，血染頂珠紅。
處處鵂鶹雨，山山虎豹風。殺民如殺賊，太守是元戎！

下題「江南徐州鐵英題」七個字。寫完之後，便吃午飯。飯後，那雪越發下得大了，站在房門口朝外一看，只見大小樹枝，彷彿都用簇新的棉花裹著似的。樹上有幾個老鴉，縮著頸項避寒，不住的抖擻翎毛，怕雪堆在身上。又見許多麻雀兒，躲在屋簷底下，也把頭縮著怕冷，其饑寒之狀殊覺可憫。因想：「這些鳥雀，無非靠著草木上結的實，並些小蟲蟻兒充饑度命。現在各樣蟲蟻自然是都入蟄，見不著的了。就是那草木之實，經這雪一蓋，那裡還有呢？倘若明天晴了，雪略為化一化，西北風一吹，雪又變做了冰，仍然是找不著，豈不要餓到明春嗎？」想到這裡，覺得替這些鳥雀愁苦的受不得。

轉念又想：「這些鳥雀雖然凍餓，卻沒有人放槍傷害它，又沒有什麼網羅來捉它，不過暫時饑寒，撐到明年開春，便快活不盡了。若像這曹州府的百姓呢，近幾年的年歲，也就很不好。又有這麼一個酷虐的父母官，動不動就捉了去當強盜待，用站籠站殺，嚇的連一句話也說不出來，於饑寒之外，又多一層懼怕，豈不比這鳥雀還要苦嗎？」想到這裡，不覺落下淚來。又見那老鴉有一陣刮刮的叫了幾聲，彷彿他不是號寒啼饑，卻是為有言論自由的樂趣，來驕這曹州府百姓似的。想到此處，不覺怒髮衝冠，恨不得立刻將玉賢殺掉，方出心頭之恨。

正在胡思亂想，見門外來了一乘藍呢轎，並執事人等，知是申東造拜客回店了。因想：「我為什麼不將這所見所聞的，寫封信告訴張宮保呢？」於是從枕箱裡取出信紙信封來，提筆便寫。那知剛才題壁，在硯台上的墨早已凍成堅冰了，於是呵一點寫一點。寫了不過兩張紙，天已很不早了。硯台上呵開來，筆又凍了，筆呵開來，硯台上又凍了，呵一回，不過寫四五個字，所以耽擱工夫。

正在兩頭忙著，天色又暗起來，更看不見。因為陰天，所以比平常更黑得早，於是喊店家拿盞燈來。喊了許久，店家方拿了一盞燈，縮手縮腳的進來，嘴裡還喊道：「好冷呀！」把燈放下，手指縫裡夾了個紙煤子，吹了好幾吹，才吹著。那燈裡是新倒上的凍油，堆的像大螺絲殼似的，點著了還是不亮。店家道：「等一會，油化開就亮了。」撥了撥燈，把手還縮到袖子裡去，站著看那燈滅不滅。起初燈光不過有大黃豆大，漸漸的得了油，就有小蠶豆大了。忽然抬頭看見牆上題的字，驚惶道：「這是你老寫的嗎？寫的是啥？可別惹出亂子呀！這可不是頑兒的！」趕緊又回過頭朝外看看，沒有人，又說道：「弄的不好，要壞命的！我們還要受連累呢！」老殘笑道：「底下寫著我的名字呢，不要緊的。」

說著，外面進來了一個人，戴著紅纓帽子，叫了一聲「鐵老爺」，那店家就趔趔趄趄的去了。那進來的人道：「敝上請錢老爺去吃飯呢。」原來就是申東造的家人。老殘道：「請你們老爺自用罷，我這裡已經叫他們去做飯，一會兒就來了。說我謝謝罷。」那人道：「敝上說：店裡飯不中吃。我們那裡有人送的兩隻山雞，已經都片出來了，又片了些羊肉片子，說請鐵老爺務必上去吃火鍋子呢。敝上說：如鐵老爺一定不肯去，敝上就叫把飯開到這屋裡來吃。我看，還是請老爺上去罷，那屋子裡有大火盆，有這屋裡火盆四五個大，暖和得多呢，家人們又得伺候，請你老成全家人罷！」

老殘無法，只好上去。申東造見了，說：「補翁，在那屋裡做什麼？恁大雪天，我們來喝兩杯酒罷。今兒有人送來極新鮮的山雞，燙了吃，很好的，我就借花獻佛了。」說著，便入了座。家人端上山雞片，果然有紅有白，煞是好看。燙著吃，味更香美。東造道：「先生吃得出有點異味嗎？」老殘道：「果然有點清香，是什麼道理？」東造道：「這雞出在肥城縣桃花山裡頭的。這山裡松樹極多，這山雞專好吃松花松實，所以有點清香，俗名叫做『松花雞』。雖在此地，亦很不容易得的。」老殘讚歎了兩句，廚房裡飯菜也就端上桌子。

兩人吃過了飯。東造約到裡間房裡吃茶，向火。忽然看見老殘穿著一件棉袍子，說道：「這種冷天，怎麼還穿棉袍子呢？」老殘道：「毫不覺冷。我們從小兒不穿皮袍子的人，這棉袍子的力量恐怕比你們的狐皮還要暖和些呢。」東造道：「那究竟不妥。」喊：「來個人！你們把我扁皮箱裡，還有一件白狐一裹圓的袍子取出來，送到鐵老爺屋子裡去。」

老殘道：「千萬不必！我決非客氣。你想，天下有個穿狐皮袍子搖串鈴的嗎？」東造道：「你那串鈴本可以不搖，何必矯俗到這個田地呢！承蒙不棄，拿我兄弟還當個人，我有兩句放肆的話要說，不管你先生惱我不惱我。昨兒聽先生鄙薄那肥遯鳴高的人，說道：『天地生才有限，不宜妄自菲薄。』這話，我兄弟五體投地的佩服了。然而先生所做的事情，卻與至論有點違背。宮保一定要先生出來做官，先生卻半夜裡跑了，一定要出來搖串鈴。試問，與那鑿杯而遁、洗耳不聽的，有何分別呢？兄弟話未免魯莽，有點冒犯，請先生想一想，是不是呢？」

老殘道：「搖串鈴，誠然無濟於世道，難道做官就有濟於世道嗎？請問：先生此刻已經是城武縣一百里萬民的父母了，其可以有濟於民處何在呢？先生必有成竹在胸，何妨賜教一二呢？我知先生在前已做過兩三任官的，請教已過的善政，可有出類拔萃的事跡呢？」東造道：「不是這麼說。像我們這些庸材，只好混混罷了。閣下如此宏材大略，不出來做點事情，實在可惜。無才者抵死要做官，有才者抵死不做官，此正是天地間第一憾事！」

老殘道：「不然。我說無才的要做官很不要緊，正壞在有才的要做官。你想，這個玉太尊，不是個有才的嗎？只為過於要做官，且急於做大官，所以傷天害理的做到這樣。而且政聲又如此其好，怕不數年之間就要方面兼圻的嗎。官愈大，害愈甚：守一府則一府傷，撫一省則一省殘，宰天下則天下死！由此看來，請教還是有才的做官害大，還是無才的做官害大呢？倘若他也像我，搖個串鈴子混混，正經病，人家不要他治；些小病痛，也死不了人。即使他一年醫死一個，歷一萬年，還抵不上他一任曹州府害的人數呢！」

未知申東造又有何說，且聽下回分解。

〔作者　評〕

烏雀饑寒，猶無虞害之心，讀之令人酸鼻。至聞鴉噪，以為有言論自由之樂，以此驕人，是加一倍寫法。此回為玉賢傳之總結。

有才的急於做官，又急於要做大官，所以傷天害理，歷朝國家俱受此等人物之害。

第七回　借箸代籌一縣策　納楹閒訪百城書

話說老殘與申東造議論玉賢正為有才，急於做官，所以喪天害理，至於如此，彼此歎息一回。

東造道：「正是。我昨日說有要事與先生密商，就是為此。先生想，此公殘忍至於此極，兄弟不幸，偏又在他屬下。依他做，實在不忍；不依他做，又實無良法。先生閱歷最多，所謂『險阻艱難，備嘗之矣；民之情偽，盡知之矣』。必有良策，其何以教我？」老殘道：「知難則易者至矣。閣下既不恥下問，弟先須請教宗旨何如。若求在上官面上討好，做得烈烈轟轟，有聲有色，則只有依玉公辦法，所謂逼民為盜也；若要顧念『父母官』三字，求為民除害，亦有化盜為民之法。若官階稍大，轄境稍寬，略為易辦；若止一縣之事，缺分又苦，未免稍形棘手，然亦非不能也。」

東造道：「自然以為民除害為主。果能使地方安靜，雖無不次之遷，要亦不至於凍餒。『子孫飯』吃它做什麼呢！但是缺分太苦，前任養小隊五十名，盜案仍是疊出，加以虧空官款，因此罣誤去官。弟思如賠累而地方安靜，尚可設法彌補；若俱不可得，算是為何事呢！」老殘道：「五十名小隊，所費誠然太多。以此缺論，能籌款若干，便不致賠累呢？」東造道：「不過千金，尚不吃重。」

老殘道：「此事卻有個辦法。閣下一年籌一千二百金，卻不用管我如何辦法，我可以代畫一策，包你境內沒有一個盜案；倘有盜案，且可以包你頃刻便獲。閣下以為何如？」東造道：「能得先生去為我幫忙，我就百拜的感激了。」老殘道：「我無庸去，只是教閣下個至良極美的法則。」東造道：「閣下不去，這法則誰能行呢？」老殘道：「正為薦一個行此法則的人。惟此人千萬不可怠慢。若怠慢此人，彼必立刻便去，去後禍必更烈。」

「此人姓劉，號仁甫，即是此地平陰縣人，家在平陰縣西南桃花山裡面。其人少時——十四五歲——在嵩山少林寺學拳棒。學了些時，覺得徒有虛名，無甚出奇致勝處，於是奔走江湖，將近十年。在四川峨眉山上遇見了一個和尚，武功絕倫，他就拜他為師，學了一套『太祖神拳』、一套『少祖神拳』。因請教這和尚，拳法從那裡得來的。和尚說係少林寺。他就大為驚訝，說：『徒弟在少林寺四五年，見沒有一個出色拳法，師父從那一個學的呢？』

「那和尚道：『這是少林寺的拳法，卻不從少林寺學來。現在少林寺裡的拳法，久已失傳了。你所學者，「太祖拳」就是達摩傳下來的，那「少祖拳」就是神光傳下來的。當初傳下這個拳法來的時候，專為和尚們練習了這拳，身體可以結壯，精神可以悠久。若當朝山訪道的時候，單身走路，或遇虎豹，或遇強人，和尚家又不作帶兵器，所以這拳法專為保護身命的。筋骨強壯，肌肉堅固，便可以忍耐凍餓。你想，行腳僧在荒山野壑裡，訪求高人古德，於「宿食」兩字，一定難以周全的，此太祖、少祖傳下拳法來的美意了。那知後來少林寺拳法出了名，外邊來學的日多，學出去的人，也有做強盜的，也有姦淫人家婦女的，屢有所聞。因此，在現在這老和尚以前四五代上的個老和尚，就將這正經拳法收起不傳，只用些「外面光」「不管事」的拳法敷衍門面而已。我這拳法係從漢中府裡一個古德學來的，若能認真修練，將來可以到得甘鳳池的位分。』

「劉仁甫在四川住了三年，盡得其傳。當時正是粵匪擾亂的時候，他從四川出來，就在湘軍、淮軍營盤裡混過些時。因是兩軍，湘軍必須湖南人，淮軍必須安徽人，方有照應，若別省人，不過敷衍故事，得個把小保舉而已，大權萬不會有的。此公已保舉到個都司，軍務漸平，他也無心戀棧，遂回家鄉。種了幾畝田，聊以度日，閒暇無事，在這齊、豫兩省隨便遊行。這兩省練武功的人，無不知他的名氣。他卻不肯傳授徒弟，若是深知這人一定安分的，他就教他幾手拳棒，也十分慎重的。所以這兩省有武藝的，全敵他不過，都懼怕他。若將此人延為上賓，將這每月一百兩交付此人，聽其如何應用。大約他只要招十名小隊，供奔走之役，每人月餉六兩，其餘四十兩，供應往來豪傑酒水之資，也就夠了。

「大概這河南、山東、直隸三省，及江蘇、安徽的兩個北半省，共為一局。此局內的強盜計分大小兩種：大盜係有頭領，有號令，有法律的，大概其中有本領的甚多；小盜則隨時隨地無賴之徒，及失業的頑民，胡亂搶劫，既無人幫助，又無槍火兵器，搶過之後，不是酗酒，便是賭博，最容易犯案的。譬如玉太尊所辦的人，大約十分中九分半是良民，半分是這些小盜。若論那些大盜，無論頭目人物，就是他們的羽翼，也不作興有一個被玉太尊捉著的呢。

「但是大盜卻容易相與，如京中保鏢的呢，無論十萬二十萬銀子，只須一兩個人，便可保得一路無事。試問如此鉅款，就聚了一二百強盜搶去，也很夠享用的，難道這一兩個鏢司務就敵得過他們嗎？只因為大盜相傳有這個規矩，不作興害鏢局的，所以凡保鏢的車上，有他的字號，出門要叫個口號。這口號喊出，那大盜就覿面碰著，彼此打個招呼，也決不動手的。鏢局幾家字號，大盜都知道的；大盜有幾處窩巢，鏢局也是知道的。倘若他的羽翼，到了有鏢局的所在，進門打過暗號，他們就知道是那一路的朋友，當時必須留著喝酒吃飯，臨行還要送他三二百個錢的盤川；若是大頭目，就須盡力應酬。這就叫做江湖上的規矩。

「我方才說這個劉仁甫，江湖都是大有名的。京城裡鏢局上請過他幾次，他都不肯去，情願埋名隱姓，做個農夫。若是此人來時，待以上賓之禮，彷彿貴縣開了一個保護本縣的鏢局。他無事時，在街上茶館飯店裡坐坐，這過往的人，凡是江湖上朋友，他到眼便知，隨便會幾個茶飯東道，不消十天半個月，各處大盜頭目就全曉得了，立刻便要傳出號令：某人立足之地，不許打攪的。每月所餘的那四十金就是給他做這個用處的。

「至於小盜，他本無門徑，隨意亂做，就近處，自有人來暗中報信，失主尚未來縣報案，他的手下人倒已先將盜犯獲住了。若是稍遠的地方做了案子，沿路也有他們的朋友，替他暗中捕下去，無論走到何處，俱捉得到的。所以要十名小隊子，其實，只要四五個應手的人已經足用了。那多餘的五六個人，為的是本縣轎子前頭擺擺威風，或者按差送差，跑信等事用的。」

東造道：「如閣下所說，自然是極妙的法則；但是此人既不肯應鏢局之聘，若是兄弟衙署裡請他，恐怕也不肯來，如之何呢？」老殘道：「只是你去請他，自然他不肯來的，所以我須詳詳細細寫封信去，並拿救一縣無辜良民的話打動他，自然他就肯來了。況他與我交情甚厚，我若勸他，一定肯的。因為我二十幾歲的時候，看天下將來一定有大亂，所以極力留心將才，談兵的朋友頗多。此人當年在河南時，我們是莫逆之交，相約倘若國家有用我輩的日子，凡我同人，俱要出來相助為理的。其時講輿地，講陣圖，講製造，講武功的，各樣朋友都有。此公便是講武功的巨擘。後來大家都明白了：治天下的又是一種人才，著是我輩所講所學，全是無用的。故爾各人都弄個謀生之道，混飯吃去，把這雄心便拋入東洋大海去了。雖如此說，然當時的交情義氣，斷不會敗壞的，所以我寫封信去，一定肯來的。」

東造聽了，連連作揖道謝，說：「我自從掛牌委署斯缺，未嘗一夜安眠，今日得聞這番議論，如夢初醒，如病初癒，真是萬千之幸！但是這封信是派個何等樣人送去方妥呢？」老殘道：「必須有個親信朋友吃這一趟辛苦才好。若隨便叫個差人送去，便有輕慢他的意思，他一定不肯出來，那就連我都要遭怪了。」東造連連說：「是的，是的。我這裡有個族弟，明天就到的，可以讓他去一趟。先生信幾時寫呢？就費心寫起來最好。」老殘道：「明日一天不出門。我此刻正寫一長函致張宮保，托姚雲翁轉呈，為細述玉太尊政蹟的，大約也要明天寫完；並此信一總寫起，我後天就要動身了。」

東造問：「後天往那裡去？」老殘答說：「先往東昌府訪柳小惠家的收藏，想看看他的宋、元板書，隨後即回濟南省城過年。再後的行踪，連我自己也不知道了。今日夜已深了，可以睡罷。」立起身來。東造叫家人：「打個手照，送鐵老爺回去。」揭起門簾來，只見天地一色，那雪已下的混混沌沌價白，覺得照的眼睛發脹似的。那階下的雪已有了七八寸深，走不過去了。只有這上房到大門口的一條路，常有人來往，所以不住的掃。那到廂房裡的一條路已看不出路影，同別處一樣的高了。東造叫人趕忙鏟出一條路來，讓老殘回房。推開門來，燈已滅了。上房送下一個燭台，兩支紅燭，取火點起，再想寫信，那裡筆硯竟違抗萬分，不遵調度，只好睡了。

到了次日，雪雖已止，寒氣卻更甚於前，起來喊店家秤了五斤木炭，升了一個大火盆，又叫買了幾張桑皮紙，把那破窗戶糊了。頃刻之間，房屋裡暖氣陽迴，非昨日的氣象了。遂把硯池烘化，將昨日未曾寫完的信，詳細寫完封好，又將致劉仁甫的信亦寫畢，一總送到上房，交東造收了。

東造一面將致姚雲翁的一函，加個馬封，送往驛站；一面將劉仁甫的一函，送入枕頭箱內。廚房也開了飯來。二人一同吃過，又復清談片時，只見家人來報：「二老爺同師爺們都到了，住在西邊店裡呢，洗完臉，就過來的。」停了一會，只見門外來了一個不到四十歲模樣的人，尚未留鬚，穿了件舊寧綢二藍的大毛皮袍子，元色長袖皮馬褂，蹬了一雙絨靴，已經被雪泥漫了幫子了，慌忙走進堂屋，先替乃兄作了個揖。

東造就說：「這就是舍弟，號子平。」回過臉來說：「這是鐵補殘先生。」申子平走近一步，作了個揖，說聲：「久仰的很！」東造便問：「吃過飯了沒有？」子平說：「才到，洗了臉就過來的，吃飯不忙呢。」東造說：「吩咐廚房裡做二老爺的飯，」子平道：「可以不必。停一刻，還是同他們老夫子一塊吃罷。」家人上來回說：「廚房裡已經吩咐，叫他們送一桌飯去，讓二老爺同師爺們吃呢。」那時又有一個家人揭了門簾，拿了好幾個大紅全帖進來。老殘知道是師爺們來見東家的，就趁勢走了。

到了晚飯之後，申東造又將老殘請到上房裡，將那如何往桃花山訪劉仁甫的話對著子平詳細問了一遍。子平又問：「從那裡去最近？」老殘道：「從此地去怎樣走法，我卻不知道。昔年是從省城順黃河到平陰縣，出平陰縣向西南三十里地，就到了山腳下了。進山就不能坐車，最好帶個小驢子，到那平坦的地方，就騎驢，稍微危險些，就下來走兩步。進山去有兩條大路。西峪裡走進有十幾里的光景，有座關帝廟。那廟裡的道士與劉仁甫常相往來的。你到廟裡打聽，就知道詳細了。那山裡關帝廟有兩處：集東一個，集西一個。這是集西的一個關帝廟。」申子平問得明白，遂各自歸房安歇去了。

次日早起，老殘出去雇了一輛騾車，將行李裝好，候申東造上衙門去稟辭，他就將前晚送來的那件狐裘，加了一封信，交給店家，說：「等申大老爺回店的時候，送上去。此刻不必送去，恐有舛錯。」

店裡掌櫃的慌忙開了櫃房裡的木頭箱子，裝了進去，然後送老殘動身上車，逕往東昌府去了。無非是風餐露宿，兩三日工夫已到了東昌城內，找了一家乾淨車店住下。當晚安置停妥，次日早飯後便往街上尋覓書店。尋了許久，始覓著一家小小書店，三間門面，半邊賣紙張筆墨，半邊賣書。遂走到賣書這邊櫃枱外坐下，問問此地行銷是些什麼書籍。

那掌櫃的道：「我們這東昌府，文風最著名的。所管十縣地方，俗名叫做『十美圖』，無一縣不是家家富足，戶戶絃歌。所有這十縣用的書，皆是向小號來販。小號店在這裡，後邊還有棧房，還有作坊。許多書都是本店裡自雕板，不用到外路去販買的。你老貴姓？來此有何貴幹？」老殘道：「我姓鐵，來此訪個朋友的。你這裡可有舊書嗎？」掌櫃的道：「有，有，有。你老要什麼罷？我們這兒多著呢。」一面回過頭來指著書架子上白紙條兒數道：「你老瞧！這裡崇辨堂墨選、目耕齋初二三集。再古的還有那八銘塾鈔呢。這都是講正經學問的。要是講雜學的，還有古唐詩合解、唐詩三百首。再要高古點，還有古文釋義。還有一部寶貝書呢，叫做性理精義，這書看得懂的，可就了不得了！」

老殘笑道：「這些書我都不要。」那掌櫃的道：「還有，還有。那邊是陽宅三要、鬼撮腳、淵海子平，諸子百家，我們小號都是全的。濟南省城，那是大地方，不用說，若要說黃河以北，就要算我們小號是第一家大書店了。別的城池裡都沒有專門的書店，大半在雜貨鋪裡帶賣書。所有方圓二三百里，學堂裡用的三、百、千、千，都是在小號裡販得去的，一年要銷上萬本呢。」

老殘道：「貴處行銷這『三百千千』，我倒沒有見過。是部什麼書？怎樣銷得這麼多呢？」掌櫃的道：「噯！別哄我罷！我看你老很文雅，不能連這個也不知道。這不是一部書，『三』是三字經，『百』是百家姓，『千』是千字文；那一個『千』字呢，是千家詩。這千家詩還算一半是冷貨，一年不過銷百把部；其餘三、百、千，就銷的廣了。」老殘說：「難道四書五經都沒有人買嗎？」他說：「怎麼沒有人買呢，四書小號就有。詩、書、易三經也有。若是要禮記、左傳呢，我們也可以寫信到省城裡捎去。你老來訪朋友，是那一家呢？」

老殘道：「是個柳小惠家。當年他老大爺做過我們的漕台，聽說他家收藏的書極多。他刻了一部書，名叫納書楹，都是宋、元板書。我想開一開眼界，不知道有法可以看得見嗎？」掌櫃的道：「柳家是俺們這兒第一個大人家，怎麼不知道呢！只是這柳小惠柳大人早已去世，他們少爺叫柳鳳儀，是個兩榜，那一部的主事。聽說他家書多的很，都是用大板箱裝著，只怕有好幾百箱子呢，堆在個大樓上，永遠沒有人去問他。有近房柳三爺，是個秀才，常到我們這裡來坐坐。我問過他：『你們家裡那些書是些什麼寶貝？可叫我們聽聽罷咧。』他說：『我也沒有看見過是什麼樣子。』我說：『難道就那麼收著不怕蛀蟲嗎？』」

掌櫃的說到此處，只見外面走進一個人來，拉了拉老殘，說：「趕緊回去罷，曹州府裡來的差人，急等著你老說話呢，快點走罷。」老殘聽了，說道：「你告訴他等著罷，我略停一刻就回去了。」那人道：「我在街上找了好半天了。俺掌櫃的著急的了不得，你老就早點回店罷。」老殘道：「不要緊的。你既找著了我，你就沒有錯兒了，你去罷。」

店小二去後，書店掌櫃的看了看他去的遠了，慌忙低聲向老殘說道：「你老店裡行李值多少錢？此地有靠得住的朋友嗎？」老殘道：「我店裡行李也不值多錢，我此地亦無靠得住的朋友。你問這話是什麼意思呢？」掌櫃的道：「曹州府現是個玉大人。這人很惹不起的：無論你有理沒理，只要他心裡覺得不錯，就上了站籠了。現在既是曹州府裡來的差人，恐怕不知是誰扳上你老了，我看是凶多吉少，不如趁此逃去罷。行李既不值多錢，就捨去了的好，還是性命要緊！」老殘道：「不怕的。他能拿我當強盜嗎？這事我很放心。」說著，點點頭，出了店門。

街上迎面來了一輛小車，半邊裝行李，半邊坐人。老殘眼快，看見喊道：「那車上不是金二哥嗎？」即忙走上前去。那車上人也就跳下車來，定了定神，說道：「嗳呀！這不是鐵二哥嗎？你怎樣到此地，來做什麼的？」老殘告訴了原委，就說：「你應該打尖了。就到我住的店裡去坐坐談談罷。你從那裡來？往那裡去？」那人道：「這是什麼時候，我已打過尖了，今天還要趕路程呢。我是從直隸回南，因家下有點事情，急於回家，不能耽擱了。」老殘道：「既是這麼說，也不留你。只是請你略坐一坐，我要寄封信給劉大哥，托你捎去罷。」說過，就向書店櫃台對面，那賣紙張筆墨的櫃台上，買了一枝筆，幾張紙，一個信封，借了店裡的硯台，草草的寫了一封，交給金二。大家作了個揖，說：「恕不遠送了。山裡朋友見著都替我問好。」那金二接了信，便上了車。老殘也就回店去了。

不知那曹州府來的差人究竟是否捉拿老殘，且聽下回分解。

〔作者 評〕

前兩回寫玉賢之酷烈至矣！此回卻以「逼民為盜」四字總束前兩回，為玉賢定罪案。有逼民為盜之人，即不可無化盜為民之人。惜乎老殘既不能見用於世，申東造亦僅一小小縣令，無從展其驥足，世道之所以日壞也夫。

中國拳法係從印度傳來，可資考證。

此種拳法，日本謂之柔術，是體操中至精之術，較西洋體操高出數倍。世間尚有傳者，不龜手藥，不知何人能物色之。

第八回　桃花山月下遇虎　柏樹峪雪中訪賢

話說老殘聽見店小二來，告說曹州府有差人來尋，心中甚為詫異：「難道玉賢竟拿我當強盜待嗎？」及至步回店裡，見有一個差人，趕上前來請了一個安，手中提了一個包袱，提著放在旁邊椅子上，向懷內取出一封信來，雙手呈上，口中說道：「申大老爺請鐵老爺安！」老殘接過信來一看，原來是申東造回寓，店家將狐裘送上，東造甚為難過，繼思狐裘所以不肯受，必因與行色不符，因在估衣鋪內，選了一身羊皮袍子、馬褂，專差送來，並寫明如再不收，便是絕人太甚了。老殘看罷，笑了一笑，就向那差人說：「你是府裡的差嗎？」差人回說：「是曹州府城武縣裡的壯班。」老殘遂明白，方才店小二是漏吊下三字了。當時寫了一封謝信，賞了來差二兩銀子盤費，打發去後，又住了兩天，方知這柳家書，確係關鎖在大箱子內，不但外人見不著，就是他族中人亦不能得見，悶悶不樂，提起筆來，在牆上題一絕道：

滄葦遵王士禮居，藝芸精舍四家書，
一齊歸入東昌府，深鎖嫏嬛飽蠹魚！

題罷，唏噓了幾聲，也就睡了。暫且放下。

卻說那日東造到府署稟辭，與玉公見面，無非勉勵些「治亂世用重刑」的話頭。他姑且敷衍幾句，也就罷了。玉公端茶送出。東造回到店裡，掌櫃的恭恭敬敬將袍子一件、老殘信一封，雙手奉上。東造接來看過，心中悒悒不樂。適申子平在旁邊，問道：「大哥何事不樂？」東造便將看老殘身上著的仍是棉衣，故贈以狐裘，並彼此辯論的話述了一遍，道：「你看，他臨走到底將這袍子留下，未免太矯情了！」子平道：「這事大哥也有點失於檢點。我看他不肯，有兩層意思：

一則嫌這裘價值略重，未便遽受；二則他受了，也實無用處，斷無穿狐皮袍子，配上棉馬褂的道理。大哥既想略盡情誼，宜叫人去覓一套羊皮袍子、馬褂，或布面子，或繭紬面子均可，差人送去，他一定肯收。我看此人並非矯飾作偽的人。不知大哥以為何如？」東造說：「很是，很是。你就叫人照樣辦去。」

子平一面辦妥，差了個人送去，一面看著乃兄動身赴任。他就向縣裡要了車，輕車簡從的向平陰進發。到了平陰，換了兩部小車，推著行李，在縣裡要了一匹馬騎著，不過一早晨，已經到了桃花山腳下。再要進去，恐怕馬也不便。幸喜山口有個村莊，只有打地鋪的小店，沒法，暫且歇下。向村戶人家雇了一條小驢，將馬也打發回去了。打過尖，吃過飯，向山裡進發。

才出村莊，見面前一條沙河，有一里多寬，卻都是沙，惟有中間一線河身，土人架了一個板橋，不過丈數長的光景。橋下河裡雖結滿了冰，還有水聲，從那冰下潺潺的流，聽著像似環佩搖曳的意思，知道是水流帶著小冰，與那大冰相撞擊的聲音了。過了沙河，即是東峪。原來這山從南面迤邐北來，中間龍脈起伏，一時雖看不到，只是這左右兩條大峪，就是兩批長嶺，岡巒重沓，到此相交。除中峰不計外，左邊一條大谿河，叫東峪；右邊一條大溪河，叫西峪。兩峪裡的水，在前面相會，並成一谿，左環右轉，灣了三灣，才出谿口。出口後，就是剛才所過的那條沙河了。

子平進了山口，抬頭看時，只見不遠前面就是一片高山，像架屏風似的，迎面豎起，土石相間，樹木叢雜。卻當大雪之後，石是青的，雪是白的，樹上枝條是黃的，又有許多松柏是綠的，一叢一叢，如畫上點的苔一樣。騎著驢，玩著山景，實在快樂得極，思想做兩句詩，描摹這個景象。正在凝神，只聽壳鐸一聲，覺得腿膪裡一軟，身子一搖，竟滾下山澗去了。幸喜這路，本在澗旁走的，雖滾下去，尚不甚深。況且澗裡兩邊的雪本來甚厚，只為面上結了一層薄冰，做了個雪的包皮。子平一路滾著，那薄冰一路破著，好像從有彈鑚的褥子上滾下來似的。滾了幾步，就有一塊大石將他攔住，所以一點沒有碰傷。連忙扶著石頭，立起身來，那知把雪倒戳了兩個一尺多深的窟窿。看那驢子在上面，兩隻前蹄已經立起，兩隻後蹄還陷在路旁雪裡，不得動彈，連忙喊跟隨的人。前後一看，並那推行李的車子，影響俱無。

你道是什麼緣故呢？原來這山路，行走的人本來不多，故那路上積的雪，比旁邊稍為淺些，究竟還有五六寸深，驢子走來，一步步的不甚吃力。子平又貪看山上雪景，未曾照顧後面的車子，可知那小車輪子，是要壓倒地上往前推的，所以積雪的阻力顯得很大，一人推著，一人挽著，尚走得不快，本來騎驢子已落後有半里多路了。

申子平陷在雪中，不能舉步，只好忍著性子，等小車子到。約有半頓飯工夫，車子到了，大家歇下來想法子。下頭人固上不去，上頭的人也下不來。想了半天，說：「只好把捆行李的繩子解下兩根，接續起來，將一頭放了下去。」申子平自己繫在腰裡，那一頭，上邊四五個人齊力收繩，方才把他吊了上來。跟隨人替他把身上雪撲了又撲，然後把驢子牽來，重復騎上，慢慢的行。這路雖非羊腸小道，然忽而上高，忽而下低，石頭路徑，冰雪一凍，異常的滑，自飯後一點鐘起身，走到四點鐘，還沒有十里地。心裡想道：「聽村莊上人說，到山集不過十五里地，然走了三個鐘頭，才走了一半。」冬天日頭本容易落，況又是個山裡，兩邊都有嶺子遮著，愈黑得快。

一面走著，一面的算，不知不覺，那天已黑下來了。勒住了驢繮，同推車子商議道：「看看天已黑下來了，大約還有六七里地呢，路又難走，車子又走不快，怎麼好呢？」車夫道：「那也沒有法子，好在今兒是個十三日，月亮出得早，不管怎麼，總要趕到集上去。大約這荒僻山徑，不會有強盜，雖走晚些，倒也不怕他。」子平道：「強盜雖沒有，倘或有了，我也無多行李，很不怕他，拿就拿去，也不要緊；實在可怕的是豺狼虎豹。天晚了，倘若出來個把，我們就壞了。」車夫說：「這山裡虎倒不多，有神虎管著，從不傷人，只是狼多些。聽見他來，我們都拿根棍子在手裡，也就不怕他了。」

說著，走到一條橫澗跟前，原是本山的一支小瀑布，流歸谿河的。瀑布冬天雖然乾了，那沖的一條山溝，尚有兩丈多深，約有二丈多寬，當面隔住，一邊是陡山，一邊是深峪，更無別處好繞。子平看見如此景象，心裡不禁作起慌來，立刻勒住驢頭，等那車子走到，說：「可了不得！

我們走差了路，走到死路上了！」那車伕把車子歇下，喘了兩口氣，說：「不能，不能！這條路影一順來的，並無第二條路，不會差的。等我前去看看，該怎麼走。」朝前走了幾十步，回來說：「路倒是有，只是不好走，你老下驢罷。」

子平下來，牽了驢，依著走到前面看時，原來轉過大石，靠裡有人架了一條石橋。只是此橋僅有兩條石柱，每條不過一尺一二寸寬，兩柱又不緊相黏靠，當中還罅著幾寸寬一個空當兒，石上又有一層冰，滑溜滑溜的。子平道：「可嚇煞我了！這橋怎麼過法？一滑腳就是死。我真沒有這個膽子走。」車伕大家看了說：「不要緊，我有法子。好在我們穿的都是蒲草毛窩，腳下很把滑的，不怕他。」一個人道：「等我先走一趟試試。」遂跳竄跳竄的走過去了，嘴裡還喊著：「好走，好走！」立刻又走回來說：「車子卻沒法推，我們四個人抬一輛，作兩趟抬過去罷。」

申子平道：「車子抬得過去，我卻走不過去。──那驢子又怎樣呢？」車伕道：「不怕的，且等我們先把你老扶過去；別的你就不用管了。」子平道：「就是有人扶著，我也是不敢走。告訴你說罷，我兩條腿已經軟了，那裡還能走路呢！」車伕說：「那麼也有辦法：你老大總睡下來，我們兩個人抬頭，兩個人抬腳，把你老抬過去，何如？」子平說：「不妥，不妥！」

又一個車伕說：「還是這樣罷：解根繩子，你老拴在腰裡，我們夥計，一個在前頭，挽著一個繩頭，一個夥計在後頭，挽著一個繩頭。這個樣走，你老膽子一壯，腿就不軟了。」子平說：「只好這樣。」於是先把子平照樣扶掖過去，隨後又把兩輛車子抬了過去，倒是一個驢死不肯走，費了許多事，仍是把它眼睛蒙上，一個人牽，一個人打，才混了過去。等到忙定歸了，那滿地已經都是樹影子，月光已經很亮的了。

大家好容易將危橋走過，歇了一歇，吃了袋煙，再望前進。走了不過三四十步，聽得遠遠嗚嗚的兩聲。車伕道：「虎叫！虎叫！」一頭走著，一頭留神聽著。又走了數十步，車伕將車子歇下，說：「老爺，你別騎驢了，下來罷。聽那虎叫，從西邊來，越叫越近了，恐怕是要到這路上來，我們避一避罷。倘到了跟前，就避不及了。」說著，子平下了驢。車伕說：「咱們捨掉這個驢子餵他罷。」路旁有個小松，他把驢子繮繩拴在小松樹上，車子就放在驢子旁邊，人卻倒回走了數十步，把子平藏在一處石壁縫裡。車伕有躲在大石腳下，用些雪把身子遮了的，有兩個車伕，盤在山坡高樹枝上的，都把眼睛朝西面看著。

說時遲，那時快，只見西邊嶺上月光之下，竄上一個物件來，到了嶺上，又是嗚的一聲。只見把身子往下一探，已經到了西澗邊了，又是嗚的一聲。這裡的人，又是冷，又是怕，止不住格格價亂抖，還用眼睛看著那虎。那虎既到西澗，卻立住了腳，眼睛映著月光，灼亮灼亮，並不朝著驢子看，卻對著這幾個人，又嗚的一聲，將身子一縮，對著這邊撲過來了。這時候，山裡本來無風，卻聽得樹梢上呼呼地響，樹上殘葉漱漱地落，人面上冷氣棱棱地割。這幾個人早已嚇得魂飛魄散了。

大家等了許久，卻不見虎的動靜。還是那樹上的車伕膽大，下來喊眾人道：「出來罷，虎去遠了。」車伕等人次第出來，方才從石壁縫裡把子平拉出，已經嚇得呆了。過了半天，方能開口說話，問道：「我們是死的是活的哪？」車伕道：「虎過去了。」子平道：「虎怎樣過去的？一個人沒有傷麼？」那在樹上的車伕道：「我看它從澗西沿過來的時候，只是一穿，彷彿像鳥兒似的，已經到了這邊了。它落腳的地方，比我們這樹梢還高著七八丈呢。落下來之後，又是一縱，已經到了這東嶺上邊，嗚的一聲向東去了。」

申子平聽了，方才放下心來，說：「我這兩隻腳還是稀軟稀軟，立不起來，怎樣是好？」眾人道：「你老不是立在這裡呢嗎？」子平低頭一看，才知道自己並不是坐著，也笑了，說道：「我這身子真不聽我調度了。」於是眾人攙著，勉強移步，走了約數十步，方才活動，可以自主，歎了一口氣道：「命雖不送在虎口裡，這夜裡若再遇見剛才那樣的橋，斷不能過！肚裡又飢，身上又冷，活凍也凍死了。」說著，走到小樹旁邊看那驢子，也是伏在地下，知是被那虎叫嚇的如此。跟人把驢子拉起，把子平扶上驢子，慢慢價走。

轉過一個石嘴，忽見前面一片燈光，約有許多房子，大家喊道：「好了，好了！前面到了集鎮了！」只此一聲，人人精神震動。不但人行，腳下覺得輕了許多，即驢子亦不似從前畏難苟安的行動。那消片刻工夫，已到燈光之下，原來並不是個集鎮，只有幾家人家，住在這山坡之上。因山有高下，故看出如層樓疊榭一般。到此大家商議，斷不再走，硬行敲門求宿，更無他法。

當時走近一家，外面係虎皮石砌的牆，一個牆門，裡面房子看來不少，大約總有十幾間的光景。於是車伕上前扣門。扣了幾下，裡面出來一個老者，鬚髮蒼然，手中持了一枝燭台，燃了一枝白蠟燭，口中問道：「你們來做什麼的？」申子平急上前，和顏悅色的把原委說了一遍，說道：「明知並非客店，無奈從人萬不能行，要請老翁行個方便。」那老翁點點頭，道：「你等一刻，我去問我們姑娘去。」說著，門也不關，便進裡面去了。子平看了，心下十分詫異：「難道這家人家竟無家主嗎？何以去問姑娘？難道是個女孩兒當家嗎？」既而想道：「錯了，錯了。想必這家是個老太太做主。這個老者想必是她的姪兒。姑娘者，姑母之謂也。理路甚是，一定不會錯了。」

霎時，只見那老者隨了一個中年漢子出來，手中仍拿燭台，說聲：「請客人裡面坐。」原來這家，進了牆門，就是一平五間房子，門在中間，門前台階約十餘級。中年漢子手持燭台，照著申子平上來。子平吩咐車伕等：「在院子裡略站一站，等我進去看了情形，再招呼你們。」

子平上得台階，那老者立於堂中，說道：「北邊有個坦坡，叫他們把車子推了，驢子牽了，由坦坡進這房子來罷。」原來這是個朝西的大門。眾人進得房來，是三間敞屋，兩頭各有一間，隔斷了的。這敞屋北頭是個炕，南頭空著，將車子同驢安置南頭，一眾五人，安置在炕上，然後老者問了子平名姓，道：「請客人裡邊坐。」於是過了穿堂，就是台階，上去有塊平地，都是栽的花木，映著月色，異常幽秀。且有一陣陣幽香，清沁肺腑。向北乃是三間朝南的精舍，一轉俱是迴廊，用帶皮杉木做的闌柱。進得房來，上面掛了四盞紙燈，斑竹紮的，甚為靈巧。兩間敞著，一間隔斷，做個房間的樣子。桌椅几案，佈置極為妥協。房間掛了一幅褐色布門簾。

老者到房門口，喊了一聲：「姑娘，那姓申的客人進來了。」卻看門簾掀起，裡面出來一個十八九歲的女子，穿了一身布服，二藍褂子，青布裙兒，相貌端莊瑩靜，明媚閒雅，見客福了一福。子平慌忙長揖答禮。女子說：「請坐。」即命老者：「趕緊的做飯，客人餓了。」老者退去。

那女子道：「先生貴姓？來此何事？」子平便將奉家兄命特訪劉仁甫的話說了一遍。那女子道：「劉先生當初就住這集東邊的，現在已搬到柏樹峪去了。」子平問：「柏樹峪在什麼地方？」那女子道：「在集西有三十多里的光景。那邊路比這邊更僻，愈加不好走了。家父前日退值回來，告訴我們說：『今天有位遠客來此，路上受了點虛驚。吩咐我們遲點睡，預備些酒飯，以便款待。』並說：『簡慢了尊客，千萬不要見怪。』」子平聽了，驚訝之至：「荒山裡面，又無衙署，有什麼值日退值？何以前天就會知道呢？這女子何以如此大方？豈古人所謂有林下風範的，就是這樣嗎？倒要問個明白。」

不知申子平能否察透這女子形跡，且聽下回分解。

〔作者評〕

唐子畏畫虎，不及施耐庵說虎；唐子畏畫的是死虎，施耐庵說的是活虎。施耐庵說虎，不及百鍊生說虎；施耐庵說的是凡虎，百鍊生說的是神虎。

這女子人耶？鬼耶？仙耶？魅耶？我甚盼望下一回早日出書矣。

第九回　一客吟詩負手面壁　三人品茗促膝談心

話說申子平正在凝思，此女子舉止大方，不類鄉人，況其父在何處退值。正欲詰問，只見外面簾子動處，中年漢子已端進一盤飯來。那女子道：「就擱在這西屋炕桌上罷。」

這西屋靠南窗原是一個磚砌的暖炕，靠窗設了一個長炕几，兩頭兩個短炕几，當中一個正方炕桌，桌子三面好坐人的。西面牆上是個大圓月洞窗子，正中鑲了一塊玻璃，窗前設了一張書案。中堂雖未隔斷，卻是一個大落地罩。那漢子已將飯食列在炕桌之上，卻只是一盤饅頭，一壺酒，一罐小米稀飯，倒有四肴小菜，無非山蔬野菜之類，並無葷腥。女子道：「先生請用飯，我少停就來。」說著，便向東房裡去了。

子平本來頗覺飢寒，於是上炕先飲了兩杯酒，隨後吃了幾個饅頭。雖是蔬菜，卻清香滿口，比葷菜更為適用。吃過饅頭，喝了稀飯，那漢子舀了一盆水來，洗過臉，立起身來，在房內徘徊徘徊，舒展肢體。抬頭看見北牆上掛著四幅大屏，草書寫得龍飛鳳舞，出色驚人，下面卻是雙款：上寫著「西峰柱史正非」，下寫著「黃龍子呈稿」。草字雖不能全識，也可十得八九。仔細看去，原來是六首七絕詩，非佛非仙，咀嚼起來，倒也有些意味。既不是寂滅虛無，又不是鉛汞龍虎。看那月洞窗下，書案上有現成的紙筆，遂把幾首詩抄下來，預備帶回衙門去，當新聞紙看。你道是怎樣個詩？請看，詩曰：

曾拜瑤池九品蓮，希夷授我指元篇。
光陰荏苒真容易，回首滄桑五百年。

紫陽屬和翠虛吟，傳響空山霹靂琴。

剎那未除人我相，天花黏滿護身雲。
情天慾海足風波，渺渺無邊是愛河。
引作園中功德水，一齊都種曼陀羅。
石破天驚一鶴飛，黑漫漫夜五更雷。
自從三宿空桑後，不見人間有是非。
野馬塵埃晝夜馳，五蟲百卉互相吹。
偷來鷲嶺涅槃樂，換取壺公社德機。
菩提葉老法華新，南北同傳一點燈。
五百天童齊得乳，香花供奉小夫人。

子平將詩抄完，回頭看那月洞窗外，月色又清又白，映著那層層疊疊的山，一步高一步的上去，真是仙境，迥非凡俗。此時覺得並無一點倦容，何妨出去上山閒步一回，豈不更妙。才要動腳，又想道：「這山不就是我們剛才來的那山嗎？這月不就是剛才踏的那月嗎？為何來的時候，便那樣的陰森慘淡，令人怵魄動心？此刻山月依然，何以令人心曠神怡呢？」就想到王右軍說的：「情隨境遷，感慨係之矣。」真正不錯。

低徊了一刻，也想做兩首詩，只聽身後邊嬌滴滴的聲音說道：「飯用過了罷？怠慢得很。」慌忙轉過頭來，見那女子又換了一件淡綠印花布棉襖，青布大腳褲子，愈顯得眉似春山，眼如秋水；兩腮醲厚，如帛裹朱，從白裡隱隱透出紅來，不似時下南北的打扮，用那胭脂塗得同猴子屁股一般；口頰之間若帶喜笑，眉眼之際又頗似振矜，真令人又愛又敬。女子說道：「何不請炕上坐，暖和些。」於是彼此坐下。

那老蒼頭進來問姑娘道：「申老爺行李放在什麼地方呢？」姑娘說：「太爺前日去時，吩咐就在這裡間太爺榻上睡，行李不用解了。跟隨的人都吃過飯了嗎？你叫他們早點歇罷。驢子餵了沒有？」蒼頭一一答應說：「都齊備妥協了。」姑娘又說：「你煮茶來罷。」蒼頭連聲應是。

子平道：「塵俗身體，斷不敢在此地下榻。來時見前面有個大炕，就同他們一道睡罷。」女子說：「無庸過謙，此是家父吩咐的。不然，我一個山鄉女子，也斷不擅自迎客。」子平道：「蒙惠過分，感謝已極。只是還不曾請教貴姓？尊大人是做何處的官？在何處值日？」女子道：「敝姓涂氏。家父在碧霞宮上值，五日一班。合計半月在家，半月在宮。」

子平問道：「這屏上詩是何人做的？看來只怕是個仙家罷？」女子道：「是家父的朋友，常來此地閒談，就是去年在此地寫的。這個人也是個不衫不履的人，與家父最為相契。」子平道：「這人究竟是個和尚，還是個道士？何以詩上又像道家的話，又有許多佛家的典故呢？」

女子道：「既非道士，又非和尚，其人也是俗裝。他常說：『儒、釋、道三教，譬如三個鋪面掛了三個招牌，其實都是賣的雜貨，柴米油鹽都是有的。不過儒家的鋪子大些，佛、道的鋪子小些，皆是無所不包的，』又說：『凡道總分兩層：一個叫道面子，一個叫道裡子。道裡子都是同的，道面子就各有分別了，如和尚剃了頭，道士挽了個髻，叫人一望而知那是和尚、那是道士。倘若那和尚留了頭，也挽個髻子，披件鶴氅，道士剃了髮，著件袈裟：人又要顛倒呼喚起來了，難道眼耳鼻舌不是那個用法嗎？』又說：『道面子有分別，道裡子實是一樣的。』所以這黃龍先生，不拘三教，隨便吟詠的。」

子平道：「得聞至論，佩服已極。只是既然三教道裡子都是一樣，在下愚蠢得極，倒要請教這同處在什麼地方，異處在什麼地方？何以又有大小之分？儒教最大，又大在什麼地方？敢求指示。」女子道：「其同處在誘人為善，引人處於大公。人人好公，則天下太平；人人營私，則天下大亂。惟儒教公到極處。你看，孔子一生遇了多少異端！如長沮、桀溺、荷蓧丈人等類，均不十分佩服孔子，而孔子反讚揚他們不置：是其公處，是其大處。

「所以說：『攻乎異端，斯害也已。』若佛道兩教，就有了褊心：惟恐後世人不崇奉他的教，所以說出許多天堂地獄的話來嚇唬人。這還是勸人行善，不失為公。甚則說崇奉他的教，就一切罪孽消滅；不崇奉他的教，就是魔鬼入宮，死了必下地獄等辭，這就是私了。至於外國一切教門，更要為爭教興兵接戰，殺人如麻。試問，與他的初心合不合呢？所以就愈小了。若回回教說，為教戰死的血光如玫瑰紫的寶石一樣，更騙人到極處！

「只是儒教可惜失傳已久，漢儒拘守章句，反遺大旨；到了唐朝，直沒人提及。韓昌黎是個通文不通道的腳色，胡說亂道！他還要做篇文章，叫做『原道』，真正原到道反面去了！他說：『君不出令，則失其為君；民不出粟、米、絲、麻以奉其上，則誅。』如此說去，那桀紂很會出令的，又很會誅民的，然則桀紂之為君是，而桀紂之民全非了，豈不是是非顛倒嗎？他卻又要闢佛老，倒又與和尚做朋友。

「所以後世學儒的人，覺得孔、孟的道理太費事，不如弄兩句闢佛老的口頭禪，就算是聖人之徒，豈不省事。弄的朱夫子也出不了這個範圍，只好據韓昌黎的原道去改孔子的論語，把那『攻乎異端』的『攻』字，百般扭捏，究竟總說不圓，卻把孔孟的儒教被宋儒弄的小而又小，以至於絕了！」

子平聽說，肅然起敬道：「『與君一夕話，勝讀十年書！』真是聞所未聞！只是還不懂：長沮、桀溺倒是異端，佛老倒不是異端，何故？」女子道：「皆是異端。先生要知『異』字當不同講，『端』字當起頭講。『執其兩端』是說執其兩頭的意思。若『異端』當邪教講，豈不『兩端』要當枒杈教講？『執其兩端』便是抓住了他個枒杈教呢，成何話說呀？聖人意思，殊途不妨同歸，異曲不妨同工。只要他為誘人為善，引人為公起見，都無不可。所以叫做『大德不踰閑，小德出入，可也。』若只是為攻訐起見，初起尚只攻佛攻老，後來朱陸異同，遂操同室之戈，併是祖孔孟的，何以朱之子孫要攻陸，陸之子孫要攻朱呢？此之謂『失其本心』，反被孔子『斯害也已』四個字定成鐵案！」

子平聞了，連連讚歎，說：「今日幸見姑娘，如對明師。但是宋儒錯會聖人意旨的地方，也是有的，然其發明正教的功德，亦不可及。即如『理』『欲』二字，『主敬』『存誠』等字，雖皆是古聖之言，一經宋儒提出，後世實受惠不少，人心由此而正，風俗由此而醇。」那女子嫣然一笑，秋波流媚，向子平睇了一眼。子平覺得翠眉含嬌，丹脣啟秀，又似有一陣幽香，沁入肌骨，不禁神魂飄蕩。那女子伸出一隻白如玉、軟如綿的手來，隔著炕桌子，握著子平的手。握住了之後，說道；「請問先生：這個時候，比你少年在書房裡，貴業師握住你手『扑作教刑』的時候何如？」子平默無以對。

女子又道：「憑良心說，你此刻愛我的心，比愛貴業師何如？聖人說的，『所謂誠其意者，毋自欺也。如惡惡臭，如好好色。』孔子說：『好德如好色。』孟子說：『食色，性也。』子夏說：『賢賢易色。』這好色乃人之本性。宋儒要說好德不好色，非自欺而何？自欺欺人，不誠極矣！他偏要說『存誠』，豈不可恨！聖人言情言禮，不言理欲。刪詩以關雎為首；試問『窈窕淑女，君子好逑』，『求之不得』，至於『輾轉反側』，難直可以說這是天理，不是人欲嗎？舉此可見聖人決不欺人處。

「關睢序上說道：『發乎情，止乎禮義。』發乎情，是不期然而然的境界。即如今夕，嘉賓惠臨，我不能不喜，發乎情也。先生來時，甚為困憊，又歷多時，宜更憊矣，乃精神煥發，可見是很喜歡，如此，亦發乎情也。以少女中男，深夜對坐，不及亂言，止乎禮義矣。此正合聖人之道。若宋儒之種種欺人，口難罄述。然宋儒固多不是，然尚有是處；若今之學宋儒者，直鄉愿而已，孔孟所深惡而痛絕者也！」

話言未了，蒼頭送上茶來，是兩個舊瓷茶碗，淡綠色的茶，才放在桌上，清香已竟撲鼻。只見那女子接過茶來，漱了一回口，又漱一回，都吐向炕池之內去，笑道：「今日無端談到道學先生，令我腐臭之氣，霑污牙齒，此後只許談風月矣。」

子平連聲諾諾，卻端起茶碗，呷了一口，覺得清爽異常，咽下喉去，覺得一直清到胃脘裡，那舌根左右，津液汩汩價翻上來，又香又甜，連喝兩口，似乎那香氣又從口中反竄到鼻子上去，說不出來的好受，問道：「這是什麼茶葉？為何這麼好吃？」女子道：「茶葉也無甚出奇，不過本山上出的野茶，所以味是厚的。卻虧了這水，是汲的東山頂上的泉。泉水的味，愈高愈美。又是用松花作柴，沙瓶煎的。三合其美，所以好了。尊處吃的都是外間賣的茶葉，無非種茶，其味必薄；又加以水火俱不得法，味道自然差的。」

只聽窗外有人喊道：「璵姑，今日有佳客，怎不招呼我一聲？」女子聞聲，連忙立起，說：「龍叔，怎樣這時候會來？」說著，只見那人已經進來，著了一件深藍布百衲大棉襖，科頭，不束帶亦不著馬褂，有五十來歲光景，面如渥丹，鬚髯漆黑，見了子平，拱一拱手，說：「中先生，來了多時了？」子平道：「到有兩三個鐘頭了。請問先生貴姓？」那人道：「隱姓埋名，以黃龍子為號。」子平說：「萬幸，萬幸！拜讀大作，已經許久。」女子道：「也上炕來坐罷。」

黃龍子遂上炕，至炕桌裡面坐下，說：「璵姑，妳說請我吃筍的呢。筍在何處？拿來我吃。」璵姑道：「前些時倒想挖去的，偶然忘記，被滕六公佔去了。龍叔要吃，自去找滕六公商量罷。」黃龍子仰天大笑。子平向女子道：「不敢冒犯，這『璵姑』二字想必是大名罷？」女子道：「小名叫仲嶼，家姊叫伯璠，故叔伯輩皆自小喊慣的。」

黃龍子向子平道：「中先生困不困？如其不困，今夜良會，可以不必早睡，明天遲遲起來最好。柏樹峪地方，路極險峻，很不好走，又有這場大雪，路影看不清楚，跌下去有性命之憂。劉仁甫今天晚上檢點行李，大約明日午牌時候，可以到集上關帝廟。你明天用過早飯動身，正好相遇了。」子平聽說大喜，說道：「今日得遇諸仙，三生有幸。請教上仙誕降之辰，還是在唐在宋？」黃龍子又大笑道：「何以知之？」答：「尊作明說『回首滄桑五百年』，可知斷不止五六百歲了。」黃龍子道：「『盡信書，則不如無書。』此鄙人之遊戲筆墨耳。公直當桃花源記讀可矣。」就舉起茶杯，品那新茶。

璵姑見子平杯內茶已將盡，就持小茶壺代為斟滿。子平連連欠身道：「不敢。」亦舉起杯來詳細品量。卻聽窗外遠遠唔了一聲，那窗紙微覺颯颯價動，屋塵簌簌價落。想起方才路上光景，不覺毛骨森竦，勃然色變。黃龍道：「這是虎嘯，不要緊的。山家看著此種物事，如你們城市中人看騾馬一樣，雖知它會踢人，卻不怕它。因為相習已久，知它傷人也不是常有的事。山上人與虎相習，尋常人固避虎，虎也避人，故傷害人也不是常有的事，不必怕它。」

子平道：「聽這聲音，離此尚遠，何以窗紙竟會震動，屋塵竟會下落呢？」黃龍道：「這就叫做虎威。因四面皆山，故氣常聚，一聲虎嘯，四山皆應。在虎左右，二三十里，皆是這樣。虎若到了平原，就無這威勢了。所以古人說：龍若離水，虎若離山，便要受人狎侮的。即如朝廷裡做官的人，無論為了什麼難，受了什麼氣，只是回家來對著老婆孩子發發標，在外邊決不敢發半句硬話，也是不敢離了那個官。同那虎不敢去山，龍不敢失水的道理，是一樣的。」

子平連連點頭，說：「不錯，是的。只是我還不明白，虎在山裡，為何就有這大的威勢，是何道理呢？」黃龍子道：「你沒有念過千字文麼？這就是『空谷傳聲，虛堂習聽』的道理。虛堂就是個小空谷，空谷就是個大虛堂。你在這門外放個大爆竹，要響好半天呢。所以山城的雷，比平原的響好幾倍，也是這個道理。」說完，轉過頭來，對女子道：「璵姑，我多日不聽妳彈琴了，今日難得有嘉客在此，何妨取來彈一曲？連我也沾光聽一回。」

璵姑道：「龍叔，這是何苦來！我那琴如何彈得，惹人家笑話！申公在省城裡，彈好琴的多著呢，何必聽我們這個鄉里迓鼓！倒是我去取瑟來，龍叔鼓一調瑟罷，還稀罕點兒。」黃龍子說：「也罷，也罷。就是我鼓瑟，妳鼓琴罷。搬來搬去，也很費事，不如逕到妳洞房裡去彈罷。好在山家女兒，比不得倨門裡小姐，房屋是不准人到的。」說罷，便走下炕來，穿了鞋子，持了燭，對子平揮手說：「請裡面去坐。璵姑引路。」

璵姑果然下了炕，接燭先走，子平第二，黃龍第三。走過中堂，揭開了門簾，進到裡間，是上下兩個榻：上榻設了衾枕，下榻堆積著書畫。朝東一個窗戶，窗下一張方桌。上榻面前有個小門。璵姑對子平道：「這就是家父的臥室。」進了榻旁小門，彷彿迴廊似的，卻有窗軒，地下駕空鋪的木板。向北一轉，又向東一轉，朝北朝東俱有玻璃窗。北窗看著離山很近，一片峭壁，穿空而上，朝下看，像甚深似的。正要前進，只聽砰磞霍落幾聲。彷彿山倒下來價響，腳下震震搖動。子平嚇得魂不附體。

未知後事如何，且聽下回分解。

〔作者 評〕

詩在郭璞、曹唐之間，文合留仙、西河而一。

第十回 驪龍雙珠光照琴瑟 犀牛一角聲叶箜篌

話說子平聽得天崩地塌價一聲，腳下震震搖動，嚇得魂不附體，怕是山倒下來。黃龍子在身後說道：「不怕的。這是山上的凍雪被泉水漱空了，滾下一大塊來，夾冰夾雪，所以有這大的聲音。」說著，又朝向北一轉，便是一個洞門。

這洞不過有兩間房大，朝外半截窗台，上面安著窗戶，其餘三面俱斬平雪白，頂是圓的，像城門洞的樣子。洞裡陳設甚簡，有幾張樹根的坐具，卻是七大八小的不勻，又都是磨得絹光。几案也全是古籐天生的，不方不圓，隨勢製成。東壁橫了一張枯槎獨睡榻子，設著衾枕。榻旁放了兩三個黃竹箱子，想必是盛衣服什物的了。洞內並無燈燭，北牆上嵌了兩個滴圓夜明珠，有巴斗大小，光色發紅，不甚光亮。地下鋪著地毯，甚厚軟，微覺有聲。榻北立了一個曲尺形書架，放了許多書，都是草訂，不曾切過書頭的。雙夜明珠中間掛了幾件樂器，有兩張瑟，兩張琴，是認得的；還有些不認得的。

璵姑到得洞裡，將燭台吹熄，放在窗戶台上，方才坐下，只聽外面唔唔價七八聲，接連又許多聲，窗紙卻不震動。子平說道：「這山裡怎樣這麼多的虎？」璵姑笑道：「鄉裡人進城，樣樣不識得，被人家笑話；你城裡人下鄉，卻也是樣樣不識得，恐怕也有人笑你。」子平道：「妳聽，外面唔唔價叫的，不是虎嗎？」璵姑說：「這是狼嗥，虎那有這麼多呢？虎的聲音長，狼的聲音短，所以虎名為『嘯』，狼名為『嗥』。古人下字眼都是有斟酌的。」

黃龍子移了兩張小長几，摘下一張琴，一張瑟來。璵姑也移了三張凳子，讓子平坐了一張。彼此調了一調弦，同黃龍各坐了一張凳子。弦已調好，璵姑與黃龍商酌了兩句，就彈起來了。初起不過輕挑漫剔，聲響悠柔；一段以後，散泛相錯，其聲清脆；兩段以後，吟揉漸多。那瑟之勾挑夾縫中，與琴之綽注相應，粗聽若彈琴鼓瑟，各自為調，細聽則如珠鳥一雙，此唱彼和，問來答往。四五段以後，吟揉漸少，雜以批拂，蒼蒼涼涼，磊磊落落，下指甚重，聲韻繁興。六七八段，間以曼衍，愈轉愈清，其調愈逸。

子平本會彈十幾調琴，所以聽得入彀；因為瑟是未曾聽過，格外留神。那知瑟的妙用，也在左手，看他右手發聲之後，那左手進退揉顫，其餘音也就隨著猗猗靡靡，真是聞所未聞。初聽還在算計他的指法、調頭，既而便耳中有音，目中無指。久之，耳目俱無，覺得自己的身體，飄飄蕩蕩，如隨長風，浮沈於雲霞之際。久之又久，心身俱忘，如醉如夢。於恍惚杳冥之中，錚鏦數聲，琴瑟俱息，乃通見聞，人亦警覺，欠身而起，說道：「此曲妙到極處！小子也曾學彈過兩年，見過許多高手。從前聽過孫琴秋先生彈琴，有漢宮秋一曲，似為絕非凡響，與世俗的不同。不想今日得聞此曲，又高出孫君漢宮秋數倍。請教叫什麼曲名？有譜沒有？」

璵姑道：「此曲名叫『海水天風之曲』，是從來沒有譜的。不但此曲為塵世所無，即此彈法亦山中古調，非外人所知。你們所彈的皆是一人之曲，如兩人同彈此曲，則彼此宮商皆合而為一。如彼宮，此亦必宮，彼商，此亦必商，斷不敢為羽為徵。即使三四人同鼓，也是這樣，實是同奏，並非合奏。我們所彈的曲子，一人彈與兩人彈，迥乎不同。一人彈的，名『自成之曲』；兩人彈，則為『合成之曲』。所以此宮彼商，彼角此羽，相協而不相同。聖人所謂『君子和而不同』，就是這個道理。『和』之一字，後人誤會久矣。」

當時璵姑立起身來，向西壁有個小門，開了門，對著大聲喊了幾句，不知甚話，聽不清楚。看黃龍子亦立起身，將琴瑟懸在壁上。子平於是也立起，走到壁間，仔細看那夜明珠到底什麼樣子，以便回去誇耀於人。及走至珠下，伸手一摸，那夜明珠卻甚熱，有些烙手，心裡詫異道：「這是什麼道理呢？」看黃龍子琴瑟已俱掛好，即問道：「先生，這是什麼？」笑答道：「驪龍之珠，你不認得嗎？」問：「驪珠怎樣會熱呢？」答：「這是火龍所吐的珠，自然熱的。」

子平說：「火龍珠那得如此一樣大的一對呢？雖說是火龍，難道永遠這麼熱麼？」笑答道：「然則我說的話，先生有不信的意思了。既不信，我就把這熱的道理開給你看。」說著，便向那夜明珠的旁邊有個小銅鼻子一拔，那珠子便像一扇門似的張開來了。原來是個珠殼，裡面是很深的油池，當中用棉花線捲的個燈心，外面用千層紙做的個燈筩，上面有個小煙囪，從壁子上出去，上頭有許多的黑煙，同洋燈的道理一樣，卻不及洋燈精緻，所以不免有黑煙上去。看過也就笑了。再看那珠殼，原來是用大螺蚌殼磨出來的，所以也不及洋燈光亮。

子平道：「與其如此，何不買個洋燈，豈不省事呢？」黃龍子道：「這山裡那有洋貨鋪呢？這油就是前山出的，與你們點的洋油是一樣物件。只是我們不會製造，所以總嫌它濁，光也不足，所以把它嵌在壁子裡頭，」說過便將珠殼關好，依舊是兩個夜明珠。

子平又問：「這地毯是什麼做的呢？」答：「俗名叫做『蓑草』。因為可以做蓑衣用，故名。將這蓑草半枯時，採來晾乾，劈成細絲，和麻織成的。這就是璵姑的手工。山地多潮濕，所以先用雲母鋪了，再加上這蓑毯，人就不受病了。這壁上也是雲母粉和著紅色膠泥塗的，既禦潮濕，又避寒氣，卻比你們所用的石灰好得多呢。」

子平又看，壁上懸著一物，像似彈棉花的弓，卻安了無數的弦，知道必是樂器，就問：「叫甚名字？」黃龍子道：「名叫『箜篌』。」用手撥撥，也不甚響，說道：「我們從小讀詩，題目裡就有箜篌引，卻不知道是這樣子。請先生彈兩聲，以廣見聞，何如？」黃龍子道：「單彈沒有什麼意味。我看時候何如，再請一個客來，就行了。」走至窗前，朝外一看月光，說：「此刻不過亥正，恐怕桑家姊妹還沒有睡呢，去請一請看。」遂向璵姑道：「申公要聽箜篌，不知桑家阿扈能來不能？」璵姑道：「蒼頭送茶來，我叫他去問聲看。」於是又各坐下。蒼頭捧了一個小紅泥爐子，外一個水瓶子，一個小茶壺，幾個小茶杯，安置在矮腳几上。璵姑說：「你到桑家，問扈姑、勝姑能來不能？」蒼頭諾聲去了。

此時三人在靠窗個梅花几旁坐著。子平靠窗台甚近，璵姑取茶布與二人，大家靜坐吃茶。子平看窗台上有幾本書，取來一看，面子上題了四個大字，曰「此中人語」。揭開來看，也有詩，也有文，惟長短句子的歌謠最多，俱是手錄，字跡娟好。看了幾首，都不甚懂。偶然翻得一本，中有張花箋，寫著四首四言詩，是個單張子，想要抄下，便向璵姑道：「這紙我想抄去，可以不可以？」璵姑拿過去看了看，說：「你喜歡，拿去就是了。」子平接過來，再細看，上寫道：

銀鼠諺

東山乳虎，迎門當戶；明年食麞，悲生齊魯。——一解

殘骸狼籍，乳虎乏食；飛騰上天，立豕當國。——二解

乳虎斑斑，雄據西山；亞當孫子，橫被摧殘。——三解

四鄰震怒，天眷西顧；斃豕殪虎，黎民安堵。——四解

子平看了又看，說道：「這詩彷彿古歌謠，其中必有事蹟，請教一二。」黃龍子道：「既叫做『此中人語』，必『不能為外人道』可知矣。閣下靜候數年便會知悉。」璵姑道：「『乳虎』就是你們玉太尊，其餘你慢慢的揣摹，也是可以知道的。」

子平會意，也就不往下問了。其時遠遠聽有笑語聲。一息工夫，只聽迴廊上格登格登，有許多腳步兒響，頃刻已經到了面前。蒼頭先進，說：「桑家姑娘來了。」黃、璵皆接上前去。子平亦起身直立。只見前面的一個約有二十歲上下，著的是紫花襖子，紫地黃花，下著燕尾青的裙子，頭上倒梳雲髻，挽了個墜馬妝；後面的一個約有十三四歲，著了個翠藍襖子，紅地白花的褲子，頭上正中挽了髻子，插了個慈菇葉子似的一枝翠花，走一步顫巍巍的。進來彼此讓了坐。

璵姑介紹，先說：「這是城武縣申老父台的令弟，今日趕不上集店，在此借宿，適值龍叔也來，彼此談得高興，申公要聽箜篌，所以有勞兩位芳駕。攪破清睡，罪過得很！」兩人齊道：「豈敢，豈敢。只是下里之音，不堪入耳。」黃龍說：「也無庸過謙了。」

璵姑隨又指著年長著紫衣的，對子平道：「這位是扈姑姐姐。」指著年幼著翠衣的道：「這位是勝姑妹子。都住在我們這緊鄰，平常最相得的。」子平又說了兩句客氣的套話，卻看那扈姑，

豐頰長眉，眼如銀杏，口輔雙渦，脣紅齒白，於豔麗之中，有股英俊之氣；那勝姑幽秀俊俏，眉目清爽。蒼頭進前，取水瓶，將茶壺注滿，將清水注入茶瓶，即退出去。璵姑取了兩個盞子，各敬了茶。黃龍子說：「天已不早了，請起手罷。」

璵姑於是取了箜篌遞給扈姑，扈姑不肯接手，說道：「我彈箜篌，不及璵妹。我卻帶了一枝角來，勝妹也帶得鈴來了。不如竟是璵妹彈箜篌，我吹角，勝妹搖鈴，豈不大妙？」黃龍道：「甚善，甚善。就是這麼辦。」扈姑又道：「龍叔做什麼呢？」黃龍道：「我管聽。」扈姑道：「不害臊，稀罕你聽！龍吟虎嘯，你就吟罷。」黃龍道：「水龍才會吟呢。我這個田裡的龍，只會潛而不用。」璵姑說：「有了法子了。」即將箜篌放下，跑到靠壁几上，取過一架特磬來，放在黃龍面前，說：「你就半嘯半擊磬，幫襯幫襯音節罷。」

扈姑遂從襟底取出一枝角來，光彩奪目，如元玉一般，先緩緩的吹起。原來這角上面有個吹孔，旁邊有六七個小孔，手指可以按放，亦復有宮商徵羽，不似巡街兵吹的海螺只是嗚嗚價叫。聽那角聲，吹得嗚咽頓挫，其聲悲壯。

當時璵姑已將箜篌取在膝上，將絃調好，聽那角聲的節奏。勝姑將小鈴取出，左手撳了四個，右手撳了三個，亦凝神看著扈姑。只見扈姑角聲一闋將終，勝姑便將兩手七鈴同時取起，商商價亂搖。鈴起之時，璵姑已將箜篌舉起，蒼蒼涼涼，緊鈎漫摘，連批帶拂。鈴聲已止，箜篌丁東斷續，與角聲相和，如狂風吹沙，屋瓦欲震。那七個鈴便不一齊都響，亦復參差錯落，應機赴節。

這時黃龍子隱几仰天，撮脣齊口，發嘯相和。爾時，喉聲，角聲，弦聲，鈴聲，俱分辨不出。耳中但聽得風聲，水聲，人馬躞踏聲，旌旗熠耀聲，干戈擊軋聲，金鼓薄伐聲。約有半小時，黃龍舉起磬擊子來，在磬上鏗鏗鏘鏘的亂擊，協律諧聲，乘虛蹈隙。其時箜篌漸稀，角聲漸低，惟餘清磬，錚鏦未已。少息，勝姑起立，兩手筆直，亂鈴再搖，眾樂皆息。子平起立拱手道：「有勞諸位，感戴之至。」眾人俱道：「見笑了。」子平道：「請教這曲叫什麼名頭，何以頗有殺伐之聲？」黃龍道：「這曲叫『枯桑引』，又名『胡馬嘶風曲』，乃軍陣樂也。凡箜篌所奏，無和平之音，多半淒清悲壯，其至急者，可令人泣下。」

談心之頃，各人已將樂器送還原位，復行坐下。扈姑對璵姑道：「瑤姊怎樣多日未歸？」璵姑道：「大姐姐因外甥子不舒服，鬧了兩個多月，所以不曾來得。」勝姑說：「小外甥子什麼病？怎麼不趕緊治呢？」璵姑道：「可不是麼？小孩子淘氣，治好了，他就亂吃，所以又發，已經發了兩次了。何嘗不替他治呢。」又說了許多家常話，遂立起身來，告辭去了。子平也立起身來，對黃龍說：「我們也前面坐罷，此刻怕有子正的光景，璵姑娘也要睡了。」

說著，同向前面來，仍從迴廊行走。只是窗上已無月光，窗外峭壁，上半截雪白爍亮，下半截已經烏黑，是十三日的月亮，已經大歪西了。走至東房，璵姑道：「二位就在此地坐罷，我送扈勝姐姐出去。」到了堂屋，扈勝也說：「不用送了，我們也帶了個蒼頭來，在前面呢。」聽他們又喁喁噥噥了好久，璵姑方回。黃龍說：「妳也回罷，我還坐一刻呢。」璵姑也就告辭回洞，說：「申先生就在榻上睡罷，失陪了。」

璵姑去後，黃龍道：「劉仁甫卻是個好人，然其病在過真，處山林有餘，處城市恐不能久。大約一年的緣分，你們是有的。過此一年之後，局面又要變動了。」子平問：「一年之後是什麼光景？」答：「小有變動。五年之後，風潮漸起；十年之後，局面就大不同了。」子平問：「是好是壞呢？」答：「自然是壞。然壞即是好，好即是壞；非壞不好，非好不壞。」子平道：「這話我真正不懂了。好就是好，壞就是壞。像先生這種說法，豈不是好壞不分了嗎？務請指示一二。不才往常見人讀佛經，什麼『色即是空，空即是色』，這種無理之口頭禪，常覺得頭昏腦悶。今日遇見先生，以為如撥雲霧見了青天，不想又說出這套懵懂話來，豈不令人悶煞？」

黃龍子道：「我且問你：這個月亮，十五就明了，三十就暗了，上弦下弦就明暗各半了，那初三四裡的月亮只有一牙，請問它怎麼便會慢慢地長滿了呢？十五以後怎麼慢慢地又會爛吊了呢？」子平道：「這個理容易明白：因為月球本來無光，受太陽的光，所以朝太陽的半個是明的，背太陽的半個是暗的。初三四，月身斜對太陽，所以人眼看見的正是三分明，七分暗，就像一牙似的；其實，月球並無分別，只是半個明，半個暗，盈虧圓缺，都是人眼睛現出來的景相，與月球毫不相干。」

黃龍子道：「你既明白這個道理，應須知道好即是壞，壞即是好，同那月球的明暗，是一個道理。」子平道：「這個道理實不能同。月球雖無圓缺，實有明暗。因永遠是半個明的，半個暗的，所以明的半邊朝人，人就說月圓了；暗的半邊朝人，人就說月黑了。初八、二十三，人正對他側面，所以覺得半明半暗，就叫做上弦、下弦。因人所看的方面不同，喚做個盈虧圓缺。若在二十八九，月亮全黑的時候，人若能飛到月球上邊去看，自然仍是明的。這就是明暗的道理，我們都懂得的。然究竟半個明的，半個暗的，是一定不移的道理。半個明的終究是明，半個暗的終究是暗。若說暗即是明，明即是暗，理性總不能通。」

正說得高興，只聽背後有人道：「申先生，你錯了。」畢竟此人是誰，且聽下回分解。

第十一回　疫鼠傳殃成害馬　瘈犬流災化毒龍

卻說申子平正與黃龍子辯論，忽聽背後有人喊道：「申先生，你錯了。」回頭看時，卻原來正是璵姑，業已換了裝束，僅穿一件花布小襖，小腳褲子，露出那六寸金蓮，著一雙靈芝頭扱鞋，愈顯得聰明俊俏。那一雙眼珠兒，黑白分明，都像透水似的。

申子平連忙起立，說：「璵姑還沒有睡嗎？」璵姑道：「本待要睡，聽你們二位談得高興，故再來聽二位辯論，好長點學問。」子平道：「不才那敢辯論！只是性質愚魯，一時不能澈悟，所以有勞黃龍先生指教。方才姑娘說我錯了，請指教一二。」

璵姑道：「先生不是不明白，是沒有多想一想。大凡人都是聽人家怎樣說，便怎樣信，不能達出自己的聰明。你方才說月球半個明的，終究是明的。試思月球在天，是動的呢，是不動的呢？月球繞地是人人都曉得的。既知道它繞地，則不能不動，即不能不轉，是很明顯的道理了。月球既轉，何以對著太陽的一面永遠明呢？可見月球全身都是一樣的質地，無論轉到那一面，凡對太陽的總是明的了。由此可知，無論其為明為暗，其於月球本體，毫無增減，亦無生滅。其理本來易明，都被宋以後的三教子孫挾了一肚子欺人自欺的心去做經注，把那三教聖人的精義都注歪了。所以天降奇災，北拳南革，要將歷代聖賢一筆抹煞，此也是自然之理，不足為奇的事。不生不死，不死不生；即生即死，即死即生，那裡會錯過一絲毫呢？」

申子平道：「方才月球即明即暗的道理，我方有二分明白，今又被姑娘如此一說，又把我送到『漿糊缸』裡去了。我現在也不想明白這個道理了，請二位將那五年之後風潮漸起，十年之後就大不同的情形，開示一二。」黃龍子道：「三元甲子之說，閣下是曉得的。同治三年甲子，是上元甲子第一年，閣下想必也是曉得的？」子平答應一聲道：「是。」

黃龍子又道：「此一個甲子與以前三個甲子不同，此名為『轉關甲子』。此甲子，六十年中要將以前的事全行改變：同治十三年，甲戌，為第一變；光緒十年，甲申，為第二變；甲午，為第三變；甲辰，為第四變；甲寅，為第五變：五變之後，諸事俱定。若是咸豐甲寅生人的人，活到八十歲，這六甲變態都是親身閱歷，倒也是個極有意味的事。」子平道：「前三甲的變動，不才大概也都見過了：大約甲戌穆宗毅皇帝上升，大局為之一變；甲申為法蘭西福建之役、安南之役，大局又為之一變；甲午為日本侵我東三省，俄德出為調停，借收漁翁之利，大局又為之一變；此都已知道了。請問後三甲的變動如何？」

黃龍子道：「這就是北拳南革了。北拳之亂，起於戊子，成於甲午，至庚子，子午一沖而爆發，其興也勃然，其滅也忽然，北方之強也。其信從者，上自宮闈，下至將相而止，主義為壓漢。南革之亂，起於戊戌，成於甲辰，至庚戌，辰戌一沖而爆發，然其興也漸進，其滅也潛消，南方之強也。其信從者，下自士大夫，上亦至將相而止，主義為逐滿。此二亂黨，皆所以釀劫運，亦皆所以開文明也。北拳之亂所以漸漸逼出甲辰之變法；南革之亂所以逼出甲寅之變法。甲寅之後文明大著，中外之猜嫌，滿漢之疑忌，盡皆銷滅。魏真人參同契所說，『元年乃芽滋』，指甲辰而言。辰屬土，萬物生於土，故甲辰以後為文明芽滋之世，如木之坼甲，如笋之解籜。其實，滿目所見者皆木甲竹籜也，而真苞已隱藏其中矣。十年之間，籜甲漸解，至甲寅而齊。寅屬木，為花萼之象。甲寅以後為文明華敷之世，雖燦爛可觀，尚不足與他國齊趨並駕。直至甲子，為文明結實之世，可以自立矣。然後由歐洲新文明進而復我三皇五帝舊文明，駸駸進於大同之世矣。——然此事尚遠，非三五十年事也。」

子平聽得歡欣鼓舞，因又問道：「像這北拳南革，這些人究竟是何因緣？天為何要生這些人？先生是明道之人，正好請教。我常是不明白，上天有好生之德，天既好生，又是世界之主宰，為什麼又要生這些惡人做什麼呢？俗語說豈不是『瞎倒亂』嗎？」黃龍子點頭長歎，默無一言。稍停，問子平道：「你莫非以為上帝是尊無二上之神聖嗎？」子平答道：「自然是了。」黃龍搖頭道：「還有一位尊者，比上帝還要了得呢！」

子平大驚，說道：「這就奇了！不但中國自有書籍以來，未曾聽得有比上帝再尊的，即環球各國亦沒有人說上帝之上更有那一位尊神的。——這真是聞所未聞了！」黃龍子道：「你看過佛經，知道阿修羅王與上帝爭戰之事嗎？」子平道：「那卻曉得，然我實不信。」

黃龍子道：「這話不但佛經上說，就是西洋各國宗教家，也知道有魔王之說。那是絲毫不錯的。須知阿修羅隔若干年便與上帝爭戰一次，末後總是阿修羅敗，再過若干年，又來爭戰。試問，當阿修羅戰敗之時，上帝為什麼不把他滅了呢，等他過若干年，又來害人？不知道他害人，是不智也；知道他害人，而不滅之，是不仁也。豈有個不仁不智之上帝呢？足見上帝的力量是滅不動他，可想而知了。譬如兩國相戰，雖有勝敗之不同，彼一國即不能滅此一國，又不能使此一國降伏為屬國，雖然戰勝，則兩國仍為平等之國，這是一定的道理。上帝與阿修羅亦然。既不能滅之，又不能降伏之，惟吾之命是聽，則阿修羅與上帝便為平等之國，而上帝與阿修羅又皆不能出這位尊者之範圍；所以曉得這位尊者位分實在上帝之上。」

子平忙問道：「我從未聽說過！請教這位尊者是何法號呢？」黃龍子道：「法號叫做『勢力尊者』。勢力之所至，雖上帝亦不能違拗他。我說個比方給你聽：上天有好生之德，由冬而春，由春而夏，由夏而秋，上天好生的力量已用足了。你試想，若夏天之樹木，百草，百蟲，無不滿足的時候，若由著他老人家性子再往下去好生，不要一年，這地球便容不得了，又到那裡去找塊空地容放這些物事呢？所以就讓這霜雪寒風出世，拼命的一殺，殺得乾乾淨淨的，再讓上天來好生，這霜雪寒風就算是阿修羅的部下了。又可知這一生一殺都是『勢力尊者』的作用。——此尚是粗淺的比方，不甚的確；要推其精義，有非一朝一夕所能算得盡的。」

璵姑聽了，道：「龍叔，今朝何以發出這等奇闢的議論？不但申先生未曾聽說，連我也未曾聽說過。究竟還是真有個『勢力尊者』呢，還是龍叔的寓言？」黃龍子道：「你且說是有一個上帝沒有？如有一個上帝，則一定有一個『勢力尊者』。要知道上帝同阿修羅都是『勢力尊者』的化身。」璵姑拍掌大笑道：「我明白了！『勢力尊者』就是儒家說的個『無極』，上帝同阿修羅王合起來就是個『太極』！對不對呢？」黃龍子道：「是的，不錯。」申子平亦歡喜起立道：「被璵姑這一講，連我也明白了！」

黃龍子道：「且慢。是卻是了，然而被你們這一講，豈不上帝同阿修羅都成了宗教家的寓言了嗎？若是寓言，就不如逕說『無極』『太極』的妥當。要知上帝同阿修羅乃實有其人，實有其事。且等我慢慢講與你聽。——不懂這個道理，萬不能明白那北拳南革的根源。將來申先生庶幾不至於攪到這兩重惡障裡去。就是璵姑，道根尚淺，也該留心的為是。

「我先講這個『勢力尊者』，即主持太陽宮者是也。環繞太陽之行星皆憑這個太陽為主動力。由此可知，凡屬這個太陽部下的勢力總是一樣，無有分別。又因這感動力所及之處與那本地的應動力相交，生出種種變相，莫可紀述。所以各宗教家的書總不及儒家的易經為最精妙。易經一書專講爻象。何以謂之爻象？你且看這『爻』字：」乃用手指在桌上畫道：「一撇一捺，這是一交；又一撇一捺，這又是一交：天上天下一切事理盡於這兩交了。初交為正，再交為變，一正一變，互相乘除，就沒有紀極了。這個道理甚精微，他們算學家略懂得一點。算學家說同名相乘為『正』，異名相乘為『負』，無論你加減乘除，怎樣變法，總出不了這『正』『負』兩個字的範圍。所以『季文子三思而後行』，孔子說『再思可矣』，只有個再，沒有個三。

「話休絮聒。我且把那北拳南革再演說一番。這拳譬如人的拳頭，一拳打去，行就行，不行就罷了，沒甚要緊。然一拳打得巧時，也會送了人的性命。倘若躲過去，也就沒事。將來北拳的那一拳，也幾乎送了國家的性命，煞是可怕！然究竟只是一拳，容易過的。若說那革呢，革是個皮，即如馬革牛革，是從頭到腳無處不包著的。莫說是皮膚小病，要知道渾身潰爛起來，也會致命的。只是發作的慢，若留心醫治，也不致於有害大事。惟此『革』字上應卦象，不可小覷了他。諸位切忌：若攪入他的黨裡去，將來也是跟著潰爛，送了性命的！

「小子且把『澤火革』卦演說一番。先講這『澤』字。山澤通氣，澤就是谿河。谿河裡不是水嗎？管子說：『澤下尺，升上尺。』常云：『思澤下於民。』這『澤』字不明明是個好字眼嗎？

為什麼『澤火革』便是個凶卦呢?偏又有個『水火既濟』的個吉卦放在那裡，豈不令人納悶?要知這兩卦的分別就在『陰』『陽』二字上。坎水是陽水，所以就成個『水火既濟』，吉卦;兌水是陰水，所以成了個『澤火革』，凶卦。坎水陽德，從悲天憫人上起的，所以成了個既濟之象;兌水陰德，從憤懣嫉妒上起的，所以成了個革象。

「你看，象辭上說道:『澤火革，二女同居，其志不相得。』你想，人家有一妻一妾，互相嫉妒，這個人家會興旺嗎?初起總想獨據一個丈夫，及至不行，則破敗主義就出來了。因愛丈夫而爭，既爭之後，雖損傷丈夫也不顧了;再爭，則破丈夫之家也不顧了;再爭，則斷送自己性命也不顧了:這叫做妒婦之性質。聖人只用『二女同居，其志不相得』兩句，把這南革諸公的小像直畫出來，比那照像照的還要清爽。

「那些南革的首領，初起都是官商人物，並都是聰明出眾的人才，因為所秉的是婦女陰水嫉妒性質，只知有己，不知有人，所以在世界上就不甚行得開了。由憤懣生嫉妒，由嫉妒生破壞。這破壞豈是一人做得的事呢?於是同類相呼，『水流溼，火就燥』，漸漸的越聚越多，鈎連上些人家的敗類子弟，一發做得如火如荼。其已得舉人、進士、翰林、部曹等官的呢，就談朝廷革命;其讀書不成，無著子弟，就學兩句愛皮西提衣或阿衣烏愛窩，便談家庭革命。一談了革命，就可以不受天理國法人情的拘束，豈不大痛快呢?可知太痛快了不是好事:吃得痛快，傷食;飲得痛快，病酒。今者，不管天理，不畏國法，不近人情，放肆做去，這種痛快，不有人災，必有鬼禍，能得長久嗎?」

璵姑道:「我也常聽父親說起，現在玉帝失權，阿修羅當道。然則這北拳南革都是阿修羅部下的妖魔鬼怪了?」黃龍子道:「那是自然，聖賢仙佛，誰肯做這些事呢?」子平問道:「上帝何以也會失權?」黃龍子道:「名為『失權』，其實只是『讓權』，並『讓權』二字，還是假名;要論其實在，只可以叫做『伏權』。譬如秋冬的肅殺，難道真是殺嗎?只是將生氣伏一伏，蓄點力量，做來年的生長。道家說道:『天地不仁，以萬物為芻狗;聖人不仁，以百姓為芻狗。』又云：『取已陳之芻狗而臥其下，必眯。』春夏所生之物，當秋冬都是已陳之芻狗了，不得不洗刷一番：我所以說是『勢力尊者』的作用。上自三十三天，下至七十二地，人非人等，共總只有兩派：一派講公利的，就是上帝部下的聖賢仙佛；一派講私利的，就是阿修羅部下的鬼怪妖魔。」

申子平道：「南革既是破敗了天理國法人情，何以還有人信服他呢？」黃龍子道：「你當天理國法人情是到南革的時代才破敗嗎？久已亡失的了！西遊記是部傳道的書，滿紙寓言。他說那烏雞國王現坐著的是個假王，真王卻在八角琉璃井內。現在的天理國法人情就是坐在烏雞國金鑾殿上的個假王，所以要借著南革的力量，把這假王打死，然後慢慢地從八角琉璃井內把真王請出來。等到真天理國法人情出來，天下就太平了。」

子平又問：「這真假是怎樣個分別呢？」黃龍子道：「西遊記上說著呢：叫太子問母后，便知道了。母后說道：『三年之前溫又暖，三年之後冷如冰。』這『冷』『暖』二字便是真假的憑據。其講公利的人，全是一片愛人的心，所以發出來是口暖氣；其講私利的人，全是一片恨人的心，所以發出來是口冷氣。

「還有一個秘訣，我儘數奉告，請牢牢記住，將來就不至入那北拳南革的大劫數了。北拳以有鬼神為作用，南革以無鬼神為作用。說有鬼神，就可以裝妖作怪，鼓惑鄉愚，其志不過如此而已。若說無鬼神，其作用就很多了：第一條，說無鬼就可以不敬祖宗，為他家庭革命的根原；說無神則無陰譴，無天刑，一切違背天理的事都可以做得，又可以掀動破敗子弟的興頭。他卻必須住在租界或外國，以騁他反背國法的手段；必須痛詆人說有鬼神的，以騁他反背天理的手段；必須說叛臣賊子是豪傑，忠臣良吏為奴性，以騁他反背人情的手段。大都皆有辯才，以文其說。就如那妒婦破壞人家，他卻也有一番堂堂正正的道理說出來，可知道家也卻被他破了。南革諸君的議論也有精采絕豔的處所，可知道世道卻被他攪壞了。

「總之，這種亂黨，其在上海、日本的容易辨別；其在北京及通都大邑的難以辨別。但牢牢記住：事事托鬼神便是北拳黨人，力闢無鬼神的便是南革黨人。若遇此等人，敬而遠之，以免殺身之禍，要緊，要緊！」

申子平聽得五體投地佩服。再要問時，聽窗外晨雞已經喔喔的啼了，璵姑道：「天可不早了，真要睡了。」遂道了一聲「安置」，推開角門進去。黃龍子就在對面榻上取了幾本書做枕頭，身子一欹，已經齁聲雷起。申子平把將才的話又細細的默記了兩遍，方始睡臥。

欲知後事如何，且聽下回分解。

〔作者評〕

聞人說：「易經」能辟邪，一切妖魔鬼怪見之即走。此卷書亦能辟邪，一切妖魔鬼怪見之亦走。

聞人說：「陀羅尼咒」若虔心誦讀，刀兵水火不能傷害。此卷書若虔心誦讀，刀兵水火亦不能傷害。

聞人說：「大洞玉真寶籙」佩在身邊，自有金甲神將暗中保護。此卷書佩在身邊，亦有金甲神將暗中保護。

聞人說：通天犀燃著時能洞見鬼物。此卷書讀十遍亦能洞見鬼物。

聞人說：洞天石室有綠文金簡天書，凡夫讀之不能解釋，不能信從。此卷書凡夫讀之，亦不能解釋，不能信從。

第十二回　寒風凍塞黃河水　暖氣催成白雪辭

話說申子平一覺睡醒，紅日已經滿窗，慌忙起來。黃龍子不知幾時已經去了。老蒼頭送進熱水洗臉，少停又送進幾盤幾碗的早飯來。子平道：「不用費心，替我姑娘行道謝，我還要趕路呢。」說著，璵姑已走出來，說道：「昨日龍叔不說嗎，儜早去也是沒用，劉仁甫午牌時候方能到關帝廟呢，用過飯去不遲。」

子平依話用飯，又坐了一刻，辭了璵姑，逕奔山集上。看那集上，人煙稠密，店面雖不多，兩邊擺地攤，售賣農家器具及鄉下日用物件的，不一而足。問了鄉人，才尋著了關帝廟。果然劉仁甫已到，相見敘過寒溫，便將老殘書信取出。

仁甫接了，說道：「在下粗人，不懂衙門裡規矩，才具又短，恐怕有累令兄知人之明，總是不去的為是。因為接著金二哥捎來鐵哥的信，說一定叫去，又恐住的地方柏樹峪難走，覓不著，所以迎候在此面辭。一切總請二先生代為力辭方好。不是躲懶，也不是拿喬，實在恐不勝任，有誤尊事，務求原諒。」子平說：「不必過謙。家兄恐別人請不動先生，所以叫小弟專誠敦請的。」

劉仁甫見辭不掉，只好安排了自己私事，同申子平回到城武。申東造果然待之以上賓之禮，其餘一切均照老殘所囑咐的辦理。初起也還有一兩起盜案，一月之後，竟到了「犬不夜吠」的境界了。這且不表。

卻說老殘由東昌府動身，打算回省城去。一日，走到齊河縣城南門覓店，看那街上，家家客店都是滿的，心裡詫異道：「從來此地沒有這麼熱鬧。這是什麼緣故呢？」正在躊躇，只見門外進來一人，口中喊道：「好了，好了！快打通了！大約明日一早晨就可以過去了！」老殘也無暇訪問，且找了店家，同道：「有屋子沒有？」店家說：「都住滿了，請到別家去罷。」老殘說：「我已走了兩家，都沒有屋子，你可以對付一間罷，不管好歹。」店家道：「此地實在沒法了。

東隔壁店裡，午後走了一幫客，你老趕緊去，或者還沒有住滿呢。」

老殘隨即到東邊店裡，問了店家，居然還有兩間屋子空著，當即搬了行李進去。店小二跑來打了洗臉水，拿了一枝燃著了的線香放在桌上，說道：「客人抽煙。」老殘問：「這兒為什麼熱鬧？各家店都住滿了。」

店小二道：「颳了幾天的大北風，打大前兒，河裡就淌凌，凌塊子有間把屋子大，擺渡船不放走，恐怕碰上凌，船就要壞了。到了昨日，上灣子凌插住了，這灣子底下可以走船呢，卻又被河邊上的凌，把幾隻渡船都凍的死死的。昨兒晚上，東昌府李大人到了，要見撫台回話，走到此地，過不去，急的什麼似的，住在縣衙門裡，派了河伕、地保打凍。今兒打了一天，看看可以通了，只是夜裡不要歇手，歇了手，還是凍上。你老看，客店裡都滿著，全是過不去河的人。我們店裡今早晨還是滿滿的。因為有一幫客，內中有個年老的，在河沿上看了半天，說是『凍是打不開的了，不必在這裡死等，我們趕到雒口，看有法子想沒有，到那裡再打主意罷。』午牌時候才開車去的，你老真好造化。不然，真沒有屋子住。」店小二將話說完，也就去了。

老殘洗完了臉，把行李鋪好，把房門鎖上，也出來步到河堤上，看見那黃河從西南上下來，到此卻正是個灣子，過此便向正東去了。河面不甚寬，兩岸相距不到二里。若以此刻河水而論，也不過百把丈寬的光景，只是面前的冰，插的重重疊疊的，高出水面有七八寸厚。再望上游走了一二百步，只見那上流的冰，還一塊一塊的漫漫價來，到此地，被前頭的闌住，走不動就站住了。那後來的冰趕上他，只擠得嗤嗤價響。後冰被這溜水逼的緊了，就竄到前冰上頭去；前冰被壓，就漸漸低下去了。

看那河身不過百十丈寬，當中大溜約莫不過二三十丈，兩邊俱是平水。這平水之上早已有冰結滿，冰面卻是平的，被吹來的塵土蓋住，卻像沙灘一般。中間的一道大溜，卻仍然奔騰澎湃，有聲有勢，將那走不過去的冰擠的兩邊亂竄。那兩邊平水上的冰，被當中亂冰擠破了，往岸上跑，那冰能擠到岸上有五六尺遠。許多碎冰被擠的站起來，像個小插屏似的。看了有點把鐘工夫，這一截子的冰又擠死不動了。

老殘復行往下游走去。過了原來的地方，再往下走，只見有兩隻船。船上有十來個人都拿著木杵打冰，望前打些時，又望後打。河的對岸，也有兩隻船，也是這麼打。看看天色漸漸昏了，打算回店。再看那堤上柳樹，一棵一棵的影子，都已照在地下，一絲一絲的搖動，原來月光已經放出光亮來了。

回到店裡，開了門，喊店小二來，點上了燈，吃過晚飯，又到堤上閒步。這時北風已息，誰知道冷氣逼人，比那有風的時候還利害些。幸得老殘早已換上申東造所贈的羊皮袍子，故不甚冷，還支撐得住。只見那打冰船，還在那裡打。每個船上點了一個小燈籠，遠遠看去，彷彿一面是「正堂」二字，一面是「齊河縣」三字，也就由他去了。

抬起頭來，看那南面的山，一條雪白，映著月光分外好看。一層一層的山嶺，卻不大分辨得出，又有幾片白雲夾在裡面，所以看不出是雲是山。及至定神看去，方才看出那是雲、那是山來。雖然雲也是白的，山也是白的，雲也有亮光，山也有亮光，只因為月在雲上，雲在月下，所以雲的亮光是從背面透過來的。那山卻不然，山上的亮光是由月光照到山上，被那山上的雪反射過來，所以光是兩樣子的。然只就稍近的地方如此，那山往東去，越望越遠，漸漸的天也是白的，山也是白的，雲也是白的，就分辨不出什麼來了。

老殘對著雪月交輝的景致，想起謝靈運的詩，「明月照積雪，北風勁且哀」兩句，若非經歷北方苦寒景象，那裡知道「北風勁且哀」的個「哀」字下的好呢？這時月光照的滿地灼亮，抬起頭來，天上的星，一個也看不見。只有北邊，北斗七星，開陽搖光，像幾個淡白點子一樣，還看得清楚。那北斗正斜倚在紫微垣的西邊上面，杓在上，魁在下。

心裡想道：「歲月如流，眼見斗杓又將東指了，人又要添一歲了。一年一年的這樣瞎混下去，如何是個了局呢？」又想到詩經上說的「維北有斗，不可以挹酒漿。」——「現在國家正當多事之秋，那王公大臣只是恐怕耽處分，多一事不如少一事，弄的百事俱廢，將來又是怎樣個了局？

國是如此，丈夫何以家為！」想到此地，不覺滴下淚來，也就無心觀玩景致，慢慢回店去了。一面走著，覺得臉上有樣物件附著似的，用手一摸，原來兩邊著了兩條滴滑的冰。初起不懂什麼緣故，既而想起，自己也就笑了。原來就是方才流的淚，天寒，立刻就凍住了，地下必定還有幾多冰珠子呢。悶悶的回到店裡，也就睡了。

次日早起，再到堤上看看，見那兩隻打冰船，在河邊上，已經凍實在了。問了堤旁的人，知道昨兒打了半夜，往前打去，後面凍上；往後打去，前面凍上。所以今兒歇手不打了，大總等冰結牢壯了，從冰上過罷。因此老殘也就只有這個法子了。閒著無事，到城裡散步一回，只有大街上有幾家鋪面，其餘背街上，瓦房都不甚多，是個荒涼寥落的景象。因北方大都如此，故看了也不甚詫異。

回到房中，打開書篋，隨手取本書看，卻好拿著一本「八代詩選」，記得是在省城裡替一個湖南人治好了病，送了當謝儀的，省城裡忙，未得細看，隨手就收在書箱子裡了，趁今天無事，何妨仔細看他一遍？原來是二十卷書：頭兩卷是四言，卷三至十一是五言，十二至十四是新體詩，十五至十七是雜言，十八是樂章，十九是歌謠，卷二十是雜著。再把那細目翻來看看，見新體裡選了謝朓二十八首，沈約十四首；古體裡選了謝朓五十四首，沈約三十七首。心裡很不明白，就把那第十卷與那十二卷同取出來對著看看，實看不出新體古體的分別處來。

心裡又想：「這詩是王壬秋闓運選的。這人負一時盛名，而『湘軍志』一書做的委實是好，有目共賞，何以這詩選的未愜人意呢？」既而又想：「沈歸愚選的『古詩源』，將那歌謠與詩混雜一起，也是大病；王漁洋『古詩選』，亦不能有當人意；算來還是張翰風的『古詩錄』差強人意。莫管他怎樣呢，且把古人的吟詠消遣閒愁罷了。」看了半日，復到店門口閒立。立了一會，方要回去，見一個戴紅纓帽子的家人，走近面前，打了一個千兒，說：「鐵老爺，幾時來的？」老殘道：「我昨日到的。」嘴裡說著，心裡只想不起這是誰的家人。

那家人見老殘楞著，知道是認不得了，便笑說道：「家人叫黃升。敝上是黃應圖黃大老爺。」

老殘道：「哦！是了，是了。我的記性真壞！我常到你們公館裡去，怎麼就不認得你了呢！」黃升道：「你老『貴人多忘事』罷咧。」老殘笑道：「人雖不貴，忘事倒實在多的。你們貴上是幾時來的？住在什麼地方呢？我也正悶的慌，找他談天去。」

黃升道：「敝上是總辦張大人委的，在這齊河上下買八百萬料。現在料也買齊全了，驗收委員也驗收過了，正打算回省銷差呢。剛剛這河又插上了，還得等兩天才能走呢。你老也住在這店裡嗎？在那屋裡？」老殘用手向西指道：「就在這西屋裡。」黃升道：「敝上也就住在上房北屋裡，前兒晚上才到。前些時都在工上，因為驗收委員過去了，才住到這兒的。此刻是在縣裡吃午飯，吃過了李大人請著說閒話，晚飯還不定回來吃不吃呢。」老殘點點頭，黃升也就去了。

原來此人名黃應圖，號人瑞，三十多歲年紀，係江西人氏。其兄由翰林轉了御史，與軍機達拉密至好，故這黃人瑞捐了個同知，來山東河工投效。有軍機的八行，撫台是格外照應的，眼看大案保舉出奏，就是個知府大人了。人倒也不甚俗，在省城時，與老殘亦頗來往過數次，故此認得。

老殘又在店門口立了一刻，回到房中，也就差不多黃昏的時候。到房裡又看了半本詩，看不見了，點上蠟燭。只聽房門口有人進來，嘴裡喊道：「補翁，補翁！久違的很了！」

老殘慌忙立起來看，正是黃人瑞。彼此作過了揖，坐下，各自談了些別後的情事。黃人瑞道：「補翁還沒有用過晚飯罷？我那裡雖然有人送了個一品鍋，幾個碟子，恐怕不中吃，倒是早起我叫廚子用口蘑燉了一隻肥雞，大約還可以下飯，請你到我屋子裡去吃飯罷。古人云：『最難風雨故人來。』這凍河的無聊，比風雨更難受，好友相逢，這就不寂寞了。」老殘道：「甚好，甚好。既有佳肴，你不請我，也是要來吃的。」人瑞看桌上放的書，順手揭起來一看，是八代詩選，說：「這詩總還算選得好的。」也隨便看了幾首，丟下來說道：「我們那屋裡坐罷。」

於是兩個人出來。老殘把書理了一理，拿把鎖把房門鎖上，就隨著人瑞到上房裡來。看是三間屋子：一個裡間，兩個明間。堂屋門上掛了一個大呢夾板門簾，中間安放一張八仙桌子，桌子上鋪了一張漆布。人瑞問：「飯得了沒有？」家人說：「還須略等一刻，雞子還不十分爛。」人瑞道：「先拿碟子來吃酒罷。」家人應聲出去，一霎時轉來，將桌子架開，擺了四雙筷子，四只酒杯。老殘問：「還有那位？」人瑞道：「停一會兒你就知道了。」杯筷安置停妥，只有兩張椅子，又出去尋椅子去。人瑞道：「我們炕上坐坐罷。」明間西首本有一個土炕，炕上鋪滿了蘆蓆。炕的中間人瑞鋪了一張大老虎絨毯，毯子上放了一個煙盤子，煙盤兩旁兩條大狼皮褥子，當中點著明晃晃的個太谷燈。

怎樣叫做「太谷燈」呢？因為山西人財主最多，卻又人人吃煙，所以那裡煙具比別省都精緻。太谷是個縣名，這縣裡出的燈，樣式又好，火力又足，光頭又大，五大洲數它第一。可惜出在中國，若是出在歐美各國，這第一個造燈的人，各報上定要替他揚名，國家就要給他專利的憑據了。無奈中國無此條例，所以叫這太谷第一個造燈的人，同那壽州第一個造斗的人，雖能使器物利用，名滿天下，而自己的聲名埋沒。雖說擇術不正，可知時會使然。

閒話少說。那煙盤裡擺了幾個景泰藍的匣子，兩枝廣竹煙槍，兩邊兩個枕頭。人瑞讓老殘上首坐了，他就隨手躺下，拿了一枝煙籤子，挑煙來燒，說：「補翁，你還是不吃嗎？其實這樣東西，倘若吃得廢時失業的，自然是不好；若是不上癮，隨便消遣消遣，倒也是個妙品。你何必拒絕的這麼利害呢？」老殘道：「我吃煙的朋友很多，為求他上癮吃的一個也沒有，都是消遣消遣，就消遣進去了。及至上癮以後，不但不足以消遣，反成了個無窮之累。我看你老哥，也還是不消遣的為是。」人瑞道：「我自有分寸，斷不上這個當的。」

說著，只見門簾一響，進來了兩個妓女：前頭一個有十七八歲，鴨蛋臉兒；後頭一個有十五六歲，瓜子臉兒。進得門來，朝炕上請了兩個安。人瑞道：「妳們來了？」朝裡指道：「這位鐵老爺，是我省裡的朋友，翠環，妳就伺候鐵老爺，坐在那邊罷。」只見那個十七八歲的就挨著人瑞在炕沿上坐下了。那十五六歲的，卻立住，不好意思坐。老殘就脫了鞋子，挪到炕裡邊去盤膝坐了，讓她好坐。她就側著身，趔趄著坐下了。

老殘對人瑞道：「我聽說此地沒有這個的，現在怎樣也有了？」人瑞道：「不然，此地還是沒有。她們姐兒兩個，本來是平原二十里鋪做生意的。她爹媽就是這城裡的人，她媽同著她姐兒倆在二十里鋪住。前月她爹死了，她媽回來，因恐怕她們跑了，所以帶回來的，在此地不上店。這是我悶極無聊，叫他們找了來的。這個叫翠花，你那個叫翠環。都是雪白的皮膚，很可愛的。你瞧她的手呢，包管你合意。」老殘笑道：「不用瞧，你說的還會錯嗎。」

翠花倚住人瑞對翠環道：「妳燒口煙給鐵老爺吃。」人瑞道：「鐵爺不吃煙，妳叫她燒給我吃罷。」就把煙籤子遞給翠環。翠環鞠拱著腰燒了一口，上在斗上，遞過去。人瑞呼呼價吃完。翠環再燒時，那家人把碟子、一品鍋均已擺好，說：「請老爺們用酒罷。」人瑞立起身來說：「喝一杯罷，今天天氣很冷。」遂讓老殘上坐，自己對坐，命翠環坐在上橫頭，翠花坐下橫頭。

翠花拿過酒壺，把各人的酒加了一加，放下酒壺，舉箸來先布老殘的菜。老殘道：「請歇手罷，不用布了。我們不是新娘子，自己會吃的。」隨又布了黃人瑞的菜。人瑞也替翠環布了一箸子菜。翠環慌忙立起身來說：「停那歇手。」又替翠花布了一箸。翠花說：「我自己來吃罷。」就用勺子接了過來，遞到嘴裡，吃了一點，就放下來了。

人瑞再三讓翠環吃菜，翠環只是答應，總不動手。人瑞忽然想起，把桌子一拍，說：「是了，是了！」遂直著嗓子喊了一聲：「來啊！」只見門簾外走進一個家人來，離席六七尺遠，立住腳。人瑞點點頭，叫他走進一步，遂向他耳邊低低說了兩句話。只見那家人連聲道：「喳，喳。」回過頭就去了。

過了一刻，門外進來一個著藍布棉襖的漢子，手裡拿了兩個三弦子，一個遞給翠花，一個遞給翠環，嘴裡向翠環說道：「叫妳吃菜呢，好好的伺候老爺們。」翠環彷彿沒聽清楚，朝那漢子看了一眼。那漢子道：「叫妳吃菜，妳還不明白嗎？」翠環點頭道：「知道了。」當時就拿起筷子來布了黃人瑞一塊火腿，又夾了一塊布給老殘。老殘說：「不用布最好。」人瑞舉杯道：「我們乾一杯罷。讓她們姐兒兩個唱兩曲，我們下酒。」

說著，她們的三弦子已都和好了弦，一遞一段的唱了一支曲子。人瑞用筷子在一品鍋裡撈了半天，看沒有一樣好吃的，便說道：「這一品鍋裡的物件，都有徽號，儜知道不知道？」老殘說：「不知道。」他便用筷子指著說道：「這叫『怒髮衝冠』的魚翅。這叫『百折不回』的海參。這叫『年高有德』的雞。這叫『酒色過度』的鴨子。這叫『恃強拒捕』的肘子。這叫『臣心如水』的湯。」說著，彼此大笑了一回。

她們姐兒兩個，又唱了兩三個曲子，家人捧上自己燉的雞來。老殘道：「酒很夠了，就趁熱盛飯來吃罷。」家人當時端進四個飯來。翠花立起，接過飯碗，送到各人面前，泡了雞湯，各自飽餐。飯後，擦過臉，人瑞說：「我們還是炕上坐罷。」家人來撤殘肴，四人都上炕去坐。老殘敧在上首，人瑞敧在下首，翠花倒在人瑞懷裡，替他燒煙。翠環坐在炕沿上，無事做，拿著弦子，崩兒崩兒價撥弄著玩。

人瑞道：「老殘，我多時不見你的詩了，今日總算『他鄉遇故知』，儜也該做首詩，我們拜讀拜讀。」老殘道：「這兩天我看見凍河，很想做詩，正在那裡打主意，被你一陣胡攪，把我的詩也攪到那『酒色過度』的鴨子裡去了！」人瑞道：「你快別『恃強拒捕』，我可就要『怒髮衝冠』了！」說罷，彼此呵呵大笑。老殘道：「有，有，有。明天寫給你看。」人瑞道：「那不行！你瞧，這牆上有斗大一塊新粉的，就是為你題詩預備的。」老殘搖頭道：「留給你題罷。」人瑞把煙槍望盤子裡一放，說：「稍緩即逝，能由得你嗎！」就立起身來，跑到房裡，拿了一枝筆，一塊硯台，一錠墨出來，放在桌上，說：「翠環，妳來磨墨。」翠環當真倒了點冷茶，磨起墨來。

霎時間，翠環道：「墨得了，儜寫罷。」人瑞取了個布撣子，說道：「翠花掌燭，翠環捧硯，我來撣灰。」把枝筆遞到老殘手裡，翠花舉著蠟燭台，人瑞先跳上炕，立到新粉的一塊底下，把灰撣了。翠花、翠環也都立上炕去，站在左右。人瑞招手道：「來，來，來。」老殘笑說道：「你真會亂！」也就站上炕去，將筆在硯台上蘸好了墨，呵了一呵，就在牆上七歪八扭的寫起來了。翠環恐怕硯上墨凍，不住的呵，那筆上還是裹了細冰，筆頭越寫越肥。頃刻寫完，看是：

地裂北風號，長冰蔽河下。後冰逐前冰，相陵復相亞。
河曲易為塞，嵯峨銀橋架。歸人長咨嗟，旅客空歎咤。
盈盈一水間，軒車不得駕。錦筵招妓樂，亂此淒其夜。

人瑞看了，說道：「好詩，好詩！為甚不落款呢？」老殘道：「題個江右黃人瑞罷。」人瑞道：「那可要不得！冒了個會做詩的名，擔了個挾妓飲酒革職的處分，有點不合算。」老殘便題了「補殘」二字，跳下炕來。

翠環姐妹放下硯台燭台，都到火盆邊上去烘手，看炭已將燼，就取了些生炭添上。老殘立在炕邊，向黃人瑞拱拱手，道：「多擾，多擾！我要回屋子睡覺去了。」人瑞一把拉住，說道：「不忙，不忙！我今兒聽見一件驚天動地的案子，其中關係著無限的性命，有夭矯離奇的情節，正要與你商議，明天一黑早就要復命的。你等我吃兩口煙，長點精神，說給你聽。」老殘只得坐下。

未知究竟是段怎樣的案情，且聽下回分解。

第十三回　娓娓青燈女兒酸語　滔滔黃水觀察嘉謨

話說老殘復行坐下，等黃人瑞吃幾口煙，好把這驚天動地的案子，說給他聽，隨便也就躺下來了。

翠環此刻也相熟了些，就倚在老殘腿上，問道：「鐵老，你貴處是那裡？這詩上說的是什麼話？」老殘一一告訴她聽。她便凝神想了一想道：「說的真是不錯。但是詩上也興說這些話嗎？」老殘道：「詩上不興說這些話，更說什麼話呢？」翠環道：「我在二十里鋪的時候，過往客人見的很多，也常有題詩在牆上的，我最喜歡請他們講給我聽。聽來聽去，大約不過兩個意思：體面些的人總無非說自己才氣怎麼大，天下人都不認識他；次一等的人呢，就無非說那個姐兒長的怎麼好，同她怎麼樣的恩愛。

「那老爺們的才氣大不大呢，我們是不會知道的。只是過來過去的人怎樣都是些大才，為啥想一個沒有才的看看都看不著呢？我說一句傻話：既是沒才的這麼少，俗語說的好，『物以稀為貴』，豈不是沒才的倒成了寶貝了嗎？這且不去管他。

「那些說姐兒們長得好的，無非卻是我們眼面前的幾個人，有的連鼻子眼睛還沒有長的周全呢，他們不是比她西施，就是比她王嬙；不是說她沈魚落雁，就是說她閉月羞花。王嬙俺不知道她老是誰，有人說，就是昭君娘娘。我想，昭君娘娘跟那西施娘娘難道都是這種乏樣子嗎？一定靠不住了。

「至於說姐兒怎樣跟他好，恩情怎樣重，我有一回發了傻性子，去問了問，那個姐兒說：『他住了一夜就麻煩了一夜。天明問他要討個兩數銀子的體己，他就抹下臉來，直著脖兒梗，亂嚷說：「我正帳昨兒晚上就開發了，還要什麼體己錢？」那姐兒哩，再三央告著說：「正帳的錢呢，店裡夥計扣一分，掌櫃的又扣一分，剩下的全是領家的媽拿去，一個錢也放不出來。俺們的胭脂花粉，跟身上穿的小衣裳，都是自己錢買。光聽聽曲子的老爺們，不能向他要，只有這留住的老爺們，可以開口討兩個伺候辛苦錢。」再三央告著，他給了二百錢，一個小串子，望地下一摔，還要撅著嘴說：『妳們這些強盜婊子，真不是東西！混帳王八旦！』」你想有恩情沒有？因此，我想，做詩這件事是很沒有意思的，不過造些謠言罷了。你老的詩，怎麼不是這個樣子呢？」老殘笑說道：「『各師父各傳授，各把戲各變手。』我們師父傳我們的時候，不是這個傳法，所以不同。」

黃人瑞剛才把一筒煙吃完，放下煙槍，說道：「真是『人不可貌相，海水不可斗量』。做詩不過是造些謠言，這句話真被這孩子說著了呢！從今後，我也不做詩了，免得造些謠言，被她們笑話。」翠環道：「誰敢笑話你老呢！俺們是鄉下沒見過世面的孩子，胡說亂道，你老爺可別怪著我，給你老磕個頭罷。」就側著身子朝黃人瑞把頭點了幾點。黃人瑞道：「誰怪著妳呢，實在說的不錯，倒是沒有人說過的話！可見『當局者迷，旁觀者清』。」

老殘道：「這也罷了，只是你趕緊說你那稀奇古怪的案情罷。既是明天一黑早要復命的，怎麼還這麼慢騰斯禮的呢？」人瑞道：「不用忙，且等我先講個道理你聽，慢慢的再說那個案子。──我且問你，河裡的冰明天能開不能開？」答道：「不能開。」問：「冰不能開，冰上你敢走嗎？明日能動身嗎？」答：「不能動身。」問：「既不能動身，明天早起有什麼要事沒有？」答：「沒有。」

黃人瑞道：「卻又來，既然如此，你慌著回屋子去幹什麼？當此沈悶寂寥的時候，有個朋友談談，也就算苦中之樂了。況且她們姐兒兩個，雖比不上牡丹、芍藥，難道還及不上牽牛花、淡竹葉花嗎？剪燭斟茶，也就很有趣的。我對你說：在省城裡，你忙我也忙，總想暢談，總沒有個空兒，難得今天相遇，正好暢談一回。我常說：人生在世，最苦的是沒地方說話。

「你看，一天說到晚的話，怎麼說沒地方說話呢？大凡人肚子裡，發話有兩個所在：一個是從丹田底下出來的，那是自己的話；一個是從喉嚨底下出來的，那是應酬的話。省城裡那麼些人，不是比我強的，就是不如我的。比我強的，他瞧不起我，所以不能同他說話；那不如我的，又要妒忌我，又不能同他說話。難道沒有同我差不多的人嗎？境遇雖然差不多，心地卻就大不同了。他自以為比我強，就瞧不起我；自以為不如我，就妒我：所以直沒有說話的地方。像你老哥總算是圈子外的人，今日難得相逢，我又素昔佩服你的，我想你應該憐惜我，同我談談；你偏急著要走，怎麼教人不難受呢？」

老殘道：「好，好，好！我就陪你談談。我對你說罷：我回屋子也是坐著，何必矯強呢？因為你已叫了兩個姑娘，正好同她們說說情義話，或者打兩個皮科兒，嘻笑嘻笑，我在這裡不便。——其實我也不是道學先生想吃冷豬肉的人，作什麼偽呢！」人瑞道：「我也正為她們的事情，要同你商議呢。」站起來，把翠環的袖子抹上去，露出臂膊來，指給老殘看，說：「你瞧，這些傷痕教人可慘不可慘呢！」老殘看時，有一條一條青的，有一點一點紫的。人瑞又道：「這是膀子上如此，我想身上更可憐了。翠環，妳就把身上解開來看看。」

翠環這時兩眼已擱滿了汪汪的淚，只是忍住不叫它落下來，被他手這麼一拉，卻滴滴的連滴了許多淚。翠環道：「看什麼，怪臊的！」人瑞道：「你瞧！這孩子傻不傻？看看怕什麼呢？難道做了這項營生，妳還害臊嗎？」翠環道：「怎不害臊！」翠花這時眼眶子裡也擱著淚，說道：「儜別叫她脫了。」回頭朝窗外一看，低低向人瑞耳中不知說了兩句什麼話，人瑞點點頭，就不作聲了。

老殘此刻攲在炕上，心裡想著：「這都是人家好兒女，父母養她的時候，不知費了幾多的精神，歷了無窮的辛苦，淘氣碰破了塊皮，還要撫摩的；不但撫摩，心裡還要許多不受用。倘被別家孩子打了兩下，恨得什麼似的。那種痛愛憐惜，自不待言。誰知撫養成人，或因年成饑饉，或因其父吃鴉片煙，或好賭錢，或被打官司拖逼，逼到萬不得已的時候，就糊裡糊塗將女兒賣到這門戶人家，被鴇兒殘酷，有不可以言語形容的境界。」因此觸動自己的生平所見所聞，各處鴇兒的刻毒，真如一個師父傳授，總是一樣的手段，又是憤怒，又是傷心，不覺眼睛角裡，也自有點潮絲絲的起來了。

此時大家默無一言，靜悄悄的。只見外邊有人掮了一捲行李，由黃人瑞家人帶著，送到裡間房裡去了。那家人出來向黃人瑞道：「請老爺要過鐵老爺的房門鑰匙來，好送翠環行李進去。」老殘道：「自然也掮到你們老爺屋裡去。」人瑞道：「得了，得了！別吃冷豬肉了。把鑰匙給我罷。」老殘道：「那可不行！我從來不幹這個的。」人瑞道：「我早吩咐過了，錢已經都給了。你這是何苦呢？」老殘道：「錢給了不要緊，該多少我明兒還你就截了。既已付過了錢，她老鴇子也沒有什麼說的，也不會難為了她，怕什麼呢？」翠花道：「你當真的教她回去，跑不了一頓飽打，總說她是得罪了客。」

老殘道：「我還有法子：今兒送她回去，告訴她，明兒仍舊叫她，這也就沒事了。況且她是黃老爺叫的人，干我什麼事呢？我情願出錢，豈不省事呢？」黃人瑞道：「我原是為你叫的。我昨兒已經留了翠花，難道今兒好叫翠花回去嗎？不過大家解解悶兒，我也不是一定要你如此云云。昨晚翠花在我屋裡講了一夜，坐到天明，不過我們借此解個悶，也讓她少挨兩頓打，那兒不是積功德呢。我先是因為她們的規矩，不留下是不准動筷子的，倘若不黑就來，坐到半夜裡餓著肚子，碰巧還省不了一頓打。因為老鴇兒總是說：客人既留妳到這時候，自然是喜歡妳的，為什麼還會叫妳回來？一定是應酬不好。碰的不巧，就是一頓。所以我才叫她們告訴說：都已留下了。你不看見她那夥計叫翠環吃菜麼？那就是個暗號。」

說到此處，翠花向翠環道：「你自己央告央告鐵爺，可憐可憐妳罷。」老殘道：「我也不為別的，錢是照數給。讓她回去，她也安靜，我也安靜些。」翠花鼻子裡哼了一聲，說：「你安靜是實，她可安靜不了的！」翠環歪過身子，把臉兒向著老殘道：「鐵爺，我看你老的樣子，怪慈悲的，怎麼就不肯慈悲我們孩子一點嗎？你老屋裡的炕，一丈二尺長呢，你老鋪蓋不過占三尺寬，還多著九尺地呢，就捨不得賞給我們孩子避一宿難嗎？倘若賞臉，要我孩子伺候呢，裝煙倒茶，也還會做；倘若惡嫌的很呢，求你老包涵些，賞個炕畸角混一夜，這就恩典得大了！」

老殘伸手在衣服袋裡將鑰匙取出，遞與翠花，說：「聽妳們怎麼攪去罷，只是我的行李可動不得的。」翠花站起來，遞與那家人，說：「勞儜駕，看他夥計送進去，就出來，請儜把門就鎖上。勞駕，勞駕！」那家人接著鑰匙去了。老殘用手撫摩著翠環的臉，說道：「妳是那裡人，妳鴇兒姓什麼？妳是幾歲賣給她的？」翠環道：「俺這媽姓張。」說了一句就不說了，袖子內取出一塊手巾來擦眼淚，擦了又擦，只是不作聲。

老殘道：「妳別哭呀。我問妳老底子家裡事，也是替妳解悶的，妳不願意說，就不說也行，何苦難受呢？」翠環道：「我原底子沒有家！」翠花道：「你老別生氣，這孩子就是這脾氣不好，所以常挨打。其實，也怪不得她難受。二年前，她家還是個大財主呢，去年才賣到俺媽這兒來。她為自小兒沒受過這個折蹬，所以就種種的不討好。其實，俺媽在這裡頭，算是頂善和的哩。她到了明年，恐怕要過今年這個日子也沒有了！」說到這裡，那翠環竟掩面嗚咽起來。

翠花喊道：「嘿！這孩子可是不想活了！你瞧，老爺們叫妳來為開心的，妳可哭開自己咧！那不得罪人嗎？快別哭咧！」老殘道：「不必，不必！讓她哭哭很好。妳想，她憋了一肚子的悶氣，到那裡去哭？難得遇見我們兩個沒有脾氣的人，讓她哭個夠，也算痛快一回。」用手拍著翠環道：「妳就放聲哭也不要緊，我知道黃老爺是沒忌諱的人。只管哭，不要緊的。」黃人瑞在旁大聲嚷道：「小翠環，好孩子，妳哭罷！勞妳駕，把妳黃老爺肚裡憋的一肚子悶氣，也替我哭出來罷！」大家聽了這話，都不禁發了一笑，連翠環撫著臉也撲嗤的笑了一聲。

原來翠環本來知道在客人面前萬不能哭的，只因老殘問到她老家的事，又被翠花說出她二年前還是個大財主，所以觸起她的傷心，故眼淚不由的直穿出來，要強忍也忍不住。及至聽到老殘說她受了一肚子悶氣，到那裡去哭，讓她哭個夠，也算痛快一回，心裡想道：「自從落難以來，從沒有人這樣體貼過她，可見世界上男子並不是個個人都是拿女兒家當糞土一般作踐的。只不知道像這樣的人世界上多不多，我今生還能遇見幾個？想既能遇見一個，恐怕一定總還有呢。」心裡只顧這麼盤算，倒把剛才的傷心盤算的忘記了，反側著耳朵聽他們再說什麼。忽然被黃人瑞喊著，要托她替哭，怎樣不好笑呢？所以含著兩包眼淚，撲嗤的笑了一聲，並抬起頭來看了人瑞一眼，那知被他們看了這個形景，越發笑個不止。翠環此刻心裡一點主意沒有，看看他們傻笑，只好糊裡糊塗，陪著他們嘻嘻的傻了一回。

老殘便道：「哭也哭過了，笑也笑過了，我還要問妳：怎麼二年前她還是個大財主？翠花，妳說給我聽聽。」翠花道：「她是俺這齊東縣的人，她家姓田，在這齊東縣南門外有二頃多地，在城裡，還有個雜貨鋪子。她爹媽只養活了她，還有她個小兄弟，今年才五六歲呢。她還有個老奶奶。俺們這大清河邊上的地，多半是棉花地，一畝地總要值一百多吊錢呢，她有二頃多地，不就是兩萬多吊錢嗎？連上鋪子，就夠三萬多了。俗說『萬貫家財』，一萬貫家財就算財主，她有三萬貫錢，不算個大財主嗎？」

老殘道：「怎麼樣就會窮呢？」翠花道：「那才快呢！不消三天，就家破人亡了！這就是前年的事情。俺這黃河不是三年兩頭的倒口子嗎？張撫台為這個事焦的了不得似的。聽說有個什麼大人，是南方有名的才子，他就拿了一本什麼書給撫台看，說這個河的毛病是太窄了，非放寬了不能安靜，必得廢了民埝，退守大堤。

「這話一出來，那些候補大人個個說好。撫台就說：『這些堤裡百姓怎樣好呢？須得給錢，叫他們搬開才好。』誰知道這些總辦候補道王八旦大人們說：『可不能叫百姓知道。你想，這堤埝中間五六里寬，六百里長，總有十幾萬家，一被他們知道了，這幾十萬人守住民埝，那還廢的掉嗎？』張撫台沒法，點點頭，歎了口氣，聽說還落了幾點眼淚呢。這年春天就趕緊修了大堤，在濟陽縣南岸，又打了一道隔堤。這兩樣東西就是殺這幾十萬人的一把大刀！可憐俺們這小百姓那裡知道呢！

「看看到了六月初幾裡，只聽人說：『大汛到咧！大汛到咧！』那埝上的隊伍不斷的兩頭跑。那河裡的水一天長一尺多，一天長一尺多，不到十天工夫，那水就比埝頂低不很遠了，比著那埝裡的平地，怕不有一兩丈高！到了十三四里，只見那埝上的報馬，來來往往，一會一匹，一會一匹。到了第二天晌午時候，各營盤裡，掌號齊人，把隊伍都開到大堤上去。

「那時就有急玲人說：『不好！恐怕要出亂子！俺們趕緊回去預備搬家罷！』誰知道那一夜裡，三更時候，又趕上大風大雨，只聽得淅瀝嘩喇，那黃河水就像山一樣的倒下去了。那些村莊上的人，大半都還睡在屋裡，呼的一聲，水就進去，驚醒過來，連忙是跑，水已經過了屋簷。天又黑，風又大，雨又急，水又猛，——你老想，這時候有什麼法子呢？」

未知後事如何，且聽下回分解。

〔作者評〕

止水結冰是何情狀？流水結冰是何情狀？小河結冰是何情狀？大河結冰是何情狀？河南黃河結冰是何情狀？山東黃河結冰是何情狀？須知前一卷所寫的是山東黃河結冰。

野史者，補正史之缺也。名可托諸子虛，事須證諸實在。此兩回所寫北妓，一斑毫釐無爽，推而至於別項，亦可知矣。

莊勤果慈祥愷悌，齊人至今思之。惟治河一端，不免乖謬，而廢濟陽以下民埝，退守大堤之舉，尤屬荒謬之至。慘不忍聞，況目見乎，此作者所以寄淚也。

第十四回　大縣若蛙半浮水面　小船如蟻分送饅頭

話說翠花接著說道：「到了四更多天，風也息了，雨也止了，雲也散了，透出一個月亮，湛明湛明。那村莊裡頭的情形是看不見的了，只有靠民埝近的，還有那抱著門板或桌椅板凳的，漂到民埝跟前，都就上了民埝。還有那民埝上住的人，拿竹竿子趕著撈人，也撈起來的不少。這些人得了性命，喘過一口氣來，想一想，一家人都沒有了，就剩了自己，沒有一個不是嚎啕痛哭。喊爹叫媽的，哭丈夫的，疼兒子的，一條哭聲，五百多里路長，你老看慘不慘呢！」

翠環接著道：「六月十五這一天，俺娘兒們正在南門鋪子裡，半夜裡聽見人嚷說：『水下來了！』大家聽說，都連忙起來。這一天本來很熱，人多半是穿著褂褲，在院子裡睡的。雨來的時候，才進屋子去；剛睡了一朦朦覺，就聽外邊嚷起來了，連忙跑到街上看，城也開了，人都望城外跑。城圈子外頭，本有個小埝，每年倒口子用的，埝有五尺多高，這些人都出去守小埝。那時雨才住，天還陰著。

「一霎時，只見城外人，拼命價望城裡跑；又見縣官也不坐轎子，跑進城裡來，上了城牆。只聽一片聲嚷說：『城外人家，不許搬東西！叫人趕緊進城，就要關城，不能等了！』俺們也都扒到城牆上去看，這裡許多人用蒲包裝泥，預備堵城門。縣大老爺在城上喊：『人都進了城了，趕緊關城。』城廂裡頭本有預備的土包，關上城，就用土包把門後頭疊上了。

「俺有個齊二叔住在城外，也上了城牆。這時候，雲彩已經回了山，月亮很亮的。俺媽看見齊二叔，問他：『今年怎正利害？』齊二叔說：『可不是呢！往年倒口子，水下來，初起不過尺把高；正水頭到了，也不過二尺多高，沒有過三尺的；總不到頓把飯的工夫，水頭就過去，總不過二尺來往水。今年這水，真霸道！一來就一尺多，一霎就過了二尺！縣大老爺看勢頭不好，恐怕小埝守不住，叫人趕緊進城罷。那時水已將近有四尺的光景了。大哥這兩天沒見，敢是在莊子上麼？可擔心的很呢！』俺媽就哭了，說：『可不是呢！』

「當時只聽城上一片嘈嚷，說：『小埝漫咧！小埝漫咧！』城上的人呼呼價往下跑。俺媽哭著就地一坐，說：『俺就死在這兒不回去了！』俺沒法，只好陪著在旁邊哭。只聽人說：『城門縫裡過水！』那無數人就亂跑，也不管是人家，是店，是鋪子，抓著被褥就是被褥，抓著衣服就是衣服，全拿去塞城門縫子。一會兒把咱街上估衣鋪的衣服，布店裡的布，都拿去塞了城門縫子。漸漸聽說：『不過水了！』又聽嚷說：『土包單弱，恐怕擋不住！』這就看著多少人到俺店裡去搬糧食口袋，望城門洞裡去填。一會看著搬空了；又有那紙店裡的紙，棉花店裡的棉花，又是搬個乾盡。

「那時天也明了，俺媽也哭昏了，俺也沒法，只好坐地守著。耳朵裡不住的聽人說：『這水可真了不得！城外屋子已經過了屋簷！這水頭怕不快有一丈多深嗎！從來沒聽說有過這麼大的水！』後來還是店裡幾個夥計，上來把俺媽同俺架了回去。回到店裡，那可不像樣子了！聽見夥計說：『店裡整布袋的糧食都填滿了城門洞，囤子裡的散糧被亂人搶了一個精光。只有潑灑在地下的，掃了掃，還有兩三擔糧食。』店裡原有兩個老媽子，她們家也在鄉下，聽說這麼大的水，想必老老小小也都是沒有命了，直哭的想死不想活。

「一直鬧到太陽大歪西，夥計們才把俺媽灌醒了。大家喝了兩口小米稀飯。俺媽醒了，睜開眼看看，說：『老奶奶呢？』他們說：『在屋裡睡覺呢，不敢驚動她老人家。』俺媽說：『也得請她老人家起來吃點麼呀！』待得走到屋裡，誰知道她老人家不是睡覺，是嚇死了。摸了摸鼻子裡，已經沒有氣。俺媽看見，哇的一聲，吃的兩口稀飯，跟著一口血塊子一齊嘔出來，又昏過去了。虧得個老王媽在老奶奶身上儘自摩挲，忽然嚷道：『不要緊！心口裡滾熱的呢。』忙著嘴對嘴的呋氣，又喊快拿薑湯來。到了下午時候，奶奶也過來了，俺媽也過來了，這算是一家平安了。有兩個夥計，在前院說話：『聽說城下的水有一丈四五了，這個多年的老城，恐怕守不住；倘若是進了城，怕一個活的也沒有！』又一個夥計道：『縣大老爺還在城裡，料想是不要緊的。』」

老殘對人瑞道：「我也聽說，究竟是誰出的這個主意，拿的是什麼書，你老哥知道麼？」人瑞道：「我是庚寅年來的，這是己丑年的事，我也是聽人說，未知確否。據說是史鈞甫史觀察創的議，拿的就是賈讓的治河策。他說當年齊與趙、魏以河為境，趙、魏瀕山，齊地卑下，作堤去河二十五里，河水東抵齊堤，則西泛趙、魏，趙、魏亦為堤，去河二十五里。

「那天司道都在院上，他將這幾句指與大家看，說：『可見戰國時兩堤相距是五十里地了，所以沒有河患。今日兩民埝相距不過三四里，即兩大堤相距尚不足二十里，比之古人，未能及半，若不廢民埝，河患斷無已時。』宮保說：『這個道理，我也明白。只是這夾堤裡面盡是村莊，均屬膏腴之地，豈不要破壞幾萬家的生產嗎？』

「他又指治河策給宮保看，說：『請看這一段說：「難者將曰：若此敗壞城郭田廬冢墓以萬數，百姓怨恨。」賈讓說：「昔大禹治水，山陵當路者毀之，故鑿龍門，闢伊闕，折砥柱，破碣石，墮斷天地之性，尚且為之，況此乃人工所造，何足言也？」』且又說：『「小不忍則亂大謀」，宮保以為夾堤裡的百姓，廬墓生產可惜，難道年年決口就不傷人命嗎？此一勞永逸之事。所以賈讓說：「大漢方制萬里，豈其與水爭咫尺之地哉？此功一立，河定民安，千載無恙，故謂之上策。」漢朝方制，不過萬里，尚不當與水爭地；我國家方制數萬里，若反與水爭地，豈不令前賢笑後生嗎？』又指儲同人批評云：『「三策遂成不刊之典，然自漢以來，治河者率下策也。悲夫！漢、晉、唐、宋、元、明以來，讀書人無不知賈讓治河策等於聖經賢傳，惜治河者無讀書人，所以大功不立也。」』宮保若能行此上策，豈不是賈讓二千年後得一知己？功垂竹帛，萬世不朽！』宮保皺著眉頭道：『但是一件要緊的事，只是我捨不得這十幾萬百姓現在的身家。』兩司道：『如果可以一勞永逸，何不另酬一筆款項，把百姓遷徙出去呢？』宮保說：『只有這個辦法，尚屬較妥。』後來聽說籌了三十萬銀子，預備遷民。至於為什麼不遷，我卻不知道了。」

人瑞對著翠環說道：「後來怎麼樣呢？妳說呀。」翠環道：「後來我媽拿定主意，聽他去，水來，俺就淹死去！」翠花道：「那一年我也在齊東縣，俺住在北門俺三姨家。北門離民埝挺近，北門外大街鋪子又整齊，所以街後兩個小埝都不小，聽說是一丈三的頂。那邊地勢又高，所以北門沒有漫過來。十六那天，俺到城牆上，看見那河裡漂的東西，不知有多少呢，也有箱子，也有桌椅板凳，也有窗戶門扇。那死人，更不待說，漂的滿河都是，不遠一個，不遠一個，也沒人顧得去撈。有有錢的，打算搬家，就是雇不出船來。」

老殘道：「船呢？上那裡去了？」翠花道：「都被官裡拿了差，送饅頭去了。」老殘道：「送饅頭給誰吃？要這些船幹啥？」翠花道：「饅頭功德可就大了！那莊子上的人，被水沖的有一大半，還有一少半呢，都是急玲點的人，一見水來，就上了屋頂，所以每一個莊子裡屋頂上總有百把幾十人，四面都是水，到那兒摸吃的去呢？有餓急了，重行跳到水裡自盡的。虧得有撫台派的委員，駕著船各處去送饅頭，大人三個，小孩兩個，第二天又有委員駕著空船，把他們送到北岸。這不是好極的事嗎？誰知這些渾蛋還有許多蹲在屋頂上不肯下來呢！問他為啥，他說在河裡有撫台給他送䊳䊳，到了北岸就沒人管他吃，那就餓死了。其實撫台送了幾天就不送了，他們還是餓死。儜說這些人渾不渾呢？」

老殘向人瑞道：「這事真正荒唐！是史觀察不是，雖來可知，然創此議主人，卻也不是壞心，並無一毫為己私見在內，只因但會讀書，不諳世故，舉手動足便錯。孟子所以說：『盡信書，則不如無書。』豈但河工為然？天下大事，壞於奸臣者十之三四，壞於不通世故之君子者，倒有十分之六七也！」又問翠環道：「後來妳爹找著了沒有？還是就被水沖去了呢？」翠環收淚道：「那還不是跟水去了嗎！要是活著，能不回家來嗎？」大家歎息了一回。

老殘又問翠花道：「妳才說她，到了明年，只怕要過今年這個日子也沒有了，這話是個什麼緣故？」翠花道：「俺這個爹不是死了嗎？喪事裡多花了一百幾十吊錢；前日俺媽賭錢——擲骰子——又輸了二三百吊錢。共總虧空四百多吊，今年的年，是萬過不去的了。所以前兒打算把環妹賣給蒯二禿子家。這蒯二禿子出名的利害，一天沒有客，就要拿火筷子烙人。俺媽要他三百銀子，他給了六百吊錢，所以沒有說妥。你老想，現在到年，還能有多少天？這日子眼看著越過越緊，倘若到了年下，怕她不賣嗎？這一賣，翠環可就夠她難受了。」

老殘聽了，默無一言；翠環卻只揩淚。黃人瑞道：「殘哥，我才說，為她們的事情要同你商議，正是這個緣故。我想，眼看著一個老實孩子送到鬼門關裡頭去，實在可憐。算起不過三百銀子的事情，我願意出一半，那一半找幾個朋友湊湊，你老哥也隨便出幾兩，不拘多少。但是這個名我卻不能擔，倘若你老哥能把她要回去，這事就容易辦了。你看好不好？」老殘道：「這事不難。銀子呢，既你老哥肯出一半，那一半就是我兄弟出了罷。再要跟人家化緣，就不妥當了。只是我斷不能要她，還得再想法子。」

翠環聽到這裡，慌忙跳下炕來，替黃、鐵二公磕了兩個頭，說道：「兩位老爺菩薩，救命恩人，捨得花銀子把我救出火坑，不管做什麼，丫頭老媽子，我都情願。只是有一件事，我得稟明在前：我所以常挨打，也不怪俺這媽，實在是俺自己的過犯。俺媽當初，因為實在餓不過了，所以把我賣給俺這媽，得了二十四吊錢，謝犒中人等項，去了三四吊，只落了二十吊錢。接著去年春上，俺奶奶死了，這錢可就光了。俺媽領著俺個小兄弟討飯吃，不上半年，連餓帶苦，也就死了，只剩了俺一個小兄弟，今年六歲。

「虧了俺有個舊街坊李五爺，現在也住在這齊河縣，做個小生意，他把他領了去，隨便給點吃吃。只是他自顧還不足的人，那裡能管他飽呢？穿衣服是更不必說了。所以我在二十里鋪的時候，遇著好客，給個一吊八百的呢，我就一兩個月攢個三千兩吊的給他寄來。現在蒙兩位老爺救我出來，如在左近二三百里的地方呢，那就不說了，我總能苦幾個錢給他寄來；倘要遠去呢，請兩位恩爺總要想法，許我把這個孩子帶著，或寄放在庵裡廟裡，或找個小戶人家養著。俺田家祖上一百世的祖宗，做鬼都感激二位爺的恩典，結草銜環，一定會報答你二位的！可憐俺田家就這一線的根苗！……」說到這裡，便又嚎啕痛哭起來。

人瑞道：「這又是一點難處。」老殘道：「這也沒有什麼難，我自有個辦法。」遂喊道：「田姑娘，妳不用哭了，包管妳姊兒兩個一輩子不離開就是了。妳別哭，讓我們好替妳打主意；妳把我們哭昏了，就出不出好主意來了。快快別哭罷。」翠環聽罷，趕緊忍住淚，骨鼕骨鼕替他們每人磕了幾個響頭。老殘連忙將她攙起。誰知她磕頭的時候，用力太猛，把額頭上碰了一個大包，包又破了，流血呢。

老殘扶她坐下，說：「這是何苦來呢！」又替她把額上血輕輕揩了，讓她在炕上躺下，這就來同人瑞商議說：「我們辦這件事，當分個前後次第：以替她贖身為第一步，以替她擇配為第二步。贖身一事又分兩層：以私商為第一步，公斷為第二步。此刻別人出她六百吊，我們明天把她領家的叫來，也先出六百吊，隨後再添。此種人不宜過於爽快；你過爽快，他就覺得奇貨可居了。此刻銀價每兩換兩吊七百文，三百兩可換八百一十吊，連一切開銷，一定足用的了。看她領家的來，口氣何如：倘不執拗，自然私了的為是；如懷疑刁狡呢，就托齊河縣替她當堂公斷一下，仍以私了結局。人翁以為何如？」人瑞道：「極是，極是！」

老殘又道：「老哥固然萬無出名之理，兄弟也不能出全名，只說是替個親戚辦的就是了。等到事情辦妥，再揭明擇配的宗旨；不然，領家的是不肯放的。」人瑞道：「很好。這個辦法，一點不錯。」老殘道：「銀子是你我各出一半，無論用多少，皆是這個分法；但是我行篋中所有，頗不敷用，要請你老哥墊一墊，到了省城，我就還你。」人瑞道：「那不要緊，贖兩個翠環，我這裡的銀子都用不了呢。只要事情辦妥，老哥還不還都不要緊的。」老殘道：「一定要還的！我在有容堂還存著四百多銀子呢。你不用怕我出不起，怕害的我沒飯吃。你放心罷。」

人瑞道：「就是這麼辦。明天早起，就叫他們去喊她領家的去。」翠花道：「早起儜別去喊。明天早起，我們姐兒倆一定要回去的。你老早起一喊。倘若被他們知道這個意思，他一定把環妹妹藏到鄉下去，再講盤子，那就受他的拿捏了。況且他們抽鴉片煙的人，也起不早；不如下午，你老先著人叫我們姐兒倆來，然後去叫俺媽，那就不怕她了。只是一件：這事千萬別說我說的。環妹妹是超陞了的人，不怕他，俺還得在火坑裡過活兩年呢。」人瑞道：「那自然，還要妳說嗎！明天我先到縣衙門裡，順便帶個差人來。倘若妳媽作怪，我先把翠環交給差人看管，那就有法制他了。」說著，大家都覺得喜歡得很。

老殘便對人瑞道：「她們事已議定，大概如此，只是你先前說的那個案子呢？我到底不放心。你究竟是真話是假話？說了我好放心。」

未知後事如何，且聽下回分解。

〔作者　評〕

廢濟陽以下民埝，是光緒己丑年事。其時作者正奉檄測量東省黃河，目睹屍骸逐流而下，自朝至暮，不知凡幾。山東村居屋皆平頂，水來民皆升屋而處。一日，作者船泊小街子，見屋頂上人約八九十口，購饅頭五十斤散之。值夜大風雨，耳中時聞坍屋聲，天微明，風息雨未止，急開船窗視之，僅十人餘矣！不禁痛哭，作者告予云：生平有三大傷心事，山東廢民埝，是其傷心之一也。

第十五回　烈焰有聲驚二翠　嚴刑無度逼孤孀

話說老殘與黃人瑞，方將如何拔救翠環之法商議停妥，老殘便向人瑞道：「你適才說，有個驚天動地的案子，其中關係著無限的人命，又有夭矯離奇的情節，到底是真是假？我實實的不放心。」人瑞道：「別忙，別忙。方才為這一個毛丫頭的事，商議了半天。——正經勾當，我的煙還沒有吃好，讓我吃兩口煙，提提神，告訴你。」

翠環此刻心裡蜜蜜的高興，正不知如何是好，聽人瑞要吃煙，趕緊拿過籤子來，替人瑞燒了兩口吃著。人瑞道：「這齊河縣東北上，離城四十五里，有個大村鎮，名叫齊東鎮，就是周朝齊東野人的老家。這莊上有三四千人家，有條大街，有十幾條小街。路南第三條小街上，有個賈老翁。這老翁年紀不過五十望歲，生了兩個兒子，一個女兒。大兒子在時，有三十多歲了，二十歲上娶了本村魏家的姑娘。魏、賈這兩家都是靠莊田吃飯，每人家有四五十頃地。

「魏家沒有兒子，只有這個女兒，卻承繼了一個遠房姪兒在家，管理一切事務。只是這個承繼兒子不甚學好，所以魏老兒很不喜歡他，卻喜歡這個女婿如同珍寶一般。誰知這個女婿去年七月，感了時氣，到了八月半邊，就一命嗚呼哀哉死了。過了百日，魏老頭恐怕女兒傷心，常常接回家來過個十天半月的，解解他的愁悶。

「這賈家呢，第二個兒子今年廿四歲，在家讀書，人也長的清清秀秀的，筆下也還文從字順。賈老兒既把個大兒子死了，這二兒子便成了個寶貝，恐怕他勞神，書也不教他念了。他那女兒今年十九歲，相貌長的如花似玉，又加之人又能幹，家裡大小事情，都是她做主，因此本村人替她起了個渾名，叫做『賈探春』。老二娶的也是本村一個讀書人家的女兒，性格極其溫柔，輕易不肯開口，所以人越發看他老實沒用，起他個渾名叫『二呆子』。

「這賈探春長到一十九歲，為何還沒有婆家呢？只因為她才貌雙全，鄉莊戶下，那有那麼俊俏男子來配她呢？只有鄰村一個吳二浪子，人卻生得倜儻不群，相貌也俊，言談也巧，家道也豐富，好騎馬射箭，同這賈家本是個老親，一向往來，彼此女眷都是不迴避的，只有這吳二浪子曾經托人來求親。賈老兒掂量這個親事倒還做得；只是聽得人說，這吳二浪子，鄉下已經偷上了好幾個女人，又好賭，又時常好跑到省城裡去玩耍，動不動一兩個月的不回來。心裡算計，這家人家，雖算鄉下的首富，終究家私要保不住，因此就沒有應許。以後卻是再要找個人材家道相平的，總找不著，所以把這親事就此擱下了。

「今年八月十三是賈老大的週年，家裡請和尚拜了三天讖，是十二、十三、十四三天。經讖拜完，魏老兒就接了姑娘回家過節。誰想當天下午，陡聽人說，賈老兒家全家喪命。這一慌真就慌的不成話了！連忙跑來看時，卻好鄉約、里正俱已到齊。全家人都死盡，只有賈探春和她姑媽來了，都哭的淚人似的。頃刻之間，魏家姑奶奶——就是賈家的大娘子——也趕到了；進得門來，聽見一片哭聲，也不曉得青紅皂白，只好嚎啕大哭。

「當時里正前後看過，計門房死了看門的一名，長工二名；廳房堂屋倒在地下死了書僮一名，廳房裡間賈老兒死在炕上；二進上房，死了賈老二夫妻兩名，旁邊老媽子一名，炕上三歲小孩子一名；廚房裡老媽子一名，丫頭一名；廂房裡老媽子一名；前廳廂房裡管帳先生一名：大小男女，共死了一十三名口。當時具稟，連夜報上縣來。

「縣裡次日一清早，帶同仵作下鄉一一相驗，沒有一個受傷的人，骨節不硬，皮膚不發青紫，既非殺傷，又非服毒，這沒頭案子就有些難辦。一面賈家辦理棺斂，一面縣裡具稟申報撫台。縣裡正在序稿，突然賈家遣個抱告，言已查出被人謀害形跡。」

方說到這裡，翠環抬起頭來喊道：「儜瞧！窗戶怎樣這麼紅呀？」一言未了，只聽得嗶嗶啵啵的聲音，外邊人聲嘈雜，大聲喊叫說：「起火！起火！」幾個連忙跑出上房門來，才把簾子一掀，只見那火正是老殘住的廂房後身。老殘連忙身邊摸出鑰匙去開房門上的鎖，黃人瑞大聲喊道：「多來兩個人，幫鐵老爺搬東西！」老殘剛把鐵鎖開了，將門一推，只見房內一大團黑煙，望外一撲，那火舌已自由窗戶裡冒出來了。老殘被那黑煙沖來，趕忙望後一退，卻被一塊磚頭絆住，跌了一跤，恰好那些來搬東西的人，正自趕到，就勢把老殘扶起，攙過東邊去了。

當下看那火勢，怕要連著上房，黃人瑞的家人就帶著眾人，進上房去搶搬東西。黃人瑞站在院心裡，大叫道：「趕先把那帳箱搬出，別的卻還在後！」說時，黃升已將帳箱搬出。那些人多手雜的，已將黃人瑞箱籠行李都搬出來放在東牆腳下。店家早已搬了幾條長板凳來，請他們坐。人瑞檢點物件，一樣不少，卻還多了一件，趕忙叫人搬往櫃房裡去。

看官，你猜多的一件是何物事？原來正是翠花的行李。人瑞知道縣官必來看火，倘若見了，有點難堪，所以叫人搬去。並對二翠道：「妳們也往櫃房裡避一避去，立刻縣官就要來的。」二翠聽說，便順牆根走往前面去了。

且說火起之時，四鄰人等及河工伕役，都尋覓了水桶水盆之類，趕來救火，無奈黃河兩岸俱已凍得實實的，當中雖有流水之處，人卻不能去取。店後有個大坑塘，卻早凍得如平地了。城外只有兩口井裡有水，你想，慢慢一桶一桶打起，中何用呢？這些人人急智生，就把坑裡的冰鑿開，一塊一塊的望火裡投。那知這冰的力量比水還大，一塊冰投下去，就有一塊地方沒了火頭。這坑正在上房後身，有七八個人立在上房屋脊上，後邊有數十個人運冰上屋，屋上人接著望火裡投，一半投到火裡，一半落在上房屋上，所以火就接不到上房這邊來。

老殘與黃人瑞正在東牆看人救火，只見外面一片燈籠火把，縣官已到，帶領人伕手執撓鉤長杆等件，前來救火。進得門來，見火勢已衰，一面用撓鉤將房扯倒，一面飭人取黃河淺處薄冰拋入火裡，以壓火勢，那火也就漸漸的熄了。

縣官見黃人瑞立在東牆下，步上前來，請了一個安，說道：「老憲台受驚不小！」人瑞道：「也還不怎樣，但是我們補翁燒得苦點。」因向縣官道：「子翁，我介紹你會個人。此人姓鐵，號補殘，與你頗有關係，那個案子上要倚賴他才好辦。」縣官道：「嗳呀呀！鐵補翁在此地嗎？快請過來相會。」人瑞即招手大呼道：「老殘，請這邊來！」

老殘本與人瑞坐在一條凳上，因見縣官來，踱過人叢裡，借看火為迴避。今聞招呼，遂走過來，與縣官作了個揖，彼此道些景慕的話頭。縣官有馬扎子，老殘與人瑞仍坐長凳子上。原來這齊河縣姓王，號子謹，也是江南人，與老殘同鄉。雖是個進士出身，倒不糊塗。

當下人瑞對王子謹道：「我想閣下齊東村一案，只有請補翁寫封信給宮保，須派白子壽來，方得昭雪；那個絕物也不敢過於倔強。我輩都是同官，不好得罪他的；補翁是方外人，無須忌諱。尊意以為何如？」子謹聽了，歡喜非常，說：「賈魏氏活該有救星了！好極，好極！」老殘聽得沒頭沒腦，答應又不是，不答應又不是，只好含糊唯諾。

當時火已全熄，縣官要扯二人到衙門去住。人瑞道：「上房既未燒著，我仍可以搬入去住，只是鐵公未免無家可歸了。」老殘道：「不妨，不妨！此時夜已深，不久便自天明；天明後，我自會上街置辦行李，毫不礙事。」縣官又苦苦的勸老殘到衙門裡去。老殘說：「我打攪黃兄是不妨的，請放心罷。」縣官又殷勤問：「燒些什麼東西？未免大破財了。但是敝縣購辦得出的，自當稍盡綿薄。」老殘笑道：「布衾一方，竹筒一隻，布衫褲兩件，破書數本，鐵串鈴一枚，如此而已。」縣官笑道：「不確罷。」也就笑著。

正要告辭，只見地保同著差人，一條鐵索，鎖了一個人來，跪在地下，像雞子簽米似的，連連磕頭，嘴裡只叫：「大老爺天恩！大老爺天恩！」那地保跪一條腿在地下，喊道：「火就是這個老頭兒屋裡起的，請大老爺示：還是帶回衙門去審，還是在這裡審？」縣官便問道：「你姓什麼？叫什麼？那裡人？怎麼樣起的火？」

只見那地下的人又連連磕頭，說道：「小的姓張，叫張二，是本城裡人，在這隔壁店裡做長工。因為昨兒從天明起來，忙到晚上二更多天，才稍為空閒一點，回到屋裡睡覺，誰知小衫褲汗濕透了，剛睡下來，冷得異樣，越冷越打顫，就睡不著了。小的看這屋裡放看好些粟稭，就抽了幾根，燒著烤一烤。又想起窗戶台上有上房客人吃剩下的酒，賞小的吃的，就拿在火上煨熱了，喝了幾鍾。誰知道一天乏透的人，得了點暖氣，又有兩杯酒下了肚，糊裡糊塗，坐在那裡，就睡著了。剛睡著，一霎兒的工夫，就覺得鼻子裡煙嗆的難受，慌忙睜開眼來，身上棉襖已經燒著了一大塊，那稟稭打的壁子已通著了，趕忙出來找水來潑，那火已自出了屋頂，小的也沒有法子了。所招是實，求大老爺天恩！」縣官罵了一聲「渾蛋」，說：「帶到衙門裡辦去罷！」說罷，立起身來，向黃、鐵二公告辭；又再三叮囑人瑞，務必設法玉成那一案，然後匆匆的去了。

那時火已熄盡，只冒白氣。人瑞看著黃升帶領眾人，又將物件搬入，依舊陳列起來。人瑞道：「屋子裡煙火氣太重，燒盒萬壽香來薰薰。」人瑞笑向老殘道：「鐵公，我看你還忙著回屋去不回呢？」老殘道：「都是被你一留再留的。倘若我在屋裡，不至於被它燒得這麼乾淨。」人瑞道：「咦！不害臊！要是讓你回去，只怕連你還燒死在裡頭呢！你不好好的謝我，反來埋怨我，真是不識好歹。」老殘道：「難道我是死人嗎？你不賠我，看我同你干休嗎！」

說著，只見門簾揭起，黃升領了一個戴大帽子的進來，對著老殘打了一個千兒，說：「敝上說給鐵大老爺請安。送了一副鋪蓋來，是敝上自己用的，腌臢點，請大老爺不要嫌棄，明天叫裁縫趕緊做新的送過來，今夜先將就點兒罷。又狐皮袍子馬褂一套，請大老爺隨便用罷。」老殘立起來道：「累你們貴上費心。行李暫且留在這裡，借用一兩天，等我自己買了，就繳還。衣裳我都已經穿在身上，並沒有燒掉，不勞貴上費心了。回去多多道謝。」那家人還不肯把衣服帶去。仍是黃人瑞說：「衣服，鐵老爺決不肯收的。你就說我說的，你帶回去罷。」家人又打了個千兒去了。

老殘道：「我的燒去也還罷了，總是你瞎倒亂，平白的把翠環的一捲行李也燒在裡頭，你說冤不冤呢？」黃人瑞道：「那才更不要緊呢！我說她那鋪蓋總共值不到十兩銀子，明日賞她十五兩銀子，她媽要喜歡的受不得呢。」翠環道：「可不是呢，大約就是我這個倒霉的人，一捲鋪蓋害了鐵爺許多好東西都毀掉了。」老殘道：「物件倒沒有值錢的，只可惜我兩部宋板書，是有錢沒處買的，未免可惜。然也是天數，只索聽它罷了。」

人瑞道：「我看宋板書倒也不稀奇，只是可惜你那搖的串鈴子也毀掉，豈不是失了你的衣飯碗了嗎？」老殘道：「可不是呢。這可應該你賠了罷，還有什麼說的？」人瑞道：「罷，罷，罷！燒了她的鋪蓋，燒了你的串鈴，大吉大利，恭喜，恭喜！」對著翠環作了個揖，又對老殘作了個揖，說道：「從今以後，她也不用做賣皮的婊子，你也不要做說嘴的郎中了！」

老殘大叫道：「好，好，罵的好苦！翠環，妳還不去擰他的嘴！」翠環道：「阿彌陀佛！總是兩位的慈悲！」翠花點點頭道：「環妹由此從良，鐵老由此做官，這把火倒也實在是把大吉大利的火，我也得替二位道喜。」老殘道：「依你說來，她卻從良，我卻從賤了？」黃人瑞道：「閒話少講，我且問你：是說話是睡？如睡，就收拾行李；如說話，我就把那奇案再告訴你。」隨即大叫了一聲：「來啊！」

老殘道：「你說，我很願意聽。」人瑞道：「不是方才說到賈家遣丁抱告，說查出被人謀害的情形嗎？原來這賈老兒桌上有吃殘了的半個月餅，一大半人房裡都有吃月餅的痕跡。這月餅卻是前兩天魏家送得來的。所以賈家新承繼來的個兒子——名叫賈幹——同了賈探春告說是他嫂子賈魏氏與人通姦，用毒藥謀害一家十三口性命。

「齊河縣王子謹就把這賈幹傳來，問他姦夫是誰，卻又指不出來。食殘的月餅，只有半個，已經擘碎了，餡子裡卻是有點砒霜。王子謹把這賈魏氏傳來問這情形。賈魏氏供：『月餅是十二日送來的。我還在賈家。況當時即有人吃過，並未曾死。』又把那魏老兒傳來。魏老兒供稱：『月餅是大街上四美齋做的，有毒無毒，可以質證了。』及至把四美齋傳來，又供月餅雖是他家做的，而餡子卻是魏家送得來的。就是這一節，卻不得不把魏家父女暫且收管。雖然收管，卻未上刑具，不過監裡的一間空屋，聽他自己去布置罷了。子謹心裡覺得仵作相驗，實非中毒；自己又親身細驗，實無中毒情形。即使月餅中有毒，未必人人都是同時吃的，也沒有個毒輕毒重的分別嗎？」

「苦主家催求訊斷得緊，就詳了撫台，請派員會審。前數日，齊巧派了剛聖慕來。此人姓剛，名弼，是呂諫堂的門生，專學他老師，清廉得格登登的。一跑得來，就把那魏老兒上了一夾棍，賈魏氏上了一拶子。兩個人都暈絕過去，卻無口供。那知冤家路兒窄：魏老兒家裡的管事的卻是愚忠老實人，看見主翁吃這冤枉官司，遂替他籌了些款，到城裡來打點，一投投到一個鄉紳胡舉人家。……」

說到此處，只見黃升揭開簾子走進來，說：「老爺叫呀。」人瑞道：「收拾鋪蓋。」黃升道：「鋪蓋怎樣放法？」人瑞想了一想，說：「外間冷，都睡到裡邊去罷。」就對老殘道：「裡間炕很大，我同你一邊睡一個，叫她們姐兒倆打開鋪蓋捲睡當中，好不好？」老殘道：「甚好，甚好。只是你孤棲了。」人瑞道：「守著兩個，還孤棲個什麼呢？」老殘道：「管你孤棲不孤棲，趕緊說，投到這胡舉人家怎麼樣呢？」

要知後事如何，且聽下回分解。

〔作者　評〕

疏密相間，大小雜出，此定法也。歷來文章家每序一大事，必夾序數小事，點綴其間，以歇目力，而紓文氣。此卷序賈、魏事一大案，熱鬧極矣，中間應插序一段冷淡事，方合成法。乃忽然火起，熱上加熱，鬧中添鬧，文筆真有不可思議功德。

第十六回　六千金買得淩遲罪　一封書驅走喪門星

話說老殘急忙要問他投到胡舉人家便怎樣了。人瑞道：「你越著急，我越不著急！我還要抽兩口煙呢！」老殘急於要聽他說，就叫：「翠環，妳趕緊燒兩口，讓他吃了好說。」翠環拿著籤子便燒。黃升從裡面把行李放好，出來回道：「她們的鋪蓋，叫她夥計來放。」人瑞點點頭。一刻，見先來的那個夥計，跟著黃升進去了。

原來馬頭上規矩：凡妓女的鋪蓋，必須她夥計自行來放，家人斷不肯替她放的；又兼之鋪蓋之外還有什麼應用的物事，她夥計知道放在什麼所在，妓女探手便得，若是別人放的，就無處尋覓了。

卻說夥計放完鋪蓋出來，說道：「翠環的燒了，怎麼樣呢？」人瑞道：「那你就不用管罷。」老殘道：「我知道。你明天來，我賠你二十兩銀子，重做就是了。」夥計說：「不是為銀子，老爺請放心，為的是今兒夜裡。」人瑞道：「叫你不要管，你還不明白嗎？」翠花也道：「叫你不要管，你就回去罷。」那夥計才低著頭出去。

人瑞對黃升道：「天很不早了，你把火盆裡多添點炭，坐一壺開水在旁邊，把我墨盒子筆取出來，取幾張紅格子白八行書同信封子出來，取兩枝洋蠟，都放在桌上，你就睡去罷。」黃升答應了一聲「是」，就去照辦。

這裡人瑞煙也吃完。老殘問道：「投到胡舉人家怎樣呢？」人瑞道：「這個鄉下糊塗老兒，見了胡舉人，趴下地就磕頭，說：『如能救得我主人的，萬代封侯！』胡舉人道：『封侯不濟事，要有錢才能辦事呀。這大老爺，我在省城裡也與他同過席，是認得的。你先拿一千銀子來，我替你辦。我的酬勞在外。』那老兒便從懷裡摸出個皮靴頁兒來，取出五百一張的票子兩張，交與胡舉人，卻又道：『但能官司了結無事，就再花多少，我也能辦。』胡舉人點點頭，吃過午飯，就穿了衣冠來拜老剛。」

老殘拍著炕沿道：「不好了！」人瑞道：「這渾蛋的胡舉人來了呢，老剛就請見，見了略說了幾句套話。胡舉人就把這一千銀票子雙手捧上，說道：『這是賈魏氏那一案，魏家孝敬老公祖的，求老公祖格外成全。』」

老殘道：「一定翻了呀！」人瑞道：「翻了倒還好，卻是沒有翻。」老殘道：「怎麼樣呢？」人瑞道：「老剛卻笑嘻嘻的雙手接了，看了一看，說道：『是誰家的票子？可靠得住嗎？』胡舉人道：『這是同裕的票子，是敝縣第一個大錢莊，萬靠得住。』老剛道：『這麼大個案情，一千銀子那能行呢？』胡舉人道：『魏家人說，只要早早了結，沒事，就再花多些，他也願意。』老剛道：『十三條人命，一千銀子一條，也還值一萬三呢。——也罷，既是老兄來，兄弟情願減半算，六千五百兩銀子罷。』胡舉人連聲答應道：『可以行得，可以行得！』

「老剛又道：『老兄不過是個介紹人，不可專主，請回去切實問他一問，也不必開票子來，只須老兄寫明云：減半六五之數，前途願出。兄弟憑此，明日就斷結了。』胡舉人歡喜的了不得，出去就與那鄉下老兒商議。鄉下老兒聽說官司可以了結無事，就擅專一回，諒多年賓東，不致遭怪，況且不要現銀子，就高高興興的寫了個五千五百兩的憑據交與胡舉人。又寫了個五百兩的憑據，為胡舉人的謝儀。

「這渾蛋胡舉人寫了一封信，並這五千五百兩憑據，一併送到縣衙門裡來。老剛收下，還給個收條。等到第二天升堂，本是同王子謹會審的。這些情節，子謹卻一絲也不知道。坐上堂去，喊了一聲『帶人』。那衙役們早將魏家父女帶到，卻都是死了一半的樣子。兩人跪到堂上，剛弼便從懷裡摸出那個一千兩銀票並那五千五百兩憑據和那胡舉人的書子，先遞給子謹看了一遍，子謹不便措辭，心中卻暗暗的替魏家父女叫苦。

「剛弼等子謹看過，便問魏老兒道：『你認得字嗎？』魏老兒供：『本是讀書人，認得字。』又問賈魏氏：『認得字嗎？』供：『從小上過幾年學，認字不多。』老剛便將這銀票、筆據叫差人送與他父女們看。他父女回說：『不懂這是什麼原故。』剛弼道：『別的不懂，想必也是真不懂；這個憑據是誰的筆跡，下面註著名號，你也不認得嗎？』叫差人：『你再給那個老頭兒看！』

魏老兒看過，供道：『這憑據是小的家裡管事的寫的，但不知他為什麼事寫的。』

「剛弼哈哈大笑說：『你不知道，等我來告訴你，你就知道了！昨兒有個胡舉人來拜我，先送一千兩銀子，說你們這一案，叫我設法兒開脫；又說如果開脫，銀子再要多些也肯。我想你們兩個窮凶極惡的人，前日頗能熬刑，不如趁勢討他個口氣罷，我就對胡舉人說：「你告訴他管事的去，說害了人家十三條性命，就是一千兩銀子一條，也該一萬三千兩。」胡舉人說：「恐怕一時拿不出許多。」我說：「只要他心裡明白，銀子便遲些日子不要緊的。如果一千銀子一條命不肯出，就是折半五百兩銀子一條命，也該六千五百兩，不能再少。」胡舉人連連答應。我還怕胡舉人孟浪，再三叮囑他，叫他把這折半的道理告訴你們管事的，如果心服情願，叫他寫個憑據來，銀子早遲不要緊的。第二天，果然寫了這個憑據來。我告訴你，我與你無冤無仇，我為什麼要陷害你們呢？你要摸心想一想，我是個朝廷家的官，又是撫台特特委我來幫著王大老爺來審這案子，我若得了你們的銀子，開脫了你們，不但辜負撫台的委任，那十三條冤魂，肯依我嗎？我再詳細告訴你：倘若人命不是你謀害的，你家為什麼肯拿幾千兩銀子出來打點呢？這是第一據。在我這裡花的是六千五百兩，在別處花的且不知多少，我就不便深究了。倘人不是你害的，我告訴他照五百兩一條命計算，也應該六千五百兩，你那管事的就應該說：「人命實不是我家害的，如蒙委員代為昭雪，七千八千俱可，六千五百兩的數目卻不敢答應。」為什麼他毫無疑義，就照五百兩一條命算帳呢？是第二據。——我勸你們早遲總得招認，免得饒上許多刑具的苦楚。』

「那父女兩個連連叩頭說：『青天大老爺！實在是冤枉！』剛弼把桌子一拍，大怒道：『我這樣開導你們，還是不招，再替我夾拶起來？』底下差役炸雷似的答應了一聲『嗄』，夾棍拶子望堂上一摔，驚魂動魄價響。

「正要動刑，剛弼又道：『慢著，行刑的差役上來，我對你講。』幾個差役走上幾步，跪一條腿，喊道：『請大老爺示。』剛弼道：『你們技倆我全知道：你看那案子是不要緊的呢，你們得了錢，用刑就輕些，讓犯人不甚吃苦；你們看那案情重大，是翻不過來的了，你們得了錢，就猛一緊，把那犯人當堂治死，成全他個整屍首，本官又有個嚴刑斃命的處分：我是全曉得的。今日替我先拶賈魏氏，只不許拶得她發昏，俱看神色不好，就鬆刑，等她回過氣來再拶，預備十天工夫，無論你什麼好漢，也不怕你不招！』

「可憐一個賈魏氏，不到兩天，就真熬不過了，哭得一絲半氣的，又忍不得老父受刑，就說道：『不必用刑，我招就是了！人是我謀害的，父親委實不知情！』剛弼道：『妳為什麼害他全家？』魏氏道：『我為妯娌不和，有心謀害。』剛弼道：『妯娌不和，妳害她一個人很夠了，為什麼毒她一家子呢？』魏氏道：『我本想害她一人，因沒有法子，只好把毒藥放在月餅餡子裡。因為她最好吃月餅，讓她先毒死了，旁人必不至再受害了。』

「剛弼問：『月餅餡子裡，妳放的什麼毒藥呢？』供：『是砒霜。』『那裡來的砒霜呢？』供：『叫人藥店裡買的。』『那家藥店裡買的呢？』『自己不曾上街，叫人買的，所以不曉得那家藥店。』問：『叫誰買的呢？』供：『就是婆家被毒死了的長工王二。』問：『既是王二替妳買的，何以他又肯吃這月餅受毒死了呢？』供：『我叫他買砒的時候，只說為毒老鼠，所以他不知道。』問：『妳說妳父親不知情，妳豈有個不同他商議的呢？』供：『這砒是在婆家買的，買得好多天了。正想趁個機會放在小嬸吃食碗裡，值幾日都無隙可乘，恰好那日回娘家，看他們做月餅餡子，問他們何用，他們說送我家節禮，趁無人的時候，就把砒霜攪在餡子裡了。』

「剛弼點點頭道：『是了，是了。』又問道：『我看妳人很直爽，所招的一絲不錯。只是我聽人說，妳公公平常待妳極為刻薄，是有的罷？』魏氏道：『公公待我如待親身女兒一般恩惠，沒有再厚的了。』剛弼道：『妳公公橫豎已死，妳何必替他迴護呢？』魏氏聽了，抬起頭來，柳眉倒豎，杏眼圓睜，大叫道：『剛大老爺！你不過要成就我個凌遲的罪名！現在我已遂了你的願了，既殺了公公，總是個凌遲！你又何必要坐成個故殺呢？——你家也有兒女呀！勸你退後些罷！』剛弼一笑道：『論做官的道理呢，原該追究個水盡山窮；然既已如此，先讓她把這個供畫了。』」

再說黃人瑞道：「這是前兩天的事，現在他還要算計那個老頭子呢。昨日我在縣衙門裡吃飯，王子謹氣得要死，鱉得不好開口，一開口，彷彿得了魏家若干銀子似的。李太尊在此地，也覺得這案情不妥當，然也沒有法想，商議除非能把白太尊白子壽弄來才行。這瘟剛是以清廉自命的，白太尊的清廉，恐怕比他還靠得住些。白子壽的人品學問，為眾所推服，他還不敢藐視，舍此更無能制伏他的人了。只是一兩天內就要上詳，宮保的性子又急，若奏出去就不好設法了。只是沒法通到宮保面前去，凡我們同寅都要避點嫌疑，昨日我看見老哥，我從心眼裡歡喜出來，請你想個什麼法子。」

老殘道：「我也沒有長策。不過這種事情，其勢已迫，不能計出萬全的。只有就此情形，我詳細寫封信稟宮保，請宮保派白太尊來覆審。至於這一炮響不響，那就不能管了。天下事冤枉的多著呢，但是碰在我輩眼目中，盡心力替他做一下子就罷了。」人瑞道：「佩服，佩服。事不宜遲，筆墨紙張都預備好了，請你老人家就此動筆。——翠環，妳去點蠟燭，泡茶。」

老殘凝了一凝神，就到人瑞屋裡坐下。翠環把洋燭也點著了，老殘揭開墨盒，拔出筆來，鋪好了紙，拈筆便寫，那知墨盒子已凍得像塊石頭，筆也凍得像個棗核子，半筆也寫不下去。翠環把墨盒子捧到火盆上烘，老殘將筆拿在手裡，向著火盆一頭烘，一頭想。半霎功夫，墨盒裡冒白氣，下半邊已烊了，老殘蘸墨就寫，寫兩行，烘一烘，不過半個多時辰，信已寫好，加了個封皮，打算問人瑞，信已寫妥，交給誰送去？對翠環道：「妳請黃老爺進來。」

翠環把房門簾一揭，格格的笑個不止，低低喊道：「鐵老，你來瞧！」老殘望外一看，原來黃人瑞在南首，雙手抱著煙槍，頭歪在枕頭上，口裡拖三四寸長一條口涎，腿上卻蓋了一條狼皮褥子；再看那邊，翠花睡在虎皮毯上，兩隻腳都縮在衣服裡頭，兩隻手超在袖子裡，頭卻不在枕頭上，半個臉縮在衣服大襟裡，半個臉靠著袖子，兩個人都睡得實沈沈的了。

老殘看了說：「這可要不得，快點喊他們起來！」老殘就去拍人瑞，說：「醒醒罷，這樣要受病的！」人瑞驚覺，懵裡懵懂的，睜開眼說道：「呵，呵！信寫好了嗎？」老殘說：「寫好了。」人瑞掙扎著坐起，只見口邊那條涎水，由袖子上滾到煙盤裡，跌成幾段，原來久已化作一條冰了！老殘拍人瑞的時候，翠環卻到翠花身邊，先向她衣服摸著兩隻腳，用力往外一扯。翠花驚醒，連喊：「誰，誰，誰？」連忙揉揉眼睛，叫道：「可凍死我了！」

兩人起來，都奔向火盆就暖，那知火盆無人添炭，只剩一層白灰，幾星餘火，卻還有熱氣。翠環道：「屋裡火盆旺著呢，快向屋裡烘去罷。」四人遂同到裡邊屋來。翠花看鋪蓋，三分俱已攤得齊楚，就去看他縣裡送來的，卻是一床藍湖縐被，一床紅湖縐被，兩條大呢褥子，一個枕頭。指給老殘道：「儜瞧這鋪蓋好不好？」老殘道：「太好了些。」便向人瑞道：「信寫完了，請你看看。」

人瑞一面烘火，一面取過信來，從頭至尾讀了一遍，說：「很切實的。我想總該靈罷。」老殘道：「怎樣送去呢？」人瑞腰裡摸出錶來一看；說：「四下鐘，再等一刻，天亮了，我叫縣裡差個人去。」老殘道：「縣裡人都起身得遲，不如天明後，同店家商議，雇個人去更妥。──只是這河難得過去。」人瑞道：「河裡昨晚就有人跑凌，單身人過河很便當的。」大家烘著火，隨便閒話。

兩三點鐘工夫，極容易過，不知不覺，東方已自明了。人瑞喊起黃升，叫他向店家商議，雇個人到省城送信，說：「不過四十里地，如晌午以前送到，下午取得收條來，我賞銀十兩。」停了一刻，只見店夥同了一個人來說：「這是我兄弟，如大老爺送信，他可以去。他送過幾回信，頗在行，到衙門裡也敢進去，請大老爺放心。」當時人瑞就把上撫台的稟交給他，自收拾投遞去了。

這裡人瑞道：「我們這可該睡了。」黃、鐵睡在兩邊，二翠睡在當中，不多一刻都已齁齁的睡著。一覺醒來，已是午牌時候。翠花家夥計早已在前面等候，接了她姊妹兩個回去，將鋪蓋捲了，一併掮著就走。人瑞道：「傍晚就送她們姐兒倆來，我們這兒不派人去叫了。」夥計答應著「是」，便同兩人前去。翠環回過頭來眼淚汪汪的道：「儜別忘了呵！」人瑞、老殘俱笑著點點頭。二人洗臉。歇了片刻就吃午飯。飯畢，已兩下多鐘，人瑞自進縣署去了，說：「倘有回信，喊我一聲。」老殘說：「知道，你請罷。」

人瑞去後，不到一個時辰，只見店家領那送信的人，一頭大汗，走進店來，懷裡取出一個馬封，紫花大印，拆開，裡面回信兩封：一封是張宮保親筆，字比核桃還大；一封是內文案上袁希明的信，言：「白太尊現署泰安，即派人去代理，大約五七天可到。」並云：「宮保深盼閣下少候兩日，等白太尊到，商酌一切」云云。老殘看了，對送信人說：「你歇著罷，晚上來領賞。」喊黃二爺來。」店家說：「同黃大老爺進衙門去了。」老殘想：「這信交誰送去呢？不如親身去走一道罷。」就告店家，鎖了門，逕自投縣衙門來。

進了大門，見出出進進人役甚多，知有堂事。進了儀門，果見大堂上陰氣森森，許多差役兩旁立著。凝了一凝神，想道：「我何妨上去看看，什麼案情？」立在差役身後，卻看不見。只聽堂上嚷道：「賈魏氏，妳要明白！妳自己的死罪已定，自是無可挽回，妳卻極力開脫妳那父親，說他並不知情，這是妳的一片孝心，本縣也沒有個不成全妳的。但是妳不招出妳的姦夫來，妳父親的命就保全不住了。妳想，妳那姦夫出的主意，把妳害得這樣苦法，他倒躲得遠遠的，連飯都不替妳送一碗，這人的情義也就很薄的了，妳卻抵死不肯招出他來，反令生身老父，替他擔著死罪。聖人云：『人盡夫也，父一而已。』原配丈夫，為了父親尚且顧不得他，何況一個相好的男人呢！我勸妳招了的好。」只聽底下只是嚶嚶啜泣。

又聽堂上喝道：「妳還不招嗎？不招我又要動刑了！」又聽底下一絲半氣的說了幾句，聽不出什麼話來。只聽堂上嚷道：「她說什麼？」聽一個書吏上去回道：「賈魏氏說，是她自己的事，大老爺怎樣吩咐，她怎樣招；叫她捏造一個姦夫出來，實實無從捏造。」又聽堂上把驚堂一拍，罵道：「這個淫婦，真正刁狡！拶起來！」堂下無限的人大叫了一聲「嘎」，只聽跑上幾個人去，把拶子往地下一摔，霍綽的一聲，驚心動魄。

老殘聽到這裡，怒氣上沖，也不管公堂重地，把站堂的差人用手分開，大叫一聲：「站開！讓我過去！」差人一閃。老殘走到中間，只見一個差人一手提著賈魏氏頭髮，將頭提起，兩個差人正抓她手在上拶子。老殘走上，將差人一扯，說道：「住手！」便大搖大擺走上暖閣，見公案上坐著兩人，下首是王子謹，上首心知就是這剛弼了，先向剛弼打了一躬。子謹見是老殘，慌忙立起。剛弼卻不認得，並不起身，喝道：「你是何人？敢來攪亂公堂！拉他下去！」

未知老殘被拉下去，後事如何，且聽下回分解。

〔作者 評〕

贓官可恨，人人知之；清官尤可恨，人多不知。蓋贓官自知有病，不敢公然為非；清官則自以為我不要錢，何所不可，剛愎自用，小則殺人，大則誤國。吾人親目所睹，不知凡幾矣。試觀徐桐、李秉衡，其顯然者也。廿四史中指不勝屈。作者苦心，願天下清官勿以不要錢便可任性妄為也。歷來小說皆揭贓官之惡，有揭清官之惡者，自「老殘遊記」始。

第十七回　鐵砲一聲公堂解索　瑤琴三疊旅舍銜環

話說老殘看賈魏氏正要上刑，急忙搶上堂去，喊了「住手」。剛弼卻不認得老殘為何許人，又看他青衣小帽，就喝令差人拉他下去。誰知差人見本縣大老爺早經站起，知道此人必有來歷，雖然答應了一聲「嘎」，卻沒一個人敢走上來。

老殘看剛弼怒容滿面，連聲吆喝，卻有意嘔著他頑，便輕輕的說道：「你先莫問我是什麼人，且讓我說兩句話。如果說的不對，堂下有的是刑具，你就打我幾板子，夾我一兩夾棍，也不要緊。我且問你：一個垂死的老翁，一個深閨的女子，案情我卻不管，你上她這手銬腳鐐是什麼意思？難道怕她越獄走了嗎？這是制強盜的刑具，你就隨便施於良民，天理何存？良心安在？」

王子謹想不到撫台回信已來，恐怕老殘與剛弼堂上較量起來，更下不去，連忙喊道：「補翁先生，請廳房裡去坐，此地公堂，不便說話。」剛弼氣得目瞪口呆，又見子謹稱他補翁，恐怕有點來歷，也不敢過於搶白。老殘知子謹為難，遂走過西邊來，對著子謹也打了一躬。子謹慌忙還揖，口稱：「後面廳房裡坐。」老殘說道：「不忙。」卻從袖子裡取出張宮保的那個覆書來，雙手遞給子謹。

子謹見有紫花大印，不覺喜逐顏開，雙手接過，拆開一看，便高聲讀道：「示悉。白守耆札到便來，請即傳諭王、剛二令，不得濫刑。魏謙父女取保回家，候白守覆訊。弟耀頓首。」一面遞給剛弼去看，一面大聲喊道：「奉撫台傳諭，叫把魏謙父女刑具全行鬆放，取保回家，候白大人來再審！」底下聽了，答應一聲「嘎」，又大喊道：「當堂鬆刑囉！當堂鬆刑囉！」卻早七手八腳，把她父女手銬腳鐐，頂上的鐵鍊子，一一鬆個乾淨，教她上來磕頭，替她喊道：「謝撫台大人恩典！謝剛大老爺、王大老爺恩典！」那剛弼看信之後，正自敢怒而不敢言；又聽到謝剛大老爺、王大老爺恩典，如同刀子戳心一般，早坐不住，退往後堂去了。

子謹仍向老殘拱手道：「請聽房裡去坐。兄弟略為交代此案，就來奉陪。」老殘拱一拱手道：「請先生治公，弟尚有一事，告退。」遂下堂，仍自大搖大擺的走出衙門去了。這裡王子謹吩咐了書吏，叫魏謙父女趕緊取保，今晚便要叫他們出去才好。書吏一一答應，擊鼓退堂。

卻說老殘回來，一路走著，心裡十分高興，想道：「前日聞得玉賢種種酷虐，無法可施；今日又親目見了一個酷吏，卻被一封書便救活了兩條性命，比吃了人參果心裡還快活！」一路走著，不知不覺已出了城門，便是那黃河的堤埝了。上得堤去，看天色欲暮。那黃河已凍得同大路一般，小車子已不斷的來往行走，心裡想來：「行李既已燒去，更無累贅，明日便可單身回省，好去置辦行李。」轉又念道：「袁希明來信，叫我等白公來，以便商酌，明知白公辦理此事，游刃有餘，然倘有未能周知之處，豈不是我去了害的事嗎？只好耐心等待數日再說。」一面想著，已到店門，順便踱了回去，看有許多人正在那裡刨挖火裡的燼餘，堆了好大一堆，都是些零綢碎布，也就不去看他，回到上房，獨自坐地。

過了兩個多鐘頭，只見人瑞從外面進來，口稱：「痛快，痛快！」說：「那瘟剛退堂之後，隨即命家人檢點行李回省。子謹知道宮保耳軟，恐怕他回省，又出汊子，故極力留他，說：『宮保只有派白太尊覆審的話，並沒有叫閣下回省的示諭，此案未了，斷不能走。你這樣去銷差，豈不是同宮保嘔氣嗎？恐不合你主敬存誠的道理。』他想想也只好忍耐著了。子謹本想請你進去吃飯，我說：『不好，倒不如送桌好好的飯去，我替你陪客罷。』我討了這個差使來的。你看好不好？」老殘道：「好！你吃白食，我擔人情，你倒便宜！我把他辭掉，看你吃什麼！」人瑞道：「你只要有本事辭，只管辭，我就陪你挨餓。」

說著，門口已有一個戴紅纓帽兒的拿了一個全帖，後面跟著一個挑食盒的進來，直走到上房，揭起暖簾進來，對著人瑞望老殘說：「這位就是鐵老爺罷？」人瑞說：「不錯。」那家人便搶前一步，請了一個安，說：「敝上說：小縣分沒有好菜，送了一桌粗飯，請大老爺包含點。」老殘道：「這店裡飯很便當，不消貴上費心，請挑回去，另送別位罷。」家人道：「主人吩咐，總要大老爺賞臉。家人萬不敢挑回去，要捱罵的。」

人瑞在桌上拿了一張箋紙，拔開筆帽，對著那家人道：「你叫他們挑到前頭竈屋裡去。」那家人揭開盒蓋，請老爺們過眼。原來是一桌甚豐的魚翅席。老殘道：「便飯就當不起。這酒席太客氣，更不敢當了。」人瑞用筆在花箋上已經寫完，遞與那家人，說：「這是鐵老爺的回信，你回去說謝謝就是了。」又叫黃升賞了家人一吊錢，挑盒子的二百錢。家人打了兩個千兒。

這裡黃升掌上燈來。不消半個時辰，翠花、翠環俱到。他那夥計不等吩咐，已搧了兩個小李捲兒進來，送到裡房去。人瑞道：「妳們鋪蓋真做得快，半天工夫，就齊了嗎？」翠花道：「家裡有的是鋪蓋，對付著就夠用了。」

黃升進來問，開飯不開飯。人瑞說：「開罷。」停了一刻，已先將碟子擺好。人瑞道：「今日北風雖然不颳，還是很冷，快溫酒來吃兩杯。今天十分快樂，我們多喝兩杯。」二翠俱拿起絃子來唱兩個曲子侑酒。人瑞道：「不必唱了，妳們也吃兩杯酒罷。」

翠花看二人非常高興，便問道：「儜能這麼高興，想必撫台那裡送信的人回來了嗎？」人瑞道：「豈但回信來了，魏家爺兒倆這時候怕都回到了家呢！」便將以上事情，一五一十的告訴了二翠。她姊兒倆個，也自喜歡的了不得，自不消說。

卻說翠環聽了這話，不住的迷迷價笑，忽然又將柳眉雙鎖，默默無言。你道什麼緣故？她因聽見老殘一封書去，撫台便這樣的信從，若替他辦那事，自不費吹灰之力，一定妥當的，所以就迷迷價笑。又想他們的權力，雖然夠用，只不知昨晚所說的話，究竟是真是假；倘若隨便說說就罷了的呢，這個機會錯過，便終身無出頭之望，所以雙眉又鎖起來了。又想到她媽今年年底，一定要轉賣她，那蒯二禿子凶惡異常，早遲是個死，不覺臉上就泛了死灰的氣色。又想到自己好好一個良家女子，怎樣流落得這等下賤形狀，倒不如死了的乾淨，眉宇間又泛出一種英毅的氣色來。又想到自己死了，原無不可，只是一個六歲的小兄弟有誰撫養，豈不也是餓死嗎？他若餓死，不但父母無人祭供，並祖上的香煙，從此便絕。這麼想去，是自己又死不得了。想來想去，活又活不成，死又死不得，不知不覺那淚珠子便撲簌簌的滾將下來，趕緊用手絹子去擦。

翠花看見道：「妳這妮子！老爺們今天高興，妳又發什麼昏？」人瑞看著她，只是憨笑。老殘對她點了點頭，說：「妳不用胡思亂想，我們總要替妳想法子的。」人瑞道：「好，好！有鐵老爺一手提拔妳，我昨晚說的話，可是不算數的了。」翠環聽了大驚，愈覺得她自己慮的是不錯。正要向人瑞詰問，只見黃升同了一個人進來，朝人瑞打了一千兒，遞過一個紅紙封套去。人瑞接過來，撐開封套口，朝裡一窺，便揣到懷裡去，說聲「知道了」，更不住的嘻嘻價笑。只見黃升說：「請老爺出來說兩句話。」人瑞便走出去。

約有半個時辰，進來，看著三個人俱默默相對，一言不發，人瑞愈覺高興。又見那縣裡的家人進來向老殘打了個千兒，道：「敝上說，叫把昨兒個的一捲舊鋪蓋取回去。」老殘一楞，心裡想道：「這是什麼道理呢？你取了去，我睡什麼呢？」然而究竟是人家的物件，不便強留，便說：「你取了去罷。」心裡卻是納悶。看著那家人進房取將去了。只見人瑞道：「今兒我們本來很高興的，被這翠環一個人不痛快，惹的我也不痛快了。酒也不吃了，連碟子都撤下去罷。」又見黃升來當真把些碟子都撤了下去。

此時不但二翠摸不著頭腦，連老殘也覺得詫異的很。隨即黃升帶著翠環家夥計，把翠環的鋪蓋捲也搬走了。翠環忙問：「啥事？啥事？怎麼不教我在這裡嗎？」夥計說：「我不知道，光聽說叫我取回鋪蓋捲去。」翠環此時按捺不住，料到一定凶多吉少，不覺含淚跪到人瑞面前，說：「我不好，你是老爺們呢，難道不能包含點嗎？你老一不喜歡，我們就活不成了！」人瑞道：「我喜歡的很呢。我為啥不喜歡？只是妳的事，我卻管不著。妳慢慢的求鐵老爺去。」

翠環又跪向老殘面前，說：「還是你老救我！」老殘道：「什麼事，我救妳呢？」翠環道：「取回鋪蓋，一定是昨兒話走了風聲，俺媽知道，今兒不讓我在這兒，早晚要逼我回去，明天就遠走高飛了。她敢同官鬥嗎？就只有走是個好法子。」老殘道：「這話也說的是。人瑞哥，你得想個法子，挽留住她才好。一被她媽接回去，這事就不好下手了。」人瑞道：「那是何消說！自然要挽留她。你不挽留她，誰能挽留她呢？」

老殘一面將翠環拉起，一面向人瑞道：「你的話我怎麼不懂？難道昨夜說的話，當真不算數了嗎？」人瑞道：「我已徹底想過，只有不管的一法。你想拔一個姐兒從良，總也得有個辭頭。你也不承認，我也不承認，這話怎樣說呢？把她弄出來，又望那裡安置呢？若是在店裡，我們兩個人都不承認，外人一定說是我弄的，斷無疑義。我剛才得了個好點的差使，忌妒的人很多，能不告訴宮保嗎？以後我就不用在山東混了，還想什麼保舉呢？所以是斷乎做不得的。」老殘一想，話也有理，只是因此就見死不救，於心實也難忍，加著翠環不住的啼哭，實在為難，便向人瑞道：「話雖如此，也得想個萬全的法子才好。」人瑞道：「就請你想，如想得出，我一定助力。」

老殘想了想，實無法子，便道：「雖無法子，也得大家想想。」人瑞道：「我倒有個法子，你又做不到，所以只好罷休。」老殘道：「你說出來，我總可以設法。」人瑞道：「除非你承認了要她，才好措辭。」老殘道：「我就承認，也不要緊。」人瑞道：「空口說白話，能行嗎？事是我辦，我告訴人，說你要，誰信呢？除非你親筆寫封信給我，那我就有法辦了。」老殘道：「信是不好寫的。」人瑞道：「我說你做不到，是不是呢？」

老殘正在躊躇，卻被二翠一齊上來央告，說：「這也不要緊的事，你老就擔承一下子罷。」老殘道：「信怎樣寫？寫給誰呢？」人瑞道：「自然寫給王子謹。你就說，見一妓女某人，本係良家，甚為可憫，弟擬拔出風塵，納為簉室，請兄鼎力維持，身價若干，如數照繳云云。我拿了這信就有辦法，將來任憑你送人也罷，擇配也罷，你就有了主權，我也不遭聲氣。不然，那有辦法？」

正說著，只見黃升進來說：「翠環姑娘出來，妳家裡人請妳呢。」翠環一聽，魂飛天外，一面說就去，一面拼命央告老殘寫信。翠花就到房裡取出紙筆墨硯來，將筆蘸飽，遞到老殘手裡。老殘接過筆來，歎口氣，向翠環道：「冤不冤？為妳的事，要我親筆畫供呢！」翠環道：「我替你老磕一千個頭！你老就為一回難，勝造七級浮圖！」老殘已在紙上如說寫就，遞與人瑞，說：

「我的職分已盡，再不好好的辦，罪就在你了。」人瑞接過信來，遞與黃升，說：「停一會送到縣裡去。」

當老殘寫信的時刻，黃人瑞向翠花耳中說了許多的話。黃升接過信來，向翠環道：「妳媽等妳說話呢，快去罷。」翠環仍泥著不肯去，眼看著人瑞，有求救的意思。人瑞道：「妳去，不要緊的，諸事有我呢。」翠花立起來，拉了翠環的手，說：「環妹，我同妳去，妳放心罷，──妳大大的放心罷！」翠環無法，只得說聲「告假」，走出去了。

這裡人瑞卻躺到煙炕上去燒煙，嘴裡七搭八搭的同老殘說話。約計有一點鐘工夫，人瑞煙也吃足了。只見黃升戴著簇新的大帽子進來，說：「請老爺們那邊坐。」人瑞說：「啊！」便站起來拉了老殘，說：「那邊坐罷。」老殘詫異道：「幾時有個那邊出來？」人瑞說：「這個那邊，是今天變出來的。」原來這店裡的上房一排，本是兩個三間，人瑞住的是西邊三間，還有東邊的個三間，原有別人住著，今早動身過河去了，所以空下來。

黃、鐵二人攜手走到東上房前，上了台階，早有人打起暖簾。只見正中方桌上掛著桌裙，桌上點了一對大紅蠟燭，地下鋪了一條紅氈。走進堂門，見東邊一間擺了一張方桌，朝南也繫著桌裙，上首平列兩張椅子，兩旁一邊一張椅子，都搭著椅披。桌上卻擺了滿滿一桌的果碟，比方才吃的還要好看些。西邊是隔斷的一間房，掛了一條紅大呢的門簾。

老殘詫異道：「這是什麼原故？」只聽人瑞高聲嚷道：「你們攙新姨奶奶出來參見她們老爺。」只見門簾揭處，一個老媽子在左，翠花在右，攙著一個美人出來，滿頭戴著都是花，穿著一件紅青外褂，葵綠襖子，繫一條粉紅裙子，卻低著頭走到紅氈子前。

老殘仔細一看，原來就是翠環，大叫道：「這是怎麼說？斷乎不可！」人瑞道：「你親筆字據都寫了，還狡獪什麼？」不由分說，拉老殘往椅子上去坐。老殘那裡肯坐。這裡翠環早已磕下頭去了。老殘沒法，也只好回了半禮。又見老媽子說：「黃大老爺請坐。謝大媒。」翠環卻又磕下頭去。人瑞道：「不敢當，不敢當！」也還了一禮。當將新人送進房內。翠花隨即出來磕頭道喜。老媽子等人也都道完了喜。人瑞拉老殘到房裡去。

原來房內新鋪蓋已陳設停妥，是紅綠湖縐被各一床，紅綠大呢褥子各一條，枕頭兩個。炕前掛了一個紅紫魯山綢的幔子。桌上鋪了紅桌氈，也是一對紅蠟燭。牆上卻掛了一副大紅對聯，上寫著：

願天下有情人，都成了眷屬；
是前生註定事，莫錯過姻緣。

老殘卻認得是黃人瑞的筆跡，墨痕還沒有甚乾呢，因笑向人瑞道：「你真會淘氣！這是西湖上月老祠的對聯，被你偷得來的。」人瑞道：「對題便是好文章。你敢說不切當嗎？」人瑞卻從懷中把剛才縣裡送來的紅封套遞給老殘，說：「你瞧，這是貴如夫人原來的賣身契一紙，這是新寫的身契一紙，總共奉上。你看愚弟辦事周到不周到？」

老殘說：「既已如此，感激的很。你又何苦把我套在圈子裡做什麼呢？」人瑞道：「我不對你說『是前生註定事，莫錯過姻緣』嗎？我為翠環計，救人須救徹，非如此，總不十分妥當；為你計，亦不吃虧。天下事就該這麼做法，是不錯的。」說過，呵呵大笑。又說：「不用廢話罷，我們肚子餓的了不得，要吃飯了。」人瑞拉著老殘，翠花拉著翠環，要他們兩個上坐。老殘決意不肯，仍是去了桌裙，四方兩對面坐的。這一席酒，不消說，各人有各人快樂處，自然是盡歡而散。以後無非是送房睡覺，無庸贅述。

卻說老殘被人瑞逼成好事，心裡有點不痛快，想要報復；又看翠花昨日自己凍著，卻拿狼皮褥子替人瑞蓋腿，為翠環事，她又出了許多心，冷眼看去，也是個有良心的，須得把她也拔出來才好，且等將來再作道理。

次日，人瑞跑來，笑向翠環道：「昨兒炕畸角睡得安穩罷？」翠環道：「都是黃老爺大德成全，慢慢供儜的長生祿位牌。」人瑞道：「豈敢，豈敢！」說著，便向老殘道：「昨日三百銀子是子謹墊出來的，今日我進署替你還帳去。這衣服衾枕是子謹送的，你也不用客氣了。想來送錢，他也是不肯收的。」老殘道：「這從那裡說起！叫人家花這許多錢，也只好你先替我道謝，再圖補報罷。」說著，人瑞自去縣裡。老殘因翠環的名字太俗，且也不便再叫了，遂替她顛倒一下，換做「環翠」，卻算了一個別號，便雅得多呢。午後命人把她兄弟找得來，看他身上衣服過於藍縷，給了他幾兩銀子，仍叫李五領去買幾件衣服給他穿。

光陰迅速，不知不覺，已經五天過去，那日，人瑞已進縣署裡去，老殘正在客店裡教環翠認字，忽聽店中夥計報道：「縣裡王大老爺來了！」霎時，子謹轎子已到階前下轎，老殘迎出堂屋門口。子謹入來，分賓主坐下，說道：「白太尊立刻就到，兄弟是來接差的，順便來此與老哥道喜，並閒談一刻。」老殘說：「前日種種承情，已托人瑞兄代表謝忱。因剛君在署，不便親到拜謝，想能曲諒。」子謹謙遜道：「豈敢。」隨命新人出來拜見了。子謹又送了幾件首飾，作拜見之禮。忽見外面差人飛奔也似的跑來報：「白大人已到，對岸下轎，從冰上走過來了。」子謹慌忙上轎去接。

未知後事如何，且聽下回分解。

〔作者　評〕

「山重水複疑無路，柳暗花明又一村。」此卷慣用此等筆墨，反面逼得愈緊，正面轉得愈活。金聖嘆批西廂拷紅一闋，都說快事。若見此卷書，必又說出許多快事。

第十八回 白太守談笑釋奇冤 鐵先生風霜訪大案

話說王子謹慌忙接到河邊，其時白太尊已經由冰上走過來了。子謹遞上手版，趕到面前請了個安，道聲「大人辛苦」。白公回了個安，說道：「何必還要接出來？兄弟自然要到貴衙門請安去的。」子謹連稱「不敢」。

河邊搭著茶棚，掛著彩綢，當時讓到茶棚小坐。白公問道：「鐵君走了沒有？」子謹回道：「尚未。因等大人來到，恐有話說。卑職適才在鐵公處來。」白公點點頭道：「甚善。我此刻不便去拜，恐惹剛君疑心。」吃了一口茶，縣裡預備的轎子執事早已齊備，白公便坐了轎子，到縣署去。少不得升旗放炮，奏樂開門等事。進得署去，讓在西花廳住。

剛弼早穿好了衣帽，等白公進來，就上手本請見。見面之後，白公就將魏賈一案，如何問法，詳細問了一遍。剛弼一一訴說，頗有得意之色，說到「宮保來函，不知聽信何人的亂話，此案情形，據卑職看來，已成鐵案，決無疑義。但此魏老頗有錢文，送卑職一千銀子，卑職未收，所以買出人來到宮保處攪亂黑白。聽說有個什麼賣藥的郎中，得了他許多銀子，送信給宮保的。這個郎中因得了銀子，當時就買了個妓女，還在城外住著。聞聽說這個案子如果當真翻過來，還要謝他幾千銀子呢，所以這郎中不走，專等謝儀。似乎此人也該提了來訊一堂，訊出此人贓證，又多添一層憑據了。」

白公說：「老哥所見甚是。但是兄弟今晚須將全案看過一遍，明日先把案內人證提來，再作道理。或者逕照老哥的斷法，也未可知，此刻不敢先有成見。像老哥聰明正直，凡事先有成竹在胸，自然投無不利。兄弟資質甚魯，只好就事論事，細意推求，不敢說無過，但能寡過，已經是萬幸了。」說罷，又說了些省中的風景閒話。

吃過晚飯，白公回到自己房中，將全案細細看過兩遍，傳出一張單子去，明日提人。第二天巳牌時分，門口報稱：「人已提得齊備。請大人示下：是今天下午後坐堂，還是明天早起？」白公道：「人證已齊，就此刻坐大堂。堂上設三個坐位就是了。」剛、王二君連忙上去請了個安，說：「請大人自便，卑職等不敢陪審，恐有不妥之處，理應迴避。」白公道：「說那裡的話。兄弟魯鈍，精神照應不到，正望兩兄提撕。」二人也不敢過謙。

停刻，堂事已齊，稿簽門上求請升堂。三人皆衣冠而出，坐了大堂。白公舉了紅筆，第一名先傳原告賈幹。差人將賈幹帶到，當堂跪下。白公問道：「你叫賈幹？」底下答著：「是。」白公問：「今年十幾歲了？」答稱：「十七歲了。」問：「是死者賈志的親生，還是承繼？」答稱：「本是嫡堂的姪兒，過房承繼的。」問：「是幾時承繼的？」答稱：「因亡父被害身死，次日入殮，無人成服，由族中公議入繼成服的。」

白公又問：「縣官相驗的時候，你已經過來了沒有？」答：「已經過來了。」問：「入殮的時候，你親視含殮了沒有？」答稱：「親視含殮的。」問：「死人臨入殮時，臉上是什麼顏色？」答稱：「白支支的，同死人一樣。」問：「有青紫斑沒有？」答：「沒有看見。」問：「骨節僵硬不僵硬？」答稱：「並不僵硬。」問：「既不僵硬，曾摸胸口有無熱氣？」答：「有人摸的，說沒有熱氣了。」問：「月餅裡有砒霜，是幾時知道的？」答：「是入殮第二天知道的。」問：「是誰看出來的？」答：「是姐姐看出來的。」問：「你姐姐何以知道裡頭有砒霜？」答：「本不知道裡頭有砒霜，因疑心月餅裡有毛病，所以揭開來細看，見有粉紅點點子，就托出問人。有人說是砒霜，就找藥店人來細瞧，也說是砒霜，所以知道是中了砒毒了。」

白公說：「知道了。下去！」又甩硃筆一點，說：「傳四美齋來。」差人帶上。白公問道：「你叫什麼?你是四美齋的什麼人？」答稱：「小人叫王輔庭，在四美齋掌櫃。」問：「魏家定做月餅，共做了多少斤？」答：「做了二十斤。」問：「餡子是魏家送來的嗎？」答稱：「是。」問：「做二十斤，就將將的不多不少嗎？」說：「定的是二十斤，做成了八十三個。」問：「他定做的月餅，是一種餡子?是兩種餡子？」答：「一種，都是冰糖芝麻核桃仁的。」問：「你們店裡賣的是幾種餡子？」答：「好幾種呢。」問：「有冰糖芝麻核桃仁的沒有？」答：「也有。」問：「你們店裡的餡子比他家的餡子那個好點？」答：「是他家的好點。」問：「好處在什麼地方？」答：「小人也不知道。聽做月餅的司務說，他家的材料好，味道比我們的又香又甜。」白公說：「然則你店裡司務先嚐過的，不覺得有毒嗎？」回稱：「不覺得。」

白公說：「知道了。下去！」又將硃筆一點，說：「帶魏謙。」魏謙走上來，連連磕頭說：「大人哪！冤枉喲！」白公說：「我不問你冤枉不冤枉！你聽我問你的話！我不問你的話，不許你說！」兩旁衙役便大聲「嘎」的一聲。

看官，你道這是什麼緣故？凡官府坐堂，這些衙役就要大呼小叫的，名叫「喊堂威」，把那犯人嚇昏了，就可以胡亂認供了，不知道是那一朝代傳下來的規矩，卻是十八省都是一個傳授。今日魏謙是被告正凶，所以要喊個堂威，嚇唬嚇唬他。

閒話休題，卻說白公問魏謙道：「你定做了多少個月餅？」答稱：「二十斤。」問：「你送了賈家多少斤？」答：「八斤。」問：「還送了別人家沒有？」答：「送了小兒子的丈人家四斤。」問：「其餘的八斤呢？」答：「自己家裡人吃了。」問：「吃過月餅的人有在這裡的沒有？」答：「家裡人人都分的，現在同了來的人，沒有一個不是吃月餅的。」白公向差人說：「查一查，有幾個人跟魏謙來的，都傳上堂來。」

一時跪上一個有年紀的，兩個中年漢子，都跪下。差人回稟道：「這是魏家的一個管事，兩個長工。」白公問道：「你們都吃月餅麼？」同聲答道：「都吃的。」問：「每人吃了幾個，都說出來。」管事的說：「分了四個，吃了兩個，還剩兩個。」長工說：「每人分了兩個，當天都吃完了。」白公問管事的道：「還剩的兩個月餅，是幾時又吃的？」答稱：「還沒有吃，就出了這件案子，說是月餅有毒，所以就沒敢再吃，留著做個見證。」白公說：「好，帶來了沒有？」答：「帶來，在底下呢。」白公說：「很好。」叫差人同他取來。又說：「魏謙同長工全下去罷。」又問書吏：「前日有砒的半個月餅呈案了沒有？」書吏回：「呈案在庫。」白公說：「提出來。」

霎時差人帶著管事的，並那兩個月餅，都呈上堂來，存庫的半個月餅也提到。白公傳四美齋王輔庭，一面將這兩種月餅詳細對校了，送剛、王二公看，說：「這兩起月餅，皮色確是一樣，二公以為何如？」二公皆連忙欠身答應著：「是。」其時四美齋王輔庭已帶上堂，白公將月餅擘開一個交下，叫他驗看，問：「是魏家叫你定做的不是？」王輔庭仔細看了看，回說：「一點不錯，就是我家定做的。」白公說：「王輔庭叫他具結回去罷。」

白公在堂上把那半個破碎月餅，仔細看了，對剛弼道：「聖慕兄，請仔細看看。這月餅餡子是冰糖芝麻核桃仁做的，都是含油性的物件，若是砒霜做在餡子裡的，自然同別物黏合一氣。你看這砒顯係後加入的，與別物絕不黏合。況四美齋供明，只有一種餡子，今日將此兩種餡子細看，除加砒外，確係表裡皆同。既是一樣餡子，別人吃了不死，則賈家之死，不由月餅可知。若是有湯水之物，還可將毒藥後加入內；月餅之為物，麵皮乾硬，斷無加入之理。二公以為何如？」俱欠身道：「是。」白公又道：「月餅中既無毒藥，則魏家父女即為無罪之人，可以令其具結了案。」王子謹即應了一聲：「是。」剛弼心中甚為難過，卻也說不出什麼來，只好隨著也答應了一聲：「是。」

白公即吩咐帶上魏謙來，說：「本府已審明月餅中實無毒藥，你們父女無罪，可以具結了案，回家去罷。」魏謙磕了幾個頭去了。白公又叫帶賈幹上來。賈幹本是個無用的人，不過他姊姊支使他出面，今日看魏家父女已結案釋放，心裡就有點七上八下；聽說傳他去，不但已前人教導他說的話都說不上，就是教他的人，也不知此刻從那裡教起了。

賈幹上得堂來，白公道：「賈幹，你既是承繼了你亡父為子，就該細心研究，這十三個人怎樣死的；自己沒有法子，也該請教別人；為甚的把月餅裡加進砒霜去，陷害好人呢？必有壞人挑唆你。從實招來，是誰教你誣告的。你不知道律例上有反坐的一條嗎？」賈幹慌忙磕頭，嚇的只格格價抖，帶哭說道：「我不知道！都是我姐姐叫我做的！餅裡的砒霜，也是我姐姐看出來告訴我的，其餘概不知道。」白公說：「依你這麼說起來，非傳你姐姐到堂，這砒霜的案子是究不出來的了？」賈幹只是磕頭。

白公大笑道：「你幸兒遇見的是我，倘若是個精明強幹的委員，這月餅案子才了，砒霜案子又該鬧得天翻地覆了。我卻不喜歡輕易提人家婦女上堂，你回去告訴你姐姐，說本府說的，這砒霜一定是後加進去的。是誰加進去的，我暫時尚不忙著追究呢，因為你家這十三條命，是個大大的疑案，必須查個水落石出。因此，加砒一事倒只好暫行緩究了。你的意下何如？」賈幹連連磕頭道：「聽憑大人天斷。」白公道：「既是如此，叫他具結，聽憑替他查案。」臨下去時，又喝道：「你再胡鬧，我就要追究你們加砒誣控的案子了！」賈幹連說：「不敢，不敢！」下堂去了。

這裡白公對王子謹道：「貴縣差人有精細點的嗎？」子謹答應：「有個許亮還好。」白公說：「傳上來。」只見下面走上一個差人，四十多歲，尚未留鬚，走到公案前跪下，道；「差人許亮叩頭。」白公道：「差你往齊東村明查暗訪，這十三條命案是否服毒？有什麼別樣案情？限一個月報命，不許你用一點官差的力量。你若借此招搖撞騙，可要置你於死的！」許亮叩頭道：「不敢。」

當時王子謹即標了牌票，交給許亮。白公又道：「所有以前一切人證，無庸取保，全行釋放。」隨手翻案，檢出魏謙筆據兩紙，說：「再傳魏謙上來。」白公道：「魏謙，你管事的送來的銀票，你要不要？」魏謙道：「職員沈冤，蒙大人昭雪，所有銀子，聽憑大人發落。」白公道：「這五千五百憑據還你。這一千銀票，本府卻要借用，卻不是我用，暫且存庫，仍為查賈家這案，不得不先用資斧。俟案子查明，本府回明了撫台，仍舊還你。」魏謙連說：「情願，情願。」當將筆據收好，下堂去了。白公將這一千銀票交給書吏，到該錢莊將銀子取來，憑本府公文支付。回頭笑向剛弼道：「聖慕兄，不免笑兄弟當堂受賄罷？」剛弼連稱：「不敢。」於是擊鼓退堂。

卻說這起大案，齊河縣人人俱知，昨日白太尊到，今日傳人，那賈、魏兩家都預備至少住十天半個月，那知道未及一個時辰，已經結案，沿路口碑嘖嘖稱讚。

卻說白公退至花廳，跨進門檻，只聽當中放的一架大自鳴鐘，正鐺鐺的敲了十二下，彷彿像迎接他似的。王子謹跟了進來，說：「請大人寬衣用飯罷。」白公道：「不忙。」看著剛弼也跟隨進來，便道：「二位且請坐一坐，兄弟還有話說。」二人坐下。白公向剛弼道：「這案兄弟斷得有理沒理？」剛弼道：「大人明斷，自是不會錯的。只是卑職總不明白：這魏家既無短處，為什麼肯花錢呢？卑職一生就沒有送過人一個錢。」

白公呵呵大笑道：「老哥沒有送過人的錢，何以上台也會契重你？可見天下人不全是見錢眼開的喲。清廉人原是最令人佩服的，只有一個脾氣不好，他總覺得天下人都是小人，只他一個人是君子。這個念頭最害事的，把天下大事不知害了多少！老兄也犯這個毛病，莫怪兄弟直言。至於魏家花錢，是他鄉下人沒見識處，不足為怪也。」又向子謹道：「此刻正案已完，可以差個人拿我們兩個名片，請鐵公進來坐坐罷。」又笑向剛弼道：「此人聖慕兄不知道嗎？就是你才說的那個賣藥郎中。姓鐵，名英，號補殘，是個肝膽男子，學問極其淵博，性情又極其平易，從不肯輕慢人的。老哥連他都當做小人，所以我說未免過分了。」

剛弼道：「莫非就是省中傳的老殘、老殘，就是他嗎？」白公道：「可不是呢！」剛弼道：「聽人傳說，宮保要他搬進衙門去住，替他捐官，保舉他，他不要，半夜裡逃走了的，就是他嗎？」白公道：「豈敢。閣下還要提他來訊一堂呢。」剛弼紅脹了臉道：「那真是卑職的魯莽了。此人久聞其名，只是沒有見過。」子謹又起身道：「大人請更衣罷。」白公道：「大家換了衣服，好開懷暢飲。」

王、剛二公退回本屋，換了衣服，仍到花廳。恰好老殘也到，先替子謹作了一個揖，然後替白公、剛弼各人作了一揖，讓到炕上上首坐下，白公作陪。老殘道：「如此大案，半個時辰了結，子壽先生，何其神速！」白公道：「豈敢。前半截的容易差使我已做過了，後半截的難題目，可要著落在補殘先生身上了。」老殘道：「這話從那裡說起！我又不是大人老爺，我又不是小的衙役，關我甚事呢？」白公道：「然則宮保的信是誰寫的？」老殘道：「我寫的。應該見死不救嗎?」白公道:「是了。未死的應該救,已死的不應該昭雪嗎?你想,這種奇案,豈是尋常差人能辦的事?不得已,才請教你這個福爾摩斯呢。」老殘笑道:「我沒有這麼大的能耐。你要我去也不難,請王大老爺先補了我的快班頭兒,再標一張牌票,我就去。」

說著,飯已擺好。王子謹道:「請用飯罷。」白公道:「黃人瑞不也在這裡麼?為甚不請過來?」子謹道:「已請去了。」話言未了,人瑞已到,作了一遍揖。子謹提了酒壺,正在為難。白公道:「自然補公首坐。」老殘道:「我斷不能占。」讓了一回,仍是老殘坐了首座,白公二座。吃了一回酒,行了一回令,白公又把雖然差了許亮去,是個面子,務請老殘辛苦一趟的話,再三敦囑。子謹、人瑞又從旁慫恿,老殘只好答應。

白公又說:「現有魏家的一千銀子,你先取去應用。如其不足,子謹兄可代為籌畫,不必惜費,總要破案為第一要義。」老殘道:「銀子可以不必,我省城裡四百銀子已經取來,正要還子謹兄呢,不如先墊著用。如果案子查得出呢,再向老張討還;如查不出,我自遠走高飛,不在此地獻醜了。」白公道:「那也使得。只是要用便來取,切不可顧小節誤大事為要。」老殘答應:「是了。」霎時飯罷,白公立即過河,回省銷差。次日,黃人瑞、剛弼也俱回省去了。

未知後事如何,且聽下回分解。

第十九回　齊東村重搖鐵串鈴　濟南府巧設金錢套

卻說老殘當日受了白公之托，下午回寓，盤算如何辦法。店家來報：「縣裡有個差人許亮求見。」老殘說：「叫他進來。」

許亮進來，打了個千兒，上前回道：「請大老爺的示：還是許亮在這裡伺候老爺的吩咐，還是先差許亮到那裡去？縣裡一千銀子已撥出來了，也得請示：還是送到此地來，還是存在莊上聽用？」老殘道：「銀子還用不著，存在莊上罷。但是這個案子真不好辦：服毒一定是不錯的，只不是尋常毒藥；骨節不硬，顏色不變，這兩節最關緊要。我恐怕是西洋什麼藥，怕是印度草等類的東西。我明日先到省城裡去，有個中西大藥房，我去調查一次。你卻先到齊東村去，暗地裡一查，有同洋人來往的人沒有。能查出這個毒藥來歷，就有意思了。只是我到何處同你會面呢？」許亮道：「小的有個兄弟叫許明，現在帶來，就叫他伺候老爺。有什麼事，他人頭兒也很熟，吩咐了，就好辦的了。」老殘點頭說：「甚好。」

許亮朝外招手，走進一個三十多歲的人來，搶前打了一個千兒。許亮說：「這是小的兄弟許明。」就對許明道：「你不用走了，就在這裡伺候鐵大老爺罷。」許亮又說：「求見姨太太。」老殘揭簾一看，環翠正靠著窗坐著，即叫二人見了，各人請了一安，環翠回了兩拂。許亮即帶了許明回家搬行李去了。

待到上燈時候，人瑞也回來了，說：「我前兩天本要走的，因這案子不放心，又被子謹死命的扣住。今日大案已了，我明日一早進省銷差去了。」老殘道：「我也要進省去呢。一則要往中西大藥房等處去調查毒藥；二則也要把這個累贅安插一個地方，我脫開身子，好辦事。」人瑞道：「我公館裡房子甚寬綽，你不如暫且同我住。如嫌不好，再慢慢的找房，如何呢？」老殘道：「那就好得很了。」伺候環翠的老媽子不肯跟進省，許明說：「小的女人可以送姨太太進省，等到雇著老媽子再回來。」一一安排妥帖。環翠少不得將她兄弟叫來，付了幾兩銀子，姊弟對哭了一番。車子等類自有許明照料。

次日一早，大家一齊動身。走到黃河邊上，老殘同人瑞均不敢坐車，下車來預備步行過河。那知河邊上早有一輛車子等著，看見他們來了，車中跳下一個女人，拉住環翠，放聲大哭。你道是誰？原來人瑞因今日起早動身，故不曾叫得翠花，所有開銷叫黃升送去。翠花又怕客店裡有官府來送行，晚上亦不敢來，一夜沒睡，黎明即雇了掛車子在黃河邊伺候，也是十里長亭送別的意思。哭了一會，老殘同人瑞均安慰了她幾句，踏冰過河去了。過河到省，不過四十里地，一下鐘後，已到了黃人瑞東箭道的公館面前，下車進去。黃人瑞少不得盡他主人家的義務，不必贅述。

老殘飯後一面差許明去替他購辦行李。一面自己卻到中西大藥房裡，找著一個掌櫃的，細細的考較了一番。原來這藥房裡只是上海販來的各種瓶子裡的熟藥，卻沒有生藥。再問他些化學名目，他連懂也不懂，知道斷不是此地去的了。心中納悶，順路去看看姚雲松。恰好姚公在家，留著吃了晚飯。

姚公說：「齊河縣的事，昨晚白子壽到，已見了宮保，將以上情形都說明白，並說托你去辦，宮保喜歡的了不得，卻不曉得你進省來。明天你見宮保不見？」老殘道：「我不去見，我還有事呢。」就問曹州的信：「你怎樣對宮保說的？」姚公道：「我把原信呈宮保看的。宮保看了，難受了好幾天，說今以後，再不明保他了。」老殘道：「何不撤他回省來？」雲松笑道：「你究竟是方外人。豈有個才明保了的就撤省的道理呢？天下督撫誰不護短！這宮保已經是難得的了。」老殘點點頭。又談了許久，老殘始回。

次日，又到天主堂去拜訪了那個神甫，名叫克扯斯。原來這個神甫，既通西醫，又通化學。老殘得意已極，就把這個案子前後情形告訴了克扯斯，並問他是吃的什麼藥。克扯斯想了半天想不出來，又查了一會書，還是沒有同這個情形相對的，說：「再替你訪問別人罷。我的學問盡於此矣。」

老殘聽了，又大失所望。在省中已無可為，即收拾行裝，帶著許明，赴齊河縣去。因想到齊東村怎樣訪查呢？趕忙仍舊製了一個串鈴，買了一個舊藥箱，配好了許多藥材，卻叫許明不須同往，都到村相遇，作為不識的樣子，許明去了。卻在齊河縣雇了一個小車，講明包月，每天三錢銀子；又怕車伕漏洩機關，連這個車伕都瞞卻，便道：「我要行醫，這縣城裡已經沒什麼生意了，左近有什麼大村鎮麼？」車伕說：「這東北上四十五里有大村鎮，叫齊東村，熱鬧著呢，每月三八大集，幾十里的人都去趕集。你老去那裡找點生意罷。」老殘說：「很好。」第二天，便把行李放在小車上，自己半走半坐的，早到了齊東村。原來這村中一條東西大街，甚為熱鬧；往南往北，皆有小街。

老殘走了一個來回，見大街兩頭都有客店；東邊有一家店，叫三合興，看去尚覺乾淨，就去賃了一間西廂房住下。房內是一個大炕，叫車伕睡一頭，他自己睡一頭。次日睡到巳初，方才起來，吃了早飯，搖個串鈴上街去了，大街小巷亂走一氣。未刻時候，走到大街北一條小街上，有個很大的門樓子，心裡想著：「這總是個大家。」就立住了腳，拿著串鈴儘搖。只見裡面出來一個黑鬍子老頭兒，問道：「你這先生會治傷科麼？」老殘說：「懂得點子。」

那老頭兒進去了，出來說：「請裡面坐。」進了大門，就是二門，再進就是大廳。行到耳房裡，見一老者坐在炕沿上，見了老殘，立起來，說：「先生，請坐。」老殘認得就是魏謙，卻故意問道：「你老貴姓？」魏謙道：「姓魏。先生，你貴姓？」老殘道：「姓金。」魏謙道：「我有個小女，四肢骨節疼痛，有什麼藥可以治得？」老殘道：「不看症，怎樣發藥呢？」魏謙道：「說的是。」便叫人到後面知會。

少停，裡面說：「請。」魏謙就同了老殘到廳房後面東廂房裡。這廂房是三間，兩明一暗。行到裡間，只見一個三十餘歲婦人，形容憔悴，倚著個炕几子，盤腿坐在炕上，要勉強下炕，又有力不能支的樣子。老殘連喊道：「不要動，好把脈。」魏老兒卻讓老殘上首坐了，自己卻坐在凳子上陪著。

老殘把兩手脈診過，說：「姑奶奶的病是停了瘀血。請看看兩手。」魏氏將手伸在炕几上，老殘一看，節節青紫，不免肚裡歎了一口氣，說：「老先生，學生有句放肆的話不敢說。」魏老道：「但說不妨。」老殘道：「你別打嘴，這樣，像是受了官刑的病。若不早治，要成殘廢的。」魏老歎口氣道：「可不是呢。請先生照症施治，如果好了，自當重謝。」老殘開了一個藥方子去了，說：「倘若見效，我住三合興店裡，可以來叫我。」

從此每天來往，三四天後，人也熟了，魏老留在前廳吃酒。老殘便問：「府上這種大戶人家，怎會受官刑的呢？」魏老道：「金先生，你們外路人，不知道。我這女兒許配賈家大兒子，誰知去年我這女婿死了，他有個姑子，賈大妮子，同西村吳二浪子眉來眼去，早有了意思。當年說親，是我這不懂事的女兒打破了的，誰知賈大妮子就恨我女兒入了骨髓。

「今年春天，賈大妮子在她姑媽家裡，就同吳二浪子勾搭上了，不曉得用什麼藥，把賈家全家藥死，卻反到縣裡告了我的女兒謀害的。又遇見了千刀剮、萬刀剁的個姓剛的，一口咬定了，說是我家送的月餅裡有砒霜，可憐我這女兒不曉得死過幾回了。聽說凌遲案子已經定了，好天爺有眼，撫台派了個親戚來私訪，就住在南關店裡，訪出我家冤枉，報了撫台。撫台立刻下了公文，叫當堂鬆了我們父女的刑具。沒到十天，撫台又派了個白大人來。真是青天大人！一個時辰就把我家的冤枉全洗刷淨了！聽說又派了什麼人來這裡訪查這案子呢。吳二浪子那個王八羔子，我們在牢裡的時候，他同賈大妮子天天在一塊兒。聽說這案翻了，他就逃走了。」

老殘道：「你們受這麼大的屈，為什麼不告他呢？」魏老兒說：「官司是好打的嗎？我告了他，他問憑據呢？『拿姦拿雙』，拿不住雙，反咬一口，就受不得了。——天爺有眼，總有一天報應的！」老殘問：「這毒藥究竟是什麼？你老聽人說了沒有？」魏老道：「誰知道呢！因為我們家有個老媽子，她的男人叫王二，是個挑水的。那一天，賈家死人的日子，王二正在賈家挑水，看見吳二浪子到他家裡去說閒話，賈家正煮麵吃，王二看見吳二浪子用個小瓶往麵鍋裡一倒就跑了。王二心裡有點疑惑，後來賈家廚房裡讓他吃麵，他就沒敢吃。不到兩個時辰，就吵嚷起來了。

王二到底沒敢告訴一個人，只他老婆知道，告訴了我女兒。及至我把王二叫來，王二又一口咬定，說：『不知道。』再問他老婆，他老婆也不敢說了。聽說老婆回去被王二結結實實的打了一頓。你老想，這事還敢告到官嗎？」老殘隨著歎息了一番。當時出了魏家，找著了許亮，告知魏家所聞，叫他先把王二招呼了來。

次日，許亮同王二來了。老殘給了他二十兩銀子安家費，告訴他跟著做見證：「一切吃用都是我們供給，事完，還給你一百銀子。」王二初還極力抵賴，看見桌上放著二十兩銀子，有點相信是真，便說道：「事完，你不給我一百銀子，我敢怎樣？」老殘說：「不妨。就把一百銀子交給你，存個妥當鋪子裡，寫個筆據給我，說：『吳某倒藥水確係我親見的，情願作個干證。事畢，某字號存酬勞銀一百兩，即歸我支用。兩廂情願，決無虛假。』好不好呢？」

王二尚有點猶疑。許亮便取出一百銀子交給他，說：「我不怕你跑掉，你先拿去，何如？倘不願意，就扯倒罷休。」王二沈吟了一晌，到底捨不得銀子，就答應了。老殘取筆照樣寫好，令王二先取銀子，然後將筆據念給他聽，令他畫個十字，打個手模。你想，鄉下挑水的幾時見過兩只大元寶呢，自然歡歡喜喜的打了手印。許亮又告訴老殘：「探聽切實，吳二浪子現在省城。」老殘說：「然則我們進省罷。你先找個眼線，好物色他去。」許亮答應著「是」，說：「老爺，我們省裡見罷。」

次日，老殘先到齊河縣，把大概情形告知子謹，隨即進省。賞了車伕幾兩銀子，打發回去。當晚告知姚雲翁，請他轉稟宮保，並飭歷城縣派兩個差人來，以備協同許亮。

次日晚間，許亮來稟：「已經查得。吳二浪子現同按察司街南胡同裡，張家土娼，叫小銀子的，打得火熱，白日裡同些不三不四的人賭錢，夜間就住在小銀子家。」老殘問道：「這小銀子家還是一個人，還是有幾個人？共有幾間房子？你查明了沒有？」許亮回道：「這家共姊妹兩個，住了三間房子。西廂兩間是她爹媽住的。東廂兩間：一間做廚房，一間就是大門。」老殘聽了，點點頭，說：「此人切不可造次動手。案情太大，他斷不肯輕易承認。只王二一個證據，鎮不住他。」於是向許亮耳邊說了一番詳細辦法，無非是如此如此，這般這般。

許亮去後，姚雲松來函云：「宮保酷願一見，請明日午刻到文案為要。」老殘寫了回書，次日上院，先到文案姚公書房；姚公著家人通知宮保的家人，過了一刻，請入簽押房內相會。張宮保已迎至門口，迎入屋內，老殘長揖坐定。老殘說：「前次有負宮保雅意，實因有點私事，不得不去。想宮保必能原諒。」宮保說：「前日捧讀大札，不料玉守殘酷如此，實是兄弟之罪，將來總當設法。但目下不敢出爾反爾，似非對君父之道。」老殘說：「救民即所以報君，似乎也無所謂不可。」宮保默然。又談了半點鐘功夫，端茶告退。

卻說許亮奉了老殘的擘畫，就到這土娼家，認識了小金子，同嫖共賭，幾日工夫，同吳二擾得水乳交融。初起，許亮輸了四五百銀子給吳二浪子，都是現銀。吳二浪子直拿許亮當做個老土。誰知後來漸漸的被他撈回去了，倒贏了吳二浪子七八百銀子，付了一二百兩現銀，其餘全是欠帳。

一日，吳二浪子推牌九，輸給別人三百多銀子，又輸給許亮二百多兩，帶來的錢早已盡了，當場要錢。吳二浪子說：「再賭一場，一統算帳。」大家不答應，說：「你眼前輸的還拿不出，若再輸了，更拿不出。」吳二浪子發急道：「我家裡有的是錢，從來沒有賴過人的帳。銀子成總了，我差人回家取去！」眾人只是搖頭。

許亮出來說道：「吳二哥，我想這麼辦法：你幾時能還？我借給你。但是我這銀子，三日內有個要緊用處，你可別誤了我的事。」吳二浪子急於要賭，連忙說：「萬不會誤的！」許亮就點了五百兩票子給他，扣去自己贏的二百多，還餘二百多兩。吳二看仍不夠還帳，就央告許亮道：「大哥，大哥！你再借我五百，我翻過本來立刻還你。」

許亮問：「若翻不過來呢？」吳二說：「明天也一准還你。」許亮說：「口說無憑，除非你立個明天期的期票。」吳二說：「行，行，行！」當時找了筆，寫了筆據，交給許亮。又點了五百兩銀子，還了三百多的前帳，還剩四百多銀子，有錢膽就壯，說：「我上去推一莊！」見面連贏了兩條，甚為得意。那知風頭好，人家都縮了注子；心裡一恨，那牌就倒下霉來了，越推越輸，越輸越氣，不消半個更頭，四百多銀子又輸得精光。

座中有個姓陶的，人都喊他陶三胖子。陶三說：「我上去推一莊。」這時吳二已沒了本錢，乾看著別人打。陶三上去，第一條拿了個一點，賠了個通莊；第二條拿了個八點，天門是地之八，上下莊是九點，又賠了一個通莊。看看比吳二的莊還要倒霉。吳二實在急得直跳，又央告許亮：「好哥哥！好親哥哥！好親爺！你再借給我二百銀子罷！」許亮又借給他二百銀子。吳二就打了一百銀子的天上角，一百銀子的通。許亮說：「兄弟，少打點罷。」吳二說：「不要緊的！」翻過牌來，莊家卻是一個斃十。吳二得了二百銀子，非常歡喜，原注不動。第四條，莊家賠了天門、下莊，吃了上莊，吳二的二百銀子不輸不贏。換第二方，頭一條，莊家拿了個天杠，通吃，吳二還剩一百銀子。

那知從此莊家大掀起來，不但吳二早已輸盡，就連許亮也輸光了。許亮大怒，拿出吳二的筆據來往桌上一擱，說：「天門孤丁！你敢推嗎？」陶三說：「推倒敢推，就是不要這種取不出錢來的廢紙。」許亮說：「難道吳二爺騙你，我許大爺也會騙你嗎？」兩人幾至用武。眾人勸說：「陶三爺，你贏的不少了，難道這點交情不顧嗎？我們大家作保：如你贏了去，他二位不還，我們眾人還！」陶三仍然不肯，說：「除非許大寫上保中。」

許亮氣極，拿筆就寫一個保，並註明實係正用情借，並非閒帳。陶三方肯推出一條來，說：「許大，聽你挑一副去，我總是贏你！」許亮說：「你別吹了！你擲你的倒霉骰子罷！」一擲是個七出。許亮揭過牌來是個天之九，把牌望桌上一放，說：「陶三小子！你瞧瞧你父親的牌！」陶三看了看，也不出聲，拿兩張牌看了一張，那一張卻慢慢的抽，嘴裡喊道：「地！地！地！」一抽出來，望桌上一放，說：「許家的孫子！瞧瞧你爺爺的牌！」原來是副人地相宜的地杠。把筆據抓去，嘴裡還說道：「許大！你明天沒銀子，我們歷城縣衙門裡見！」

當時大家錢盡，天時又有一點多鐘，只好散了。許、吳二人回到小銀子家敲門進去，說：「趕緊拿飯來吃！餓壞了！」小金子房裡有客坐著，就同到小銀子房裡去坐。小金子捱到許亮臉上，說：「大爺，今兒贏了多少錢？給我幾兩花罷。」許亮說：「輸了一千多了！」小銀子說：「二爺贏了沒有？」吳二說：「更不用提了！」說著，端上飯來，是一碗魚，一碗羊肉，兩碗素菜，四個碟子，一個火鍋，兩壺酒。許亮說：「今天怎麼這麼冷？」小金子說：「今天颳了一天西北風，天陰得沈沈的，恐怕要下雪呢。」

兩人悶酒一替一杯價灌，不知不覺都有了幾分醉。只聽門口有人叫門，又聽小金子的媽張大腳出去開了門，跟著進來說：「三爺，對不住，沒屋子囉，儜請明兒來罷。」又聽那人嚷道：「放你媽的狗屁！三爺管你有屋子沒屋子！什麼王八旦的客？有膽子的快來跟三爺碰碰。沒膽子的替我四個爪子一齊望外扒！」聽著就是陶三胖子的聲音。許亮一聽，氣從上出，就要跳出去，這裡小金子、小銀子姊妹兩個拼命的抱住。

未知後事如何，且聽下回分解。

第二十回　浪子金銀伐性斧　道人冰雪返魂香

却說小金子、小銀子，拼命把許亮抱住。吳二本坐近房門，就揭開門簾一個縫兒，偷望外瞧。只見陶三已走到堂屋中間，醉醺醺的一臉酒氣，把上首小金子的門簾往上一摔，有五六尺高，大踏步進去了。小金子屋裡先來的那客用袖子蒙著臉，嗤溜的一聲，跑出去了。張大腳跟了進去。陶三問：「兩個王八羔子呢？」張大腳說：「三爺請坐，就來，就來。」張大腳連忙跑過來說：「儜二位別出聲。這陶三爺是歷城縣裡的都頭，在本縣紅的了不得，本官面前說一不二的，沒人惹得起他。儜二位可別怪，叫她們姊兒倆趕快過去罷。」許亮說：「咱老子可不怕他！他敢怎麼樣咱？」

說著，小金子、小銀子早過去了。吳二聽了，心中捏一把汗，自己借據在他手裡，如何是好！只聽那邊屋裡陶三不住的哈哈大笑，說：「小金子呀，爺賞妳一百銀子！小銀子呀，爺也賞妳一百銀子！」聽他二人說：「謝三爺的賞。」又聽陶三說：「不用謝，這都是今兒晚上我幾個孫子孝敬我的，共孝敬了三千多銀子呢。我那吳二孫子還有一張筆據在爺爺手裡，許大孫子做的中保，明天到晚不還，看爺爺要他們命不要！」

這許大卻向吳二道：「這個東西實在可惡！然聽說他武藝很高，手底下能開發五六十個人呢，我們這口悶氣咽得下去嗎？」吳二說：「氣還是小事，明兒這一千銀子筆據怎樣好呢？」許大說：「我家裡雖有銀子，只是派人去，至少也得三天，『遠水救不著近火』！」又聽陶三嚷道：「今兒妳們姐兒倆都伺候三爺，不許到別人屋裡去！動一動，叫妳白刀子進去，紅刀子出來！」小金子道：「不瞞三爺說，我們倆今兒都有客。」只聽陶三爺把桌子一拍，茶碗一摔，珖瑯價一聲響，說：「放狗屁！三爺的人，誰敢住？問他有腦袋沒有？誰敢在老虎頭上打蒼蠅，三爺有的是孫子們孝敬的銀子！預備打死一兩個，花幾千銀子，就完事了！放妳去，妳去問問那兩個孫子敢來不敢來！」

小金子連忙跑過來把銀票給許大看，正是許大輸的銀票，看著更覺難堪。小銀子也過來低低的說道：「大爺，二爺！儜兩位多抱屈，讓我們姊兒倆得二百銀子，我們長這麼大，還沒有見過整百的銀子呢。你們二位都沒有銀子了，讓我們掙兩百銀子，明兒買酒菜請你們二位。」許大氣急了，說：「滾妳的罷！」小金子道：「大爺別氣！儜多抱屈。儜二位就在我炕上歪一宿，明天他走了，大爺到我屋裡趕熱被窩去。妹妹來陪二爺，好不好？」許大連連說道：「滾罷！滾罷！」小金子出了房門，嘴裡還嘟囔道：「沒有了銀子，還做大爺呢！不害個臊！」

許大氣白了臉，呆呆的坐著，歇了一刻，扯過吳二來說：「兄弟，我有一件事同你商議。我們都是齊河縣人，跑到這省裡，受他們這種氣，真受不住！我不想活了！你想，你那一千銀子還不出來，明兒被他拉到衙門裡去，官兒見不著，私刑就要斷送了你的命了。不如我們出去找兩把刀子進來把他剁掉了，也不過是個死！你看好不好？」吳二正在沈吟，只聽對房陶三嚷道：「吳二那小子是齊河縣裡犯了案，逃得來的個逃凶！爺爺明兒把他解到齊河縣去，看他活得成活不成！許大那小子是個幫凶，誰不知道的？兩個人一路逃得來的凶犯！」

許大站起來就要走。吳二浪子扯住道：「我倒有個法子，只是你得對天發個誓，我才能告訴你。」許大道：「你瞧！你多麼酸呀！你倘若有好法子，我們弄死了他，主意是我出的，倘若犯了案，我是個正凶，你還是個幫凶，難道我還跟你過不去嗎？」吳二想了想，理路到不錯，加之明天一千銀子一定要出亂子，只有這一個辦法了，便說道：「我的親哥！我有一種藥水，給人吃了，臉上不發青紫，隨你神仙也驗不出毒來！」許亮詫異道：「我不信！真有這麼好的事嗎？」吳二道：「誰還騙你呢！」許亮道：「在那裡買？我快買去！」吳二道：「沒處買！是我今年七月裡在泰山窪子裡打從一個山裡人家得來的。只是我給你，千萬可別連累了我！」

許亮道：「這個容易。」隨即拿了張紙來寫道：「許某與陶某嘔氣起意，將陶某害死，知道吳某有得來上好藥水，人吃了立刻致命，再三央求吳某分給若干，此案與吳某毫無干涉。」寫完，交給吳二，說：「倘若犯了案，你有這個憑據，就與你無干了。」吳二看了，覺得甚為妥當。許亮說：「事不宜遲，你藥水在那裡呢？我同你取去。」吳二說；「就在我枕頭匣子裡，存在他這裡呢。」就到炕裡邊取出個小皮箱來，開了鎖，拿出個磁瓶子來，口上用蠟封好了的。

許亮問：「你在泰山怎樣得的？」吳二道：「七月裡，我從墊台這條西路上的山，回來從東路回來，盡是小道。一天晚了，住了一家子小店，看他炕上有個死人，用被窩蓋的好好的。我就問他們：『怎把死人放在炕上？』那老婆子道：『不是死人，這是我當家的。前日在山上看見一種草，香得可愛，他就採了一把回來，泡碗水喝。誰知道一喝，就彷彿是死了，我們自然哭的了不得的了。活該有救，這內山石洞裡住了一個道人，叫青龍子，他那天正從這裡走過，見我們哭，他來看看，說：「你老兒是啥病死的？」我就把草給他看。他拿去，笑了笑，說：「這不是毒藥，名叫『千日醉』，可以有救的。我去替你尋點解救藥草來罷。你可看好了身體，別叫壞了。我再過四十九天送藥來，一治就好。」算計目下也有二十多天了。』我問他：『那草還有沒有？』他就給了我一把子，我就帶回來，熬成水，弄瓶子裝起頑的。今日正好用著了！」

許亮道：「這水靈不靈？倘若藥不倒他，我們就毀了呀。你試驗過沒有？」吳二說：「百發百中的。我已……」說到這裡，就嗌住了。許亮問：「你已怎麼樣？你已試過嗎？」吳二說：「不是試過，我已見那一家被藥的人的樣子是同死的一般，若沒有青龍子解救，他早已埋掉了。」

二人正在說得高興，只見門簾子一揭，進來一個人，一手抓住了許亮，一手捺住了吳二，說：「好！好！你們商議謀財害命嗎？」一看，正是陶三。許亮把藥水瓶子緊緊握住，就掙扎逃走，怎禁陶三氣力如牛，那裡掙扎得動。吳二酒色之徒，更不必說了。只見陶三寫起嘴唇，打了兩個胡哨，外面又進來兩三個大漢，將許、吳二人都用繩子縛了。陶三押著解到歷城縣衙門口來。陶三進去告知了稿簽門上，傳出話來，今日夜已深了，暫且交差看管，明日辰刻過堂，押到官飯店裡。幸虧許大身邊還有幾兩銀子，拿出來打點了官人，倒也未曾吃苦。

明日早堂在花廳問案，是個發審委員。差人將三人帶上堂去，委員先問原告。陶三供稱：「小人昨夜在土娼張家住宿，因多帶了幾百銀子，被這許大、吳二兩人看見，起意謀財，兩人商議要害小人性命。適逢小人在窗外出小恭聽見，進去捉住，扭稟到堂，求大老爺究辦。」

委員問許大、吳二：「你二人為什麼要謀財害命？」許大供：「小的許亮，齊河縣人。陶三欺負我二人，受氣不過，所以商同害他性命。吳二說，他有好藥，百發百中，已經試過，很靈驗的。小人們正在商議，被陶三捉住。」吳二供：「監生吳省干，齊河縣人。許大被陶三欺負，實與監生無干。許大決意要殺陶三，監生恐鬧出事來，原為緩兵之計，告訴他有種藥水，名『千日醉』，容易醉倒人的，並不害性命。實係許大起意，並有筆據在此。」從懷中取出呈堂。

委員問許大：「昨日你們商議時，怎樣說的？從實告知，本縣可以開脫你們。」許大便將昨晚的話一字不改說了一遍。委員道：「如此說來，你們也不過氣忿話，那也不能就算謀殺呀。」許大磕頭，說：「大老爺明見！開恩！」

委員又問吳二：「許大所說各節是否切實？」吳二說：「一字也不錯的。」委員說：「這件事，你們很沒有大過。」吩咐書吏照錄全供，又問許大：「那瓶藥水在那裡呢？」許大從懷中取出呈上。委員打開蠟封一聞，香同蘭麝，微帶一分酒氣，大笑說道：「這種毒藥，誰都願意吃的！」就交給書吏，說：「這藥水收好了。將此二人並全案分別解交齊河縣去。」只此「分別」二字，許大便同吳二拆開兩處了。

當晚許亮就拿了藥水來見老殘。老殘傾出看看，色如桃花，味香氣濃；用舌尖細試，有點微甜，歎道：「此種毒藥怎不令人久醉呢！」將藥水用玻璃漏斗仍灌入瓶內，交給許亮：「凶器人證俱全，卻不怕他不認了。但是據他所說的情形，似乎這十三個人並不是死，仍有復活的法子。那青龍子，我卻知道，是個隱士；但行踪無定，不易覓尋。你先帶著王二回去稟知貴上，這案雖經審定，不可上詳。我明天就訪青龍子去，如果找著此公，能把十三人救活，豈不更妙？」許亮連連答應著「是」。

次日，歷城縣將吳二浪子解到齊河縣。許亮同王二兩人作證，自然一堂就訊服了。暫且收監，也不上刑具，靜聽老殘的消息。

卻說老殘次日雇了一匹驢，馱了一個被搭子，吃了早飯，就往泰山東路行去。忽然想到舜井旁邊有個擺命課攤子的，招牌叫「安貧子知命」，此人頗有點來歷，不如先去問他一聲，好在出南門必由之路。一路想著，早已到了安貧子的門首，牽了驢，在板凳上坐下。

彼此序了幾句閒話，老殘就問：「聽說先生同青龍子長相往來，近來知道他雲遊何處嗎？」安貧子道：「噯呀！你要見他嗎？有啥事體？」老殘便將以上事告知安貧子。安貧子說：「太不巧了！他昨日在我這裡坐了半天，說今日清晨回山去，此刻出南門怕還不到十里路呢。」老殘說：「這可真不巧了！只是他回什麼山？」安貧子道：「裡山玄珠洞。他去年住靈岩山；因近來香客漸多，常有到他茅篷裡的，所以他厭煩，搬到裡山玄珠洞去了。」老殘問：「玄珠洞離此地有幾十里？」安貧子道：「我也沒去過，聽他說，大約五十里路不到點。此去一直向南，過黃芽嘴子，向西到白雪塢，再向南，就到玄珠洞了。」

老殘道了「領教，謝謝」，跨上驢子，出了南門，由千佛山腳下往東，轉過山坡，逕向南去。行了二十多里，有個村莊，買了點餅吃吃，打聽上玄珠洞的路徑。那莊家老說道：「過去不遠，大道旁邊就是黃芽嘴。過了黃芽嘴往西九里路便是白雪塢，再南十八里便是玄珠洞。只是這路很不好走，會走的呢，一路平坦大道；若不會走，那可就了不得了！石頭七大八小，更有無窮的荊棘，一輩子也走不到的！不曉得多少人送了性命！」老殘笑道：「難不成比唐僧取經還難嗎？」莊家老作色道：「也差不多！」

老殘一想，人家是好意，不可簡慢了他，遂恭恭敬敬的道：「老先生恕我失言。還要請教先生：怎樣走就容易，怎樣走就難？務求指示。」莊家老道：「這山裡的路，天生成九曲珠似的，一步一曲。若一直向前，必走入荊棘叢了。卻又不許有意走曲路，有意曲，便陷入深阱，永出不來了。我告訴你個訣竅罷：你這位先生頗虛心，我對你講，眼前路，都是從過去的路生出來的；你走兩步，回頭看看，一定不會錯了。」

老殘聽了，連連打恭，說：「謹領指示。」當時拜辭了莊家老，依說去走，果然不久便到了玄珠洞口，見一老者，長鬚過腹，進前施了一禮，口稱：「道長莫非是青龍子嗎？」那老者慌忙回禮，說：「先生從何處來？到此何事？」老殘便將齊東村的一樁案情說了一遍。青龍子沈吟了一會，說：「也是有緣。且坐下來，慢慢地講。」

原來這洞裡並無桌椅家具，都是些大大小小的石頭。青龍子與老殘分賓主坐定，青龍子道：「這『千日醉』力量很大，少吃了便醉一千日才醒，多吃就不得活了。只有一種藥能解，名叫『返魂香』，出在西嶽華山太古冰雪中，也是草木精英所結。若用此香將文火慢慢的炙起來，無論你醉到怎樣田地，都能復活。幾月前，我因泰山坳裡一個人醉死，我親自到華山找一個故人處，討得些來，幸兒還有些子在此。大約也敷衍夠用了。」遂從石壁裡取出一個大葫蘆來，內中雜用物件甚多，也有一個小瓶瓶子，不到一寸高。遞給老殘。

老殘傾出來看看，有點像乳香的樣子，顏色黑黯，聞了聞，像似臭支支的。老殘問道：「何以色味俱不甚佳？」青龍子道：「救命的物件，那有好看好聞的！」老殘恭敬領悟，恐有舛錯，又請問如何用法。青龍子道：「將病人關在一室內，必須門窗不透一點兒風。將此香炙起，也分人體質善惡：如質善的，一點便活；如質惡的，只好慢慢價熬，終究也是要活的。」

老殘道過謝，沿著原路回去。走到吃飯的小店前，天已黑透了，住得一宿，清晨回省，仍不到巳牌時分。遂上院將詳細情形稟知了張宮保，並說明帶著家眷親往齊東村去。宮保說：「寶眷去有何用處？」老殘道：「這香治男人，須女人炙；治女人，須男人炙：所以非帶小妾去不能應手。」宮保說：「既如此，聽憑尊便。但望早去早回，不久封印，兄弟公事稍閒，可以多領些教。」老殘答應著「是」，賞了黃家家人幾兩銀子，帶著環翠先到了齊河縣，仍住在南關外店裡，卻到縣裡會著子謹，亦甚為歡喜。子謹亦告知：「吳二浪子一切情形俱已服認。許亮帶去的一千銀子也繳上來。接白太尊的信，叫交還魏謙。魏謙抵死不肯收，聽其自行捐入善堂了。」

老殘說：「前日托許亮帶來的三百銀子，還閣下，收到了嗎？」子謹道：「豈但收到，我已經發了財了！宮保聽說這事，專差送來三百兩銀子，我已經收了；過了兩日，黃人瑞又送了代閣下還的三百兩來；後來許亮來，閣下又送三百兩來，共得了三份，豈不是發財嗎？宮保的一份是萬不能退的，人瑞同閣下的都當奉繳。」老殘沈吟了一會，說道：「我想人瑞也有個相契的，名叫翠花，就是同小妾一家子的。其人頗有良心，人瑞客中也頗寂寞，不如老哥竟一不做二不休，將此兩款替人瑞再揮一斧罷。」子謹拍掌叫好，說：「我明日要同老哥到齊東村去，奈何呢？」想了想，說：「有了！」立刻叫差門來告知此事，叫他明天就辦。

次日，王子謹同老殘坐了兩乘轎子，來到齊東村。早有地保同首事備下了公館。到公館用過午飯，踏勘賈家的墳塋，不遠恰有個小廟。老殘選了廟裡小小兩間房子，命人連夜裱糊，不讓透風。次日清晨，十三口棺柩都起到廟裡，先打開一個長工的棺木看看，果然屍身未壞，然後放心，把十三個屍首全行取出，安放在這兩間房內，焚起「返魂香」來，不到兩個時辰，俱已有點聲息。老殘調度著，先用溫湯，次用稀粥，慢慢的等他們過了七天，方遣各自送回家去。

王子謹三日前已回城去。老殘各事辦畢，方欲回城，這時魏謙已知前日寫信給宮保的就是老殘，於是魏、賈兩家都來磕頭，苦苦挽留。兩家各送了三千銀子，老殘絲毫不收。兩家沒法，只好請聽戲罷，派人到省城裡招呼個大戲班子來，並招呼北柱樓的廚子來，預備留老殘過年。

那知次日半夜裡，老殘即溜回齊河縣了。到城不過天色微明，不便往縣署裡去，先到自己住的店裡來看環翠；把堂門推開，見許明的老婆睡在外間未醒。再推開房門，望炕上一看，見被窩寬大，枕頭上放著兩個人頭，睡得正濃呢，吃了一驚；再仔細一看，原來就是翠花。不便驚動，退出房門，將許明的老婆喚醒。自己卻無處安身，跑到院子裡徘徊徘徊，見西上房裡，家人正搬行李裝車，是遠處來的客，要動身的樣子，就立住閒看。只見一人出來吩咐家人說話。

老殘一見，大叫道：「德慧生兄！從那裡來？」那人定神一看，說：「不是老殘哥嗎？怎樣在此地？」老殘便將以上二十卷書述了一遍，又問：「慧兄何往？」德慧生道：「明年東北恐有兵事，我送家眷回揚州去。」老殘說：「請留一日，何如？」慧生允諾。此時二翠俱已起來洗臉，兩家眷屬先行會面。

巳刻，老殘進縣署去，知魏家一案，宮保批吳二浪子監禁三年。翠花共用了四百二十兩銀子，子謹還了三百銀子，老殘收了一百八十兩，說：「今日便派人送翠花進省。」子謹將詳細情形寫了一函。老殘回寓，派許明夫婦送翠花進省去，夜間托店家雇了長車，又把環翠的兄弟帶來，老殘攜同環翠並她兄弟同德慧生夫婦天明開車，結伴江南去了。

卻說許明夫婦送翠花到黃人瑞家，人瑞自是歡喜。拆開老殘的信來一看，上寫道：

願天下有情人，都成了眷屬；是前生註定事，莫錯過姻緣。

二編　自序

鴻都百鍊生

人生如夢耳。人生果如夢乎？抑或蒙叟之寓言乎？吾不能知。趨而質諸蜉蝣子，蜉蝣子不能決。趨而質諸靈椿子，靈椿子亦不能決。還而叩之昭明，昭明曰：「昨日之我如是，今日之我復如是。觀我之室，一榻，一几，一席，一燈，一硯，一筆，一紙。昨日之榻、几、席、燈、硯、筆、紙若是，今日之榻、几、席、燈、硯、筆、紙仍若是。固明明有我，並有此一榻，一几，一席，一燈，一硯，一筆，一紙也。非若夢為鳥而厲乎天，覺則鳥與天俱失也。非若夢為魚而沒於淵，覺則魚與淵俱無也。更何所謂厲與沒哉？顧我之為我，實有其物，非若夢之為夢，實無其事也。然則人生如夢，固蒙叟之寓言也夫！」

吾不敢決，又以質諸杳冥。杳冥曰：「子昨日何為者？」對曰：「晨起灑掃，午餐而夕寐，彈琴讀書，晤對良朋，如是而已。」杳冥曰：「前月此日，子何為者？」吾略舉以對。又問去年此月此日子何為著？強憶其略，遺忘過半矣。十年前之此月此日子何為者，則茫茫然矣。推之二十年前，三十年前，四五十年前，此月此日，子何為者，緘口結舌無以應也。杳冥曰：「前此五十年之子，固已隨風馳雲捲、雷奔電激以去，可知後此五十年間之子，亦必應隨風馳雲捲、雷奔電激以去。然則與前日之夢，昨日之夢，其人、其物、其事之同歸於無者，又何以別乎？前此五十年間之日月，既已渺不知其何之，今日之子，固儼然其猶存也。以儼然猶存之子，尚不能保前此五十年間之日月，使之暫留；則後此五十年後之子，必且與物俱化，更不能保其日月之暫留，斷斷然矣。謂之如夢，蒙更豈欺我哉？」

夫夢之情境，雖已為幻為虛，不可復得，而敘述夢中情境之我，固儼然其猶在也。若百年後之我，且不知其歸於何所，雖有此如夢之百年之情境，更無敘述此情境之我而敘述之矣。是以人生百年，比之於夢，猶覺百年更虛於夢也！嗚呼！以此更虛於夢之百年，而必欲孜孜然、斤斤然、鬖鬖然、狺狺然、何為也哉？雖然前此五十年間之日月，固無法使之暫留，而其五十年間，可驚、可喜、可歌、可泣之事業，固歷劫而不可以忘者也。夫此如夢五十年間可驚、可喜、可歌、可泣之事，既不能忘，而此五十年間之夢，亦未嘗不有可驚、可喜、可歌、可泣之事，亦同此而不忘也。同此而不忘，世間於是乎有「老殘遊記二編」。

第一回　元機旅店傳龍語　素壁丹青繪馬鳴

話說老殘在齊河縣店中，遇著德慧生攜眷回揚州去，他便雇了長車，結伴一同起身。當日清早，過了黃河，眷口用小轎搭過去，車馬經從冰上扯過去。過了河不向東南往濟南府那條路走，一直向正南奔墊台而行。到了午牌時分，已到墊台，打過了尖，晚間遂到泰安府南門外下了店。因德慧生的夫人要上泰山燒香，說明停車一日，故晚間各事自覺格外消停了。

卻說德慧生名修福，原是個漢軍旗人，祖上姓樂，就是那燕國大將樂毅的後人，在明朝萬曆末年，看著朝政日衰，知道難期振作，就搬到山海關外錦州府去住家。崇禎年間，隨從太祖入關，大有功勞，就賞了他個漢軍旗籍。從此一代一代的便把原姓收到荷包裡去，單拿那名字上的第一字做了姓了。這德慧生的父親，因做揚州府知府，在任上病故的，所以家眷就在揚州買了花園，蓋一所中等房屋住了家。德慧生二十多歲上中進士，點了翰林院庶吉士，因書法不甚精，朝考散館散了一個吏部主事，在京供職。當日在揚州與老殘會過幾面，彼此甚為投契，今日無意碰著，同住在一個店裡，你想他們這朋友之樂，盡有不言而喻了。

老殘問德慧生道：「你昨日說明年東北恐有兵事，是從那裡看出來的？」慧生道：「我在一個朋友座中，見張東三省輿地圖，非常精細，連村莊地名俱有。至於山川險隘，尤為詳盡。圖末有『陸軍文庫』四字。你想日本人練陸軍把東三省地圖當作功課，其用心可想而知了！我把這話告知朝貴，誰想朝貴不但毫不驚慌，還要說：『日本一個小國，他能怎樣？』大敵當前，全無準備，取敗之道，不待智者而決矣。況聞有人善望氣者云：『東北殺氣甚重，恐非小小兵戈蠢動呢！』」老殘點頭會意。

慧生問道：「你昨日說的那青龍子，是個何等樣人？」老殘道：「聽說是周耳先生的學生。這周耳先生號柱史，原是個隱君子，住在西嶽華山裡頭人跡不到的地方。學生甚多。但是周耳先生不甚到人間來。凡學他的人，往往轉相傳授，其中誤會意旨的地方，不計其數。惟這青龍子等兄弟數人，是親炙周耳先生的，所以與眾不同。我曾經與黃龍子盤桓多日，故能得其梗概。」慧生道：「我也久聞他們的大名，據說決非尋常鍊氣士的蹊徑，學問都極淵博的。也不拘拘專言道教，於儒教、佛教，亦都精通。但有一事，我不甚懂，以他們這種高人，何以取名又同江湖術士一樣呢？既有了青龍子、黃龍子，一定又有白龍子、黑龍子、赤龍子了。這等道號實屬討厭。」

老殘道：「你說得甚是，我也是這麼想。當初曾經問過黃龍子，他說道：『你說我名字俗，我也知道俗，但是我不知道為什麼要雅？雅有怎麼好處？盧杞、秦檜名字並不俗；張獻忠、李自成名字不但不俗，「獻忠」二字可稱純臣，「自成」二字可配聖賢。然則可能因他名字好就算他是好人呢？老子道德經說：「世人皆有以，我獨愚且鄙。」鄙還不俗嗎？所以我輩大半愚鄙，不像你們名士，把個「俗」字當做毒藥，把個「雅」字當做珍寶。推到極處，不過想借此討人家的尊敬。要知這個念頭，倒比我們的名字，實在俗得多呢。我們當日，原不是拿這個當名字用。因為我是己巳年生的，青龍子是乙巳年生的，赤龍子是丁巳年生的，當年朋友隨便呼喚著頑兒，不知不覺日子久了，人家也這麼呼喚。難道好不答應人家麼？譬如你叫老殘，有這麼一個老年的殘廢人，有什麼可貴？又有什麼雅致處？只不過也是被人叫開了，隨便答應罷了。怕不是呼牛應牛，呼馬應馬的道理嗎？』」德慧生道：「這話也實在說得有理。佛經說人不可以著相，我們總算著了雅相，是要輸他一籌哩？」

慧生道：「人說他們有前知，你曾問過他沒有？」老殘道：「我也問過他的。他說叫做有也可，叫做沒有也可。你看儒教說『至誠之道，可以前知』，是不錯的。所以叫做有也可。若像起課先生，瑣屑小事，言之鑿鑿，應驗的原也不少，也是那只叫做術數小道，君子不屑言。邵堯夫人頗聰明，學問也極好，只是好說術數小道，所以就讓朱晦庵越過去的遠了。這叫做謂之沒有也可。」

德慧生道：「你與黃龍子相處多日，曾問天堂地獄究竟有沒有呢？還是佛經上造的謠言呢？」

老殘道：「我問過的。此事說來真正可笑了。那日我問他的時候，他說：『我先問你，有人說你有個眼睛可以辨五色，耳朵可以辨五聲，鼻能審氣息，舌能別滋味，又有前後二陰，前陰可以撒溺，後陰可以放糞。此話確不確呢？』我說：『這是三歲小孩子都知道的，何用問呢？』他說：『然則你何以教瞎子能辨五色？你何以能教聾子能辨五聲呢？』我說：『那可沒有法子。』

「他就說：『天堂地獄的道理，同此一樣。天堂如耳目之效靈，地獄如二陰之出穢，皆是天生成自然之理，萬無一毫疑惑的。只是人心為物欲所蔽，失其靈明，如聾盲之不辨聲色，非其本性使然。若有虛心靜氣的人，自然也會看見的。只是你目下要我給個憑據與你，讓你相信，譬如拿了一幅吳道子的畫給瞎子看，要他深信真是吳道子畫的，雖聖人也沒這個本領。你若要想看見，只要虛心靜氣，日子久了，自然有看見的一天。』我又問：『怎樣便可以看見？』他說：『我已對你講過，只要虛心靜氣，總有看見的一天。你此刻著急，有什麼法子呢？慢慢的等著罷。』」

德慧生笑道：「等你看見的時候，務必告訴我知道。」老殘也笑道：「恐怕未必有這一天。」兩人談得高興，不知不覺，已是三更時分。同說道：「明日還要起早，我們睡罷。」德慧生同夫人住的是西上房，老殘住的是東上房，與齊河縣一樣的格式。各自回房安息。

次日黎明，女眷先起梳頭洗臉。雇了五肩山轎。泰安的轎子像個圈椅一樣，就是沒有四條腿。底下一塊板子，用四根繩子吊著，當個腳踏子。短短的兩根轎杠，杠頭上拴一根挺厚挺寬的皮條，比那轎車上駕騾子的皮條稍為軟和些。轎夫前後兩名，後頭的一名先鑽到皮條底下，將轎子抬起一頭來，人好坐上去。然後前頭的一個轎夫再鑽進皮條去，這轎子就抬起來了。

當時兩個女眷，一個老媽子，坐了三乘山轎前走。德慧生同老殘坐了兩乘山轎，後面跟著。進了城，先到嶽廟裡燒香。廟裡正殿九間，相傳明朝蓋的時候，同北京皇宮是一樣的。德夫人帶著環翠正殿上燒過了香。走著看看正殿四面牆上畫的古畫。因為殿深了，所以殿裡的光，總不大十分夠，牆上的畫年代也很多，所以看不清楚。不過是些花里胡紹的人物便了。

小道士走過來，向德夫人說：「請到西院裡用茶。還有塊溫涼玉，是這廟裡的鎮山之寶，請過去看看。」德夫人說：「好。只是耽擱時候太多了，恐怕趕不回來。」環翠道：「聽說上山四十五里地哩！來回九十里，現在天光又短，一霎就黑天，還是早點走罷！」老殘說：「依我看來，泰山是五嶽之一，既然來到此地，索興痛痛快快的逛一下子。今日上山，聽說南天門裡有個天街，兩邊都是香鋪，總可以住人的。」

小道士說：「香鋪是有的，他們都預備乾淨被褥，上山的客人在那兒住的多著呢。老爺太太們今兒儘可以不下山，明天回來，消停得多，還可以到日觀峰去看出太陽。」德慧生道：「這也不錯。我們今日逕拿定主意，不下山罷。」德夫人道：「使也使得。只是香鋪子裡被褥，什麼人都蓋，骯髒得了不得，怎麼蓋呢？若不下山，除非取自己行李去，我們又沒有帶家人來，叫誰去取呢？」老殘道：「可以寫個紙條兒，叫道士著個人送到店裡，叫你的管家雇人送上山去，有何不可？」慧生道：「可以不必。橫豎我們都有皮斗篷在小轎上，到了夜裡披著皮斗篷，歪一歪就算了。誰還當真睡嗎？」

德夫人道：「這也使得。只是我瞧鐵二叔他們二位，都沒有皮斗篷，便怎麼好？」老殘笑道：「這可多慮了！我們走江湖的人，比不得你們做官的，我們那兒都可以混。不要說他山上有被褥，就是沒被褥，我們也混得過去。」慧生說：「好，好！我們就去看溫涼玉去罷。」說著就隨了小道士走到西院，老道士迎接出來，深深施了一禮，各人回了一禮。

走進堂屋，看見收拾得甚為乾淨。道士端出茶盒，無非是桂圓、栗子、玉帶糕之類。大家吃了茶，要看溫涼玉。道士引到裡間，一個半桌上放著，還有個錦幅子蓋著，道士將錦幅揭開，原來是一塊青玉，有三尺多長，六七寸寬，一寸多厚，上半截深青，下半截淡青。道士說：「儜用手摸摸看，上半多凍扎手，下半截一點不涼，彷佛有點溫溫的似的，上古傳下來是我們小廟裡鎮山之寶。」德夫人同環翠都摸了，詫異的很。

老殘笑道：「這個溫涼玉，我也會做。」大家都怪問道：「怎麼，這是做出來假的嗎？」老殘道：「假卻不假，只是塊帶半璞的玉，上半截是玉，所以甚涼；下半截是璞，所以不涼。」德慧生連連點頭說：「不錯，不錯。」稍坐了一刻，給了道人的香錢，道士道了謝，又引到東院去看漢柏。有幾棵兩人合抱的大柏樹，狀貌甚是奇古，旁邊有塊小小石碣，上刻「漢柏」兩個大字。諸人看過走回正殿，前面二門裡邊山轎俱已在此伺候。

老殘忽抬頭，看見西廊有塊破石片嵌在壁上，心知必是一個古碣，問那道士說：「西廊下那塊破石片是什麼古碑？」道士回說：「就是秦碣，俗名喚做『泰山十字』。此地有拓片賣，老爺們要不要？」慧生道：「早已有過的了。」老殘笑道：「我還有廿九字呢！」道士說：「那可就寶貴的了不得了。」說著各人上了轎，看看褡褳裡的錶已經十點過了。轎子抬著出了北門，斜插著向西北走；不到半里多路，道旁有大石碑一塊立著，刻了六個大字：「孔子登泰山處。」慧生指與老殘看，彼此相視而笑。此地已是泰山跟腳，從此便一步一步的向上行了。

老殘在轎子上看泰安城西南上有一座圓陀陀的山，山上有個大廟，四面樹木甚多，知道必是個有名的所在。便問轎夫道：「你瞧城西南那個有廟的山，你總知道叫什麼名字罷？」轎夫回道：「那叫蒿里山，山上是閻羅王廟，山下有金橋、銀橋、奈河橋，人死了都要走這裡過的，所以人活著的時候多燒幾回香，死後占大便宜呢！」老殘詼諧道：「多燒幾回香，譬如多請幾回客，閻王爺也是人做的，難道不講交情嗎？」轎夫道：「你老真明白，說的一點不錯。」

這時已到真山腳，路漸彎曲，兩邊都是山了。走有點把鐘的時候，到了一座廟宇，轎子在門口歇下。轎夫說：「此地是斗姥宮，裡邊全是姑子：太太們在這裡吃飯很便當的。但凡上等客官，上山都是在這廟裡吃飯。」德夫人說：「既是姑子廟，我們就在這裡歇歇罷。」又問轎夫：「前面沒有賣飯的店嗎？」轎夫說：「老爺太太們都是在這裡吃，前面有飯篷子，只賣大餅鹹菜，沒有別的，也沒地方坐，都是蹲著吃，那是俺們吃飯的地方。」慧生說：「也好，我們且進去再說。」

走進客堂，地方卻極乾淨。有兩個老姑子接出來，一個約五六十歲，一個四十多歲。大家坐下談了幾句，老姑子問：「大太們還沒有用過飯罷？」德夫人說：「是的。一清早出來的，還沒吃飯呢。」老姑子說：「我們小廟裡粗飯是常預備的，但不知太太們上山燒香，是用葷菜是素菜？」德夫人道：「我們吃素吃葷，倒也不拘，只是他們爺們家恐怕素吃不來，還是吃葷罷。可別多備，吃不完可惜了的。」老姑子說：「荒山小廟，要多也備不出來。」又問：「太太們同老爺們是一桌吃兩桌吃呢？」德夫人道：「都是自家爺們，一桌吃罷，可得勞駕快點。」老姑子問：「儜今兒還下山嗎？恐來不及哩！」德夫人說：「雖不下山，恐趕不上山可不好。」老姑子道：「不要緊的，一霎就到山頂了。」

當這說話之時，那四十多歲的姑子，早已走開，此刻才回，向那老姑子耳邊嘰咕了一陣，老姑子又向四十多歲姑子耳邊嘰咕了幾句，老姑子回頭便向德夫人道：「請南院裡坐罷。」便叫四十多歲的姑子前邊引道，大家讓德夫人同環翠先行，德慧生隨後，老殘打末。出了客堂的後門，向南拐彎，過了一個小穿堂，便到了南院。這院子朝南，五間北屋甚大，朝北卻是六間小南屋，穿堂東邊三間，西邊兩間。那姑子引著德夫人出了穿堂，下了台階，望東走到三間北屋跟前，看那北屋中間是六扇窗格，安了一個風門，懸著大紅呢的夾板棉門簾。兩邊兩間，卻是磚砌的窗台，台上一塊大玻璃，掩著素絹書畫玻璃擋子，玻璃上面係兩扇紙窗，冰片梅的格子眼兒。當中三層台階，那姑子搶上那台階，把板簾揭起，讓德夫人及諸人進內。

走進堂門，見是個兩明一暗的房子，東邊兩間敞著，正中設了一個小圓桌，退光漆漆得灼亮，圍著圓桌六把海梅八行書小椅子，正中靠牆設了一個窄窄的佛櫃，佛櫃上正中供了一尊觀音像，走近佛櫃細看，原來是尊康熙五彩御窰魚籃觀音，十分精緻。觀音的面貌，又美麗，又莊嚴，約有一尺五六寸高。龕子前面放了一個宣德年製的香爐，光彩奪目，從金子裡透出硃砂斑來。龕子上面牆上掛了六幅小屏，是陳章侯畫的馬鳴、龍樹等六尊佛像。佛櫃兩頭放了許多大大小小的經卷。再望東看，正東是一個月洞大玻璃窗，正中一塊玻璃，足足有四尺見方。四面也是冰片梅格子眼兒，糊著高麗白紙。月洞窗下放了一張古紅木小方桌，桌子左右兩張小椅子，椅子兩旁卻是一對多寶櫥，陳設各樣古玩。圓洞窗兩旁掛了一副對聯，寫的是：

靚妝豔比蓮花色；雲幕香生貝葉經。

上款題「靚雲道友法鑒」，下款寫「三山行腳僧醉筆」。屋中收拾得十分乾淨。再看那玻璃窗外，正是一個山澗，澗裡的水嘩喇嘩喇價流，帶著些亂冰，玎玲璫瑯價響，煞是好聽。又見對面那山坡上一片松樹，碧綠碧綠，襯著樹根下的積雪，比銀子還要白些，真是好看。

德夫人一面看，一面讚歎，回頭笑向德慧生道：「我不同你回揚州了，我就在這兒做姑子罷，好不好？」慧生道：「很好，可是此地的姑子是做不得的。」德夫人道：「為什麼呢？」慧生道：「稍停一會，妳就知道了。」老殘說道：「儜別貪看景致，儜聞聞這屋裡的香，恐怕你們旗門子裡雖闊，這香倒未必有呢！」德夫人當真用鼻子細細價嗅了會子，說：「真是奇怪，又不是芸香、麝香，又不是檀香、降香、安息香，怎麼這麼好聞呢？」

只見那兩個老姑子上前打了一個稽首說：「老爺太太們請坐，恕老僧不陪，叫她們孩子們過來伺候罷。」德夫人連稱：「請便，請便，」老姑子出去後，德夫人道：「這種好地方給這姑子住，實在可惜！」老殘道：「老姑子去了，小姑子就來了，但不知可是靚雲來?如果她來，可妙極了！這人名聲很大，我也沒見過，很想見見。倘若沾大嫂的光，今兒得見靚雲，我也算得有福了。」

未知來者可是靚雲，且聽下回分解。

第二回　宋公子蹂躪優曇花　德夫人憐惜靈芝草

話說老殘把個靚雲說得甚為鄭重，不由德夫人聽得詫異，連環翠也聽得傻了，說道：「這屋子想必就是靚雲的罷？」老殘道：「可不是呢，妳不見那對子上落的款嗎？」環翠把臉一紅，說：「我要認得對子上的款，敢是好了！」老殘道：「妳看這屋子好不好呢？」環翠道：「這屋子要讓我住一天，死也甘心。」老殘道：「這個容易，今兒我們大家上山，妳不要去，讓妳在這兒住一夜，明天山上下來再把妳捎回店去，妳不算住了一天了嗎？」大家聽了都呵呵大笑。德夫人說：「這地不要說她羨慕，連我都捨不得去哩！」說著，只見門簾開處，進來了兩個人，一色打扮：穿著二藍摹本緞羊皮袍子，元色摹本皮坎肩，剃了小半個頭，梳作一個大辮子，搽粉點胭脂，穿的是挖雲子鑲鞋，進門卻不打稽首，對著各人請了一個雙安。

看那個大些的，約有三十歲光景；二的有二十歲光景。大的長長鴨蛋臉兒，模樣倒還不壞，就是臉上粉重些，大約有點煙色，要借這粉蓋下去的意思；二的團團面孔，淡施脂粉，卻一臉的秀氣，眼睛也還有神。各人還禮已畢，讓他們坐下，大家心中看去：大約第二個是靚雲，因為覺得她是靚雲，便就越看越好看起來了。只見大的問慧生道：「這位老爺貴姓是德罷？儜是到那裡上任去嗎？」慧生道：「我是送家眷回揚州，路過此地上山燒香，不是上任的官。」她又問老殘道：「儜是到那兒上任，還是有差使？」老殘道：「我一不上任，二不當差，也是送家眷回揚州。」

只見那二的說道：「儜二位府上都是揚州嗎？」慧生道：「都不是揚州人，都在揚州住家。」二的又道：「揚州是好地方，六朝金粉，自古繁華，不知道隋堤楊柳現在還有沒有？」老殘道：「早沒有了！世間那有一千幾百年的柳樹嗎？」二的又道：「原是這個道理，不過我們山東人性拙，古人留下來的名蹟都要點綴，如果隋堤在我們山東，一定有人補種些楊柳，算一個風景。譬如這泰山上的五大夫松，難道當真是秦始皇封的那五棵松嗎？不過既有這個名蹟，總得種五棵松在那地方，好讓那遊玩的人看了，也可以助點詩興，鄉下人看了，也多知道一件故事。」

大家聽得此話，都吃了一驚。老殘也自悔失言，心中暗想看此吐屬，一定是靚雲無疑了。又聽她問道：「揚州本是名士的聚處，像那『八怪』的人物，現在總還有罷？」慧生道：「前幾年還有幾個，如詞章家的何蓮舫，書畫家的吳讓之，都還下得去，近來可就一掃光了！」慧生又道：「請教法號，想必就是靚雲罷？」只見她答道：「不是，不是。靚雲下鄉去了，我叫逸雲。」指那大的道：「她叫青雲。」老殘插口問道：「靚雲為什麼下鄉？幾時來？」逸雲道：「沒有日子來。不但靚雲師弟不能來，恐怕連我這樣的乏人，只好下鄉去哩！」老殘忙問：「到底什麼緣故？請妳何妨直說呢。」只見逸雲眼圈兒一紅，停了一停說：「這是我們的醜事，不便說，求老爺們不用問罷！」

當時只見外邊來了兩個人，一個安了六雙杯箸，一個人托著盤子，取出八個菜碟，兩把酒壺，放在桌上，青雲立起身來說：「太太老爺們請坐罷。」德慧生道：「怎樣坐呢？」德夫人道：「你們二位坐東邊，我們姐兒倆坐西邊，我們對著這月洞窗兒，好看景致。下面兩個坐位，自然是她們倆的主位了。」說完大家依次坐下，青雲持壺斟了一遍酒。逸雲道：「天氣寒，儜多用一杯罷，越往上走越冷哩！」德夫人說：「是的，當真我們喝一杯罷。」大家舉杯替二雲道了謝，隨便喝了兩杯。

德夫人惦記靚雲，向逸雲道：「儜才說靚雲為什麼下鄉？咱娘兒們說說不要緊的。」逸雲歎口氣道：「儜別笑話！我們這個廟是從前明就有的，歷年以來都是這樣。儜看我們這樣打扮，並不是像那倚門賣笑的娼妓，當初原為接待上山燒香的上客：或是官，或是紳，大概全是讀書的人居多，所以我們從小全得讀書，讀到半通就念經典，做功課，有官紳來陪著講講話，不討人嫌。又因為尼姑的裝束頗犯人的忌諱，若是上任，或有甚喜事，大概俗說看見尼姑不吉祥，所以我們三十歲以前全是這個裝束，一過三十就全剃了頭了。雖說一樣的陪客，飲酒行令，間或有喜歡風流的客，隨便詼諧兩句，也未嘗不可對答。倘若停眠整宿的事情，卻說是犯著祖上的清規，不敢妄為的。」

德夫人道：「然則妳們這廟裡人，個個都是處女身體到老的嗎？」逸雲道：「也不盡然，老子說的好：『不見可欲，使心不亂。』若是過路的客官，自然沒有相干的了。若本地紳衿，常來起坐的，既能夾以詼諧，這其中就難說了！男女相愛，本是人情之正，被情絲繫縛，也是有的。但其中十個人裡，一定總有一兩個守身如玉，始終不移的。」

德夫人道：「儜說的也是，但是靚雲究竟為什麼下鄉呢？」逸雲又歎一口氣道：「近來風氣可大不然了，倒是做買賣的生意人還顧點體面，若官幕兩途，牛鬼蛇神，無所不有！比那下等還要粗暴些！俺這靚雲師弟，今年才十五歲，模樣長得本好，人也聰明，有說有笑，過往客官，沒有不喜歡她的。她又好修飾，儜瞧她這屋子，就可略見一斑了。前日，這裡泰安縣宋大老爺的少爺，帶著兩位師爺來這裡吃飯，也是廟裡常有的事。誰知他同靚雲鬧的很不像話，靚雲起初為他是本縣少爺，不敢得罪，只好忍耐著；到後來，萬分難忍，就逃到北院去了。

「這少爺可就發了脾氣，大聲嚷道：『今兒晚上如果靚雲不來陪我睡覺，明天一定來封廟門。』老師父沒了法了，把兩師爺請出去，再三央求，每人送了他二十兩銀子，才算免了那一晚上的難星。昨兒下午，那個張師爺好意特來送信說：『妳們不要執意，若不教靚雲陪少爺睡，廟門一定要封的。』昨日我們勸了一晚上，她決不肯依，你們想想看罷，老師父聽了沒有法想，哭了一夜，說：『不想幾百年的廟，在我手裡斷送掉了！』今天早起才把靚雲送下鄉去，我明早也要走了，只留青雲、素雲、紫雲三位師兄在此等候封門。」

說完，德夫人氣的搖頭，對慧生道：「怎麼外官這麼利害，咱們在京裡看御史們的摺子，總覺言過其實，若像這樣，還有天日嗎？」慧生本已氣得臉上發白，說：「宋次安還是我鄉榜同年呢！怎麼沒家教到這步田地！」這時外間又端進兩個小碗來，慧生說：「我不吃了。」向逸雲要了筆硯同信紙，說：「我先寫封信去，明天當面見他，再為詳說。」

當時逸雲在佛櫃抽屜內取出紙筆，慧生寫過，說：「叫人立刻送去，我們明天下山，還在妳這裡吃飯。」重新入座。德夫人問：「信上怎樣寫法？」慧生道：「我只說今日在斗姥宮，風聞因得罪世兄，明日定來封門。弟明日下山，仍須借此地一飯，因偕同女眷，它處不便。請緩封一日，俟弟與閣下面談後，再封何如？鵠候玉音。」逸雲聽了笑吟吟的提了酒壺滿斟了一遍酒，摘了青雲袖子一下，起身離座，對德公夫婦請了兩個雙安，說：「替斗姥娘娘謝儜的恩惠。」青雲也跟著請了兩個雙安。德夫人慌忙道：「說那兒話呢，還不定有用沒有用呢。」

二人坐下，青雲楞著個臉說道：「這信要不著勁，恐怕他更要封的快了。」逸雲道：「傻小子，他敢得罪京官嗎？妳不知道像我們這種出家人，要算下賤到極處的，可知那娼妓比我們還要下賤，可知那州縣老爺們比娼妓還要下賤！遇見馴良百姓，他治死了還要抽筋剝皮，銼骨揚灰。遇見有權勢的人，他裝王八給人家踹在腳底下，還要昂起頭來叫兩聲，說我唱個曲子儜聽聽罷。——他怕京官老爺們寫信給御史參他。妳瞧著罷！明天我們這廟門口，又該掛一條彩紬、兩個宮燈哩！」大家多忍不住的笑了。

說著，小碗大碗俱已上齊，催著拿飯吃了好上山。霎時飯已吃畢，二雲退出，頃刻青雲捧了小妝台進來，讓德夫人等勻粉。老姑子亦來道謝，為寫信到縣的事。德慧生問：「山轎齊備了沒有？」青雲說：「齊備了。」於是大家仍從穿堂出去，過客堂，到大門，看轎夫俱已上好了板；又見有人挑了一肩行李。轎夫代說是客店裡家人接著信，叫送來的。慧生道：「你跟著轎子走罷。」老姑子率領了青雲、紫雲、素雲三個小姑子，送到山門外邊，等轎子走出，打了稽首送行，口稱：「明天請早點下山。」

轎子次序仍然是德夫人第一，環翠第二，慧生第三，老殘第四。出了山門，向北而行，地甚平坦，約數十步始有石級數層而已。行不甚遠，老殘在後，一少年穿庫灰褡褳，布棉袍，青布坎肩，頭上戴了一頂新褐色毡帽，一個大辮子，漆黑漆黑拖在後邊，辮穗子有一尺長，卻同環翠的轎子並行。後面雖看不見面貌，那個雪白的頸項，卻是很顯豁的。老殘心裡詫異，山路上那有這種人？留心再看，不但與環翠轎子並行，並且在那與環翠談心。山轎本來離地甚近，走路的人比坐轎子的人，不過低一頭的光景，所以走著說話甚為便當。又見那少年指手畫腳，一面指，一面說，又見環翠在轎子上也用手指著，向那少年說話，彷彿像同他很熟似的。心中正在不解什麼緣故，忽見前面德夫人也回頭用手向東指著，對那少年說話；又見那少年趕走了幾步，到德夫人轎子眼前說了兩句，見那轎子就漸漸走得慢了。

老殘正在納悶，想不出這個少年是個何人，見前面轎子已停，後面轎子也一齊放下。慧生、老殘下轎，走上前去，見德夫人早已下轎，手攙著那少年，朝東望著說話呢。老殘走到跟前，把那少年一看，不覺大笑，說道：「我當是誰，原來是妳喲！妳怎麼不坐轎子，走了來嗎？快回去罷。」環翠道：「她師父說，教她一直送我們上山呢。」老殘道：「那可使不得，幾十里地，跑得了嗎？」只見逸雲笑說道：「俺們鄉下人，沒有別的能耐，跑路是會的。這山上別說兩天一個來回，就一天兩個來回也累不著。」

德夫人向慧生、老殘道：「儜見那山澗裡一片紅嗎？剛才聽逸雲師兄說，那就是經石峪，在一塊大磐石上，北齊人刻的一部金剛經。我們下去瞧瞧好不好？」慧生說：「唧！」逸雲說：「下去不好走，儜走不慣，不如上這塊大石頭上，就都看見了。」大家都走上那路東一塊大石上去，果然一行一行的字，都看得清清楚楚，連那「我相人相眾生相」等字，都看得出來。德夫人問：「這經全嗎？」逸雲說：「本來是全的，歷年被山水沖壞的不少，現在存的不過九百多字了。」德夫人又問道：「那北邊有個亭子幹什麼的？」逸雲說：「那叫晾經亭，彷彿說這一部經晾在這石頭上似的。」說罷各人重復上轎，再往前行，不久到了柏樹洞，兩邊都是古柏交柯，不見天日。

這柏樹洞有五里長，再前是水流雲在橋了。橋上是一條大瀑布沖下來，從橋下下山去。逸雲對眾人說：「若在夏天大雨之後，這水卻不從橋下過，水從山上下來力量過大，逕射到橋外去，人從橋上走，就是從瀑布底下鑽過去，這也是一有趣的奇景。」說完，又往前行，見面前有「迴馬嶺」三個字，山從此就險峻起來了。再前，過二天門，過五大夫松，過百丈崖，到十八盤。在十八盤下，仰看南天門，就如直上直下似的，又像從天上掛下一架石梯子似的。大家看了都有些害怕，轎夫到此也都要吃袋煙歇歇腳力。

環翠向德夫人道：「太太儜怕不怕？」德夫人道：「怎麼不怕呢？儜瞧那南天門的門樓子，看著像一尺多高，你想這夠多麼遠，都是直上直下的路。倘若轎夫腳底下一滑，我們就成了肉醬了？想做了肉餅子都不成。」逸雲笑道：「不怕的，有娘娘保佑，這裡自古沒鬧過亂子，儜放心罷。儜不信，我走給儜瞧。」說著放開步，如飛似的去了。走得一半，只見逸雲不過有個三四歲小孩子大，看他轉過身來，面朝下看，兩隻手亂招。德夫人大聲喊道：「小心著，別栽下來！」那裡聽得見呢？看他轉身，又望上去了。

這裡轎夫腳力已足，說：「太太們請上轎罷。」德夫人袖中取出塊花絹子來對環翠道：「我教妳個好法子，妳拿手絹子把眼射上，死活存亡，聽天由命去罷。」環翠說：「只好這樣。」當真也取塊帕子將眼遮上聽它去了。頃刻工夫已到南天門裡，聽見逸雲喊道：「德太太，到了平地啦，儜把手帕子去了罷！」德夫人等驚魂未定，並未聽見，直至到了元寶店門口停了轎，逸雲來摻德夫人，替她把絹子除下，德夫人方立起身來，定了定神，見兩頭都是平地，同街道一樣，方敢挪步。老殘也替環翠把絹子除下，環翠回了一口氣說：「我沒摔下去罷？」老殘說：「妳要摔下去早死了！還會說話嗎？」兩人笑了笑，同進店去。

原來逸雲先到此地，吩咐店家將後房打掃乾淨，她復往南天門等候轎子，所以德夫人來時，諸事俱已齊備。這元寶店外面三間臨街，有櫃台發賣香燭元寶等件，裡邊三間專備香客住宿的，各人進到裡間，先在堂屋坐下，店家婆送水來洗了臉。天時尚早，一角斜陽，還未沈山。坐了片刻，挑行李的也到了。逸雲叫挑伕搬進堂屋內，說：「你去罷。」逸雲問：「怎樣鋪法？」老殘說：「我同慧哥兩人住一間，她們三人住一間何如？」慧生說：「甚好。」就把老殘的行李放在東邊，慧生的放在西邊。

逸雲將東邊行李送過去，就來拿西邊行李，環翠說：「我來罷，不敢勞儜駕。」其時逸雲已將行李提到西房打開，環翠幫著搬鋪蓋。德夫人說：「怎好要妳們動手，我來罷。」其實已經鋪陳好了。那邊一副，老殘等兩人亦布置停妥。逸雲趕過來說道：「我可誤了差使了，怎麼儜已經歸置好了嗎？」慧生說：「不敢當，妳請坐一會歇歇好不好？」逸雲說聲：「不累，歇什麼！」又往西房去了。慧生對老殘說：「你看逸雲何如？」老殘說：「實在好。我又是喜愛，又是佩服，倘若在我們家左近，我必得結交這個好友。」慧生說：「誰不是這麼想呢？」

慢提慧生、老殘這邊議論，卻說德夫人在廟裡就契重逸雲，及至一路同行，到了一個古蹟，說一個古蹟，看她又風雅，又潑辣，心裡想：「世間那裡有這樣好的一個文武雙全的女人？若把她弄來做個幫手，白日料理家務，晚上燈下談禪；她若肯嫁慧生，我就不要她認嫡庶，姊妹稱呼我也是甘心的。」自從打了這個念頭，越發留心去看逸雲，見她膚如凝脂，領如蝤蠐，笑起來一雙眼又秀又媚，卻是不笑起來又冷若冰霜。趁逸雲不在眼前時，把這意思向環翠商量。環翠喜的直蹦說：「儜好歹成就這件事罷，我替儜磕一個頭謝謝儜。」德夫人笑道：「妳比我還著急嗎？且等今晚試試她的口氣，她若肯了，不怕她師父不肯。」

究竟慧生姻緣能否成就，且聽下回分解。

第三回 陽偶陰奇參大道 男歡女悅證初禪

卻說德夫人因愛惜逸雲，有收做個偏房的意思，與環翠商量，那知環翠看見逸雲，比那宋少爺想靚雲還要熱上幾分。正算計明天分手，不知何時方能再見，忽聽德夫人這番話，以為如此便可以常常相見，所以歡喜的了不得，幾乎真要磕下頭去。被德夫人說要試試口氣，意在不知逸雲肯是不肯，心想倒也不錯，不覺又冷了一段。說時，看逸雲帶著店家婆子擺桌子，搬椅子，安杯箸，忙了個夠，又幫著擺碟子。擺好，斟上酒說：「請太太們老爺們坐罷，今兒一天乏了，早點吃飯，早點安歇。」大家走出來說：「山頂上那來這些碟子？」逸雲笑說：「不中吃，是俺師父送來的。」德夫人說：「這可太費事了。」

閒話休提，晚飯之後，各人歸房。逸雲少坐一刻，說：「二位太太早點安置，我失陪了。」德夫人說：「妳上那兒去？不是咱三人一屋子睡嗎？」逸雲說：「我有地方睡，儜放心罷。這家元寶店，就是婆媳兩個，很大的炕，我同她們婆媳一塊兒睡，舒服著呢。」德夫人說：「不好，我要同妳講話呢。這裡炕也很大，妳怕我們三個人同睡不暖和，妳就抱副鋪子裡預備香客的鋪蓋，來這兒睡罷。妳不在這兒，我害怕，我不敢睡。」環翠也說：「妳若不來，就是惡嫌咱娘兒們，妳快點來罷。」逸雲想了想，笑道：「不嫌髒，我就來。我有自己帶來的鋪蓋，我去取來。」說著便走出去，取進一個小包袱來，有尺半長，五六寸寬，三四寸高。環翠急忙打開一看，不過一條薄羊毛毯子，一個活腳竹枕而已。

看官，怎樣叫活腳竹枕？乃是一片大毛竹，兩頭安兩片短毛竹，有樞軸，支起來像個小几，放下來只是兩片毛竹，不占地方，北方人行路常用的，取其便當。

且說德夫人看了說：「嗳呀！這不冷嗎？」逸雲道：「不要它也不冷，不過睡覺不蓋點不像個樣子，況且這炕在牆後頭燒著火呢，一點也不冷。」德夫人取錶一看，說：「才九點鐘還不曾到，早的很呢。妳要不睏，我們隨便胡說亂道好不好呢？」逸雲道：「即便一宿不睡，我也不睏，談談最好。」德夫人叫環翠：「勞駕儜把門關上，咱們三人上炕談心去，這底下坐著怪冷的。」

說著三人關門上炕，炕上有個小炕几兒，德夫人同環翠對面坐，拉逸雲同自己並排坐，小小聲音問道：「這兒說話，他們爺兒們聽不著，咱們胡說行不行？」逸雲道：「有什麼不行的？儜愛怎麼說都行。」德夫人道：「妳別怪我，我看青雲、紫雲她們姐妹二人，同妳不一樣，大約她們都常留客罷？」逸雲說：「留客是有的，也不能常留。究竟廟裡比不得住家，總有點忌諱。」德夫人又問：「我瞧儜沒有留過客，是罷？」逸雲笑說：「儜何以見得我沒有留過客呢？」

德夫人說：「我那麼想，然則妳留過客嗎？」逸雲道：「卻真沒留過客。」德夫人說：「妳見了標致的爺們，妳愛不愛呢？」逸雲說：「那有不愛的呢！」德夫人說：「既愛怎麼不同他親近呢？」逸雲笑吟吟的說道：「這話說起來很長。儜想一個女孩兒家長到十六七歲的時候，什麼都知道了，又在我們這個廟裡，當的是應酬客人的差使，若是疤麻歪嘴呢，自不必說；但是有一二分姿色，搽粉抹胭脂，穿兩件新衣裳，客人見了自然人人喜歡，少不得甜言蜜語的灌兩句。我們也少不得對人家瞧瞧，朝人家笑笑，人家就說我們飛眼傳情了，少不得更親近點。

「這時候儜想，倘若是個平常人倒也沒啥，倘若是個品貌又好，言語又有情意的人，你一句我一句自然而然的那個心就到了這人身上了。可是咱們究竟是女孩兒家，一半是害羞，一半是害怕，斷不能像那天津人的話，『三言兩語成夫妻』，畢竟得避忌點兒。

「記得那年有個任三爺，一見就投緣，兩三面後別提多好。那天晚上睡了覺，這可就胡思亂想開了。初起想這個人跟我怎麼這麼好，就起了個感激他的心，不能不同他親近；再想他那模樣，越想越好看；再想他那言談，越想越有味。閉上眼就看見他，睜開眼還是想著他，這就著上了魔，這夜覺可就別想睡得好了！到了四五更的時候，臉上跟火燒的一樣，飛熱起來。用個鏡子照照，真是面如桃花。那個樣子，別說爺們看了要動心，連我自己看了都動心。那雙眼珠子，不知為了什麼，就像有水泡似的，拿個手絹擦擦，也真有點濕淥淥的。

「奇怪！到天明，頭也昏了，眼也澀了，勉強睡一霎兒，剛睡不大工夫，聽見有人說話，一骨碌就坐起來了。心裡說：『是我那三爺來了罷？』再定神聽聽，原來是打粗的伙工清晨掃地呢。歪下頭去再睡，這一覺可就到了晌午了。等到起來，除了這個人沒第二件事聽見，人說什麼馬褂子顏色好，花樣新鮮，冒冒失失的就問：『可是說三爺的那件馬褂不是？』被人家瞅一眼笑兩笑，自己也覺得失言，臊得臉通紅的。停不多大會兒，聽人家說，誰家兄弟中了舉了。又冒失問：『是三爺家的五爺不是？』被人家說：『妳敢是迷了罷。』又臊得跑開去。等到三爺當真來了，就同看見自己的魂靈似的，那一親熱，就不用問了。可是閨女家頭一回的大事，那兒那麼容易呢？自已固然不能啟口，人家也不敢輕易啟口，不過乾親熱親熱罷哩！

「到了幾天後，這魔著的更深了，夜夜算計，不知幾時可以同他親近。又想他要住下這一夜，有多少話都說得了；又想在爹媽跟前說不得的話，對他都可以說得，想到這裡，不知道有多歡喜。後來又想：我要他替我做什麼衣裳，我要他替我做什麼帳幔子，我要他替我做什麼被褥，我要他買什麼木器，我要問師父要那南院裡那三間北屋，這屋子我要他怎麼收拾，各式長桌、方桌，上頭要他替我辦什麼擺飾，當中桌上、旁邊牆上要他替我辦坐鐘、掛鐘；我大襟上要他替我買個小金錶，——我們雖不用首飾，這手肐膊上實金鐲子是一定要的，萬不能少；甚至妝台、粉盒，沒有一樣不曾想到。

「這一夜又睡不著了。又想知道他能照我這樣辦不能？又想任三爺昨日親口對我說：『我真愛妳，愛極了。倘若能成就咱倆人好事，我就破了家，我也情願；我就送了命，我也願意。古人說得好：「牡丹花下死，做鬼也風流。」只是不知妳心裡有我沒有？』我當時怪臊的，只說了一句：『我心同你心一樣。』我此刻想來要他買這些物件，他一定肯的。

「又想我一件衣服，穿久了怪膩的，我要大毛做兩套，是什麼顏色，什麼材料；中毛要兩套；小毛要兩套；棉、夾、單、紗要多少套，顏色花紋不要有犯重的。想到這時候，彷彿這無限若干的事物，都已經到我手裡似的，又想正月香市，初一我穿什麼衣裳，十五我穿什麼衣裳；二月二龍抬頭，我穿什麼衣裳；清明我穿什麼衣裳；四月初八佛爺生日，各廟香火都盛，我應該穿什麼衣裳；五月節，七月半，八月中秋，九月重陽，十月朝，十一月冬至，十二月臘，我穿什麼衣裳；某處大會，我得去看，怎麼打扮；某處小會，我也得去，又應該怎樣打扮。青雲、紫雲她們沒有這些好裝飾，多寒蠢，我多威武。

「又想我師父從七八歲撫養我這麼大，我該做件什麼衣服酬謝她；我鄉下父母我該買什麼東西叫他二老歡喜歡喜，他必叫著我的名兒說：『大妞兒，妳今兒怎麼穿得這麼花紹？真好看煞人！』又想二姨娘、大姑姑，我也得買點啥送她，還沒有盤算得完，那四面的雞子，膠膠角角，叫個不住。我心裡說這雞真正渾蛋，天還早著呢！再抬頭看，窗戶上已經白洋洋的了，這算我頂得意的一夜。

「過了一天，任三爺又到廟裡來啦，我抽了個空兒，把三爺扯到一個小屋子裡，我說：『咱倆說兩句話。』到了那屋子裡，我同三爺並肩坐在炕沿上，我說：『三爺我對你說……』這句才吐出口，我想那有這麼不害臊的人呢？人家沒有露口氣，咱們女孩兒家倒先開口了，這一想把我臊的真沒有地洞好鑽下去，那臉登時飛紅，拔開腿就往外跑。三爺一見，心裡也就明白一大半了，上前一把把我抓過來望懷裡一抱，說：『心肝寶貝，妳別跑，妳的話我知道一半啦，這有什麼害臊呢？人人都有這一回的，這事該怎麼辦法？妳要什麼物件？我都買給妳，妳老老實實說罷！』」

逸雲說：「我那心噗通噗通的亂跳，跳了會子，我就把前兒夜裡想的事都說出來了。說了一遍，三爺沈吟了一沈吟說：『好辦，我今兒回去就稟知老太太商量，老太太最疼愛我的，沒那個不依。俺三奶奶暫時不告訴她，娘們沒有不吃醋的，恐怕在老太太眼前出壞。就是這麼辦，妥當，妥當。』話說完了，恐怕別人見疑，就走出來了。我又低低囑咐一句：『越快越好，我聽儜的信兒。』三爺說：『那還用說。』也就匆匆忙忙下山回家去了。我送他到大門口，他還站住對我說：『倘若老太太允許了，我這兩天就不來，我托朋友來先把妳師父的盤子講好了，我自己去替妳置辦東西。』我說：『很好，很好。盼望著哩！』

「從此，有兩三夜也沒睡好覺，可沒有前兒夜裡快活，因為前兒夜裡只想好的一面。這兩夜，卻是想到好的時候，就上了火焰山；想到不好的時候，就下了北冰洋：一霎熱，一霎涼，彷彿發連環瘧子似的。一天兩天還好受，等到第三天，真受不得了！怎麼還沒有信呢？俗語說的好，真是七竅裡冒火，五臟裡生煙。又想他一定是慢慢的製買物件，同作衣裳去了。心裡埋怨他：『你買東西忙什麼呢？先來給我送個信兒多不是好，叫人家盼望的不死不活的幹麼呢？』

「到了第四天，一會兒到大門上去看看，沒有人來；再一會兒又到大門口看看，還沒有人來！腿已跑酸啦，眼也望穿啦。到得三點多鐘，只見大南邊老遠的一肩山轎來了，其實還隔著五六里地呢，不知道我眼怎麼那麼尖，一見就認準了一點也不錯，這一喜歡可就不要說了！可是這四五里外的轎子，走到不是還得一會子嗎？忽然想起來，他說倘若老太太允許，他自己不來，先托個朋友來跟師父說妥他再來。今兒他自己來，一定事情有變！這一想，可就是彷彿看見閻羅王的勾死鬼似的，兩隻腳立刻就發軟，頭就發昏，萬站不住，飛跑進了自己屋子，挴上臉就哭。

「哭了一小會，只聽外邊打粗的小姑子喊道：『華雲，三爺來拉！快去罷！』——二位太太，儜知道為什麼叫華雲呢？因為這逸雲是近年改的，當年我本叫華雲。——我聽打粗的姑子喊，趕忙起來，擦擦眼，勻勻粉，自己怪自己：這不是瘋了嗎？誰對妳說不成呢？自言自語的，又笑起來了！臉還沒勻完，誰知三爺已經走到我屋子門口，揭起門簾說：『妳幹什麼呢？』我說：『風吹砂子迷了眼啦！我洗臉的。』我一面說話，偷看三爺臉神，雖然帶著笑，卻氣象冰冷，跟那凍了冰的黃河一樣。

「我說：『三爺請坐。』三爺在炕沿上坐下，我在小條桌旁邊小椅上坐下，小姑子揭著門簾，站著支著牙在那裡瞅。我說：『妳還不泡茶去！』小姑子去了，我同三爺兩個人臉對臉，白瞪了有半個時辰，一句話也沒有說。等到小姑子送進茶來，吃了兩碗，還是無言相對。我耐不住了，我說：『三爺，今兒怎麼著啦，一句話也沒有？』

「三爺長歎一口氣，說：『真急死人，我對妳說罷！前兒不是我從妳這裡回去嗎？當晚得空，我就對老太太說了個大概，老太太問得多少東西，我還沒敢全說，只說了一半的光景，老太太拿算盤一算，說：「這不得上千的銀子嗎？」我就不敢言語了。老太太說：「你這孩子，你老子千辛萬苦掙下這個家業，算起來不過四五萬銀子家當，你們哥兒五個，一年得多少用項。你五弟還沒有成家，你平常喜歡在山上跑跑，我也不禁止。你今兒想到這種心思，一下子就得用上千的銀子，還有將來呢？就不花錢了嗎？況且你的媳婦模樣也不寒蠢，你去年才成的家，你們兩口子也怪好的，去年我看你小夫婦很熱，今年就冷了好些，不要說是為這華雲，所以變了心了。我做婆婆的為疼愛兒子，拿上千的銀子給你幹這事，你媳婦不敢說什麼，她倘若說：『賠嫁的衣服不時樣了。』要我給她做三二百銀子衣服，明明是擠我這個短兒，我怎麼發付她呢？你大嫂子、二嫂子都來趕羅我，我又怎麼樣？我不給她們做，她們當面不說，背後說：『我們製買點物件，姓任的買的，還在姓任的家裡，老太太就不願意了；老三花上千的銀子，給別人家買東西，三天後就不姓任了，老太太倒願意。也不知道是護短呢，是老昏了！』這話要傳到我耳朵裡，我受得受不得呢？你是我心疼的兒子，你替我想想，你在外邊快樂，我在家裡受氣，你心裡安不安呢？倘若你媳婦是不賢慧的，同你吵一回，鬧一回，也還罷了；倘若竟仍舊的同你好，格外的照應你，你就過意得去嗎？倘若依你做了去，還是永遠就住在山上，不回家呢？還是一邊住些日子呢？倘若你久在山上，你不要媳婦，你連老娘都不要了，你成什麼人呢？你一定在山上住些時，還得在家裡住些時，是不用說的了。你在家裡住的時候，人家山上又來了別的客，少不得也要留人家住，你花錢買的衣裳真好看，穿起來給別人看；你買的器皿，給別人用；你買的帳幔，給別人遮羞；你買的被褥，給人家蓋；你心疼心愛心裡憐惜的人，陪別人睡；別人脾氣未必有你好，大概還要鬧脾氣；睡的不樂意還要罵你心愛的人，打你心愛的人，你該怎麼樣呢？好孩子！你是個聰明孩子，把你娘的話，仔細想想，錯是不錯？依我看，你既愛她，我也不攔你，你把這第一個傻子讓給別人做，你做第二個人去，一樣的稱心，一樣的快樂，卻不用花這麼多的冤錢，這是第一個辦法。你若不以為然，還有第二個辦法：你說華雲模樣長得十分好，心地又十分聰明，對你又是十二分的恩愛，你且問她是為愛你的東西，是為愛你的人？若是為愛你的東西，就是為你的錢財了，你的錢財幾時完，你的恩愛就幾時斷絕；你算花錢租恩愛，你算算你的家當，夠租幾年的恩愛？倘若是愛你的人，一定要這些東西嗎？你正可以拿這個試試她的心，若不要東西，真是愛你；要東西，就是假愛你。人家假愛你，你真愛人家，不成了天津的話：『剃頭挑子一頭想』嗎？我共總給你一百銀子，夠不夠你自己斟酌辦理去罷！」』」

逸雲追述任三爺當日敘他老太太的話到此已止，德夫人對著環翠伸了一伸舌頭說：「好個利害的任太太，真會管教兒子！」環翠說：「這時候雖是逸雲師兄，也一點法子沒有吧！」德夫人向逸雲道：「妳這一番話，真抵得上一卷書呢！任三爺說完這話，儜怎麼樣呢？」逸雲說：「我怎麼呢？哭罷咧！哭了會子，我就發起狠來了，我說：『衣服我也不要了！東西我也不要了！什麼我都不要了！儜跟師父商議去罷！』任三爺說：『這話真難出口，我是怕妳著急，所以先來告訴妳，我還得想法子，就這樣是萬不行！儜別難受。緩兩天我再向朋友想法子去。』我說：『儜別找朋友想法子了，借下錢來，不還是老太太給嗎？倒成了個騙上人的事，更不妥了，我更對不住儜老太太了！』那一天就這麼，我們倆人就分手了！」逸雲便向二人道：「二位太太如果不嫌絮煩，願意聽，話還長著呢！」德夫人道：「願意聽，願意聽，妳說下去罷。」且聽下回分解。

第四回　九轉成丹破壁飛　七年返本歸家坐

卻說逸雲又道：「到了第二天，三爺果然托了個朋友來跟師父談論，把以前的情節述了一遍，問師父肯成就這事不肯？並說華雲已經親口允許什麼都不要，若是師父肯成就，將來補報的日子長呢。

「老師父說道：『這事聽華雲自主。我們廟裡的規矩可與窯子裡不同：窯子裡妓女到了十五六歲，就要逼令她改裝，以後好做生意，廟裡留客本是件犯私的事，只因祖上傳下來：年輕的人，都要搽粉抹胭脂，應酬客人。其中便有難於嚴禁之處，恐怕傷犯客人面子，前幾十年還是暗的，漸漸的近來，就有點大明大白的了！然而也還是個半暗的事，儜只可同華雲商量著辦，倘若自己願意，我們斷不過問的。但是有一件不能不說，在先也是本廟裡傳下來的規矩，因為這比丘尼本應該是童貞女的事，不應該沾染紅塵；在別的廟裡犯了這事，就應逐出廟去，不再收留，惟我們這廟不能打這個官話欺人。

「可是也有一點分別：若是童女呢，一切衣服用度，均是廟裡供給，別人的衣服，童女也可以穿，別人的物件，童女也可以用。若一染塵事，她就算犯規的人了，一切衣服等項，俱得自己出錢製買，並且每月還須津貼廟裡的用項。若是有修造房屋等事，也須攤在她們幾個染塵人的身上。因為廟裡本沒有香火田，又沒有緣簿，但凡人家寫緣簿的，自然都寫在那清修的廟裡去，誰肯寫在這半清不渾的廟裡呢？儜還不知道嗎？況且初次染塵，必須大大的寫筆功德錢，這錢誰也不能得，收在公帳上應用。儜才說的一百銀子，不知算功德錢呢？還是給她置買衣服同那動用器皿呢？若是功德錢，任三爺府上也是本廟一個施主，斷不計較；若是置辦衣物，這功德錢指那一項抵用呢？

「所以這事我們不便與聞，儜請三爺自己同華雲斟酌去罷。況且華雲現在住的是南院的兩間北屋，屋裡的陳設，箱子裡的衣服，也就不大離值兩千銀子，要是做那件事，就都得交出來，照她這一百銀子的牌子，那一間屋子也不稱，只好把廚房旁邊堆柴火的那一間小屋騰出來給她，不然別人也是不服的。儜瞧是不是呢？』

「那朋友聽了這番話，就來一五一十的告訴我，我想師父這話也確是實情，沒法駁回。我就對那朋友說：『叫我無論怎麼寒蠢，怎麼受罪，我為著三爺都沒有什麼不肯，只是關著三爺面子，恐怕有些不妥，不必著急，等過一天三爺來，我們再商議罷。』那個朋友去了，我就仔細的盤算了兩夜。

「我起初想，同三爺這麼好，管他有衣服沒衣服，比要飯的叫化子總強點，就算那間廚房旁邊的小房子，也怪暖和的，沒有什麼不可以的。我瞧那戲上王三姐抛彩球打著了薛平貴，是個討飯的，她捨掉了相府小姐不做，去跟那薛平貴，落後做了西涼國王，何等榮耀，有何不可。又想人家那是做夫妻，嫁了薛平貴，我這算什麼呢？就算我苦守了十七年，任三爺做了西涼國王，他家三奶奶自然去做娘娘，我還不是斗姥宮的窮姑子嗎？況且皇上家恩典，雖准其貤封，也從沒有聽見有人說過：誰做了官貤封到他相好的女人的，何況一個姑子呢！大清會典上有貤封尼姑的一條嗎？想到這裡，可就涼了半截了！

「又想我現在身上穿的袍子是馬五爺做的，馬褂是牛大爺做的，還有許多物件都是客人給的；若同任三爺落了交情，這些衣物都得交出去。馬五爺、牛大爺來的時候不問嗎？不告訴他不行，若告訴他，被他們損兩句呢？說：『妳貪圖小白臉，把我們東西都斷送了！把我們待妳的好意，都摔到東洋大海裡去，真沒良心！真沒出息！』那時我說什麼呢？

「況且既沒有好衣服穿，自然上不了台盤，正經客來，立刻就是青雲她們應酬了，我只好在廚房裡端菜，送到門簾子外頭，讓她們接進去，這是什麼滋味呢！等到吃完了飯，刷洗鍋碗是我的差使，這還罷了，頂難受是清早上掃屋子裡的地！院子裡地是伙工掃，上等姑子屋裡地是我們下等姑子掃，倘若師兄們同客人睡在炕上，我進去掃地，看見帳幔外兩雙鞋，心裡知道：這客當初何等契重我，我還不願意理他，今兒我倒來替他掃地！心裡又應該是什麼滋味呢！

「如是又想：在這兒是萬不行的了！不如跟任三爺逃走了罷。又想逃走，我沒有什麼不行，可是任三爺人家有老太太，有太太，有哥哥，有兄弟，人家怎能同我逃走呢？這條計又想左了。翻來覆去，想不出個好法子來。

「後來忽然間得了一條妙計：我想這衣服不是馬五爺同牛大爺做的嗎？馬五爺是當鋪的東家，牛大爺是匯票莊掌櫃的。這兩個人待我都不錯，要他們拿千把銀子不吃力的，況且這兩個人從去年就想算計我，為我不喜歡他們，所以吐不出口來，眼前我只要略為撩撥他們下子，一定上鉤。待他們把冤錢花過了，我再同三爺慢慢的受用，正中了三爺老太太的第一策，豈不大妙？想到這裡，把前兩天的愁苦都一齊散盡，很是喜歡。停了一會子，我想兩個人裡頭，找誰好呢？

「牛大爺匯票莊，錢便當，找他罷，又想老西兒的脾氣，不卡住脖兒梗是不花錢的，花過之後，還要肉疼明兒將來見了衣裳，他也說是他做的；見了物件，也要說是他買的，唧唧咕咕，絮叨的沒有完期。況且醋心極大，知道我同三爺真好，還不定要唧咕出什麼樣子來才罷呢！又抽鴉片，一嘴的煙味，比糞還臭，教人怎麼樣受呢？不用顧了眼前，以後的罪不好受。算了罷，還是馬五爺好得多呢。又想馬五爺是個回子，專吃牛羊肉，自從那年縣裡出告示，禁宰耕牛，他們就只好專吃羊肉了。吃的那一身的羊羶氣，五六尺外，就教人作噁心，怎樣同他一被窩裡睡呢，也不是主意！又想除了這兩個呢，也有花得起錢的，大概不像個人樣子；像個人的呢，都沒有錢。

「我想到這裡，可就有點醒悟了。大概天老爺看著錢與人兩樣都很重的，所以給了他錢，就不教他像人；給了他個人，就不教他有錢：這也是不錯的道理。後來又想任三爺人才極好，可也並不是沒有錢，只是拿不出來，不能怨他。這心可就又迷回任三爺了，既迷回了任三爺，想想還是剛才的計策不錯，管他馬呢牛呢，將就幾天讓他把錢花夠了，我還是跟任三爺快樂去。看銀子同任三爺面上，就受幾天罪也不要緊的。這又喜歡起來了睡不著，下炕剔明了燈，沒有事做拿把鏡子自己照照，覺得眼如春水，面似桃花，同任三爺配過對兒，真正誰也委曲不了誰。

「我正在得意的時候，坐在椅子上倚在桌子上，又盤算盤算想道：這事還有不妥當處，前兒任三爺的話不知真是老太太的話呢？還是三爺自家使的壞呢？他有一句話很可疑的，他說老太太說，『你正可以拿這個試試她的心』，直怕他是用這個毒著兒來試我的心的罷？倘若是這樣，我同牛爺、馬爺落了交，他一定來把我痛罵一頓，兩下絕交。嗳呀險呀！我為三爺含垢忍污的同牛馬落交，卻又因親近牛馬，得罪了三爺，豈不大失算嗎？不好，不好！再想看三爺的情形，斷不忍用這個毒著下我的手，一定是他老太太用這個著兒破三爺的迷。

「既是這樣，老太太有第二條計預備在那裡呢！倘若我與牛爺、馬爺落了交情，三爺一定裝不知道，拿二千銀票來對我說：『我好容易千方百計的湊了這些銀子來踐妳的前約，把銀子交給妳，自己去採辦罷。』這時候我才死不得活不得呢！逼到臨了，他總得知道真情，他就把那二千銀票扯個粉碎，賭氣走了，請教我該怎麼樣呢？其實他那二千的票子，老早掛好了失票，雖然扯碎票子，銀子一分也損傷不了；只是我可就沒法做人，活臊也就把我臊死了！這麼說，以前那個法子可就萬用不得了！

「又想，這是我的過慮，人家未必這麼利害，又想就算他下了這個毒手，我也有法制他。什麼法子呢？我先同牛馬商議，等有了眉目，我推說我還得跟父母商議，不忙作定，然後把三爺請來，光把沒有錢不能辦的苦處告訴他，再把為他才用這忍垢納污的主意說給他，請他下個決斷。他說辦得好，以後他無從挑眼；他說不可以辦，他自然得給我個下落，不怕他不想法子去，我不賺個以逸待勞嗎？這法好的。

「又想，還有一事，不可不慮，倘若三爺竟說：『實在籌不出款來，妳就用這個法子，不管他牛也罷，馬也罷，只要他拿出這宗冤錢來，我就讓他一頭地也不要緊。』自然就這麼辦了。可是還有那朱六爺，苟八爺，當初也花過幾個錢，妳沒有留過客，他沒有法想；既有人打過頭客，這朱爺、苟爺一定也是要住的了，妳敢得罪誰呢？不要說，這打頭客的一住，無論是馬是牛，他要住多少天，得陪他多少天，他要住一個月兩個月，也得陪他一個月兩個月；剩下來日子，還得應酬朱苟。算起來一個月裡的日子，被牛馬朱苟占去二十多天，輪到任三爺不過三兩天的空兒；再算到我自己身上，得忍八九夜的難受，圖了一兩夜的快樂，這事還是不做的好。

「又想，噯呀，我真昏了呀！不要說別人打頭客，朱苟牛馬要來，就是三爺打頭客，不過面子大些，他可以多住些時，沒人敢撐他；可是他能常年在山上嗎？他家裡三奶奶就不要了嗎？少不得還是在家的時候多，我這裡還是得陪著朱苟牛馬睡。想到這裡，我就把鏡子一摔，心裡說：都是這鏡子害我的！我要不是鏡子騙我，搽粉抹胭脂，人家也不來撩我，我也惹不了這些煩惱。我是個閨女，何等尊重，要起什麼凡心？墮的什麼孽障？從今以後，再也不與男人交涉，剪了辮子，跟師父睡去。到這時候，我彷彿大澈大悟了不是？其實天津落子館的話，還有題目呢。

「我當時找剪子去剪辮子，忽然想這可不行，我們廟裡規矩過三十歲才准剪辮子呢，我這時剪了，明天怕不是一頓打！還得做幾個月的粗工。等辮子養好了，再上台盤，這多麼丟人呢！況且辮子礙著我什麼事，有辮子的時候，糊塗難過；剪了辮子，得會明白嗎？我也見過多少剪辮子的人，比那不剪辮子的時候，還要糊塗呢！只要自己拿得穩主意，剪辮子不剪辮子一樣的事。

「那時我仍舊上炕去睡，心裡又想，從今以後無論誰我都不招惹就完了，誰知道一面正在那裡想斬斷葛藤，一面那三爺的模樣就現在眼前，三爺的說話就存在耳朵裡，三爺的情意就臥在心坎兒上，到底捨不得，轉來轉去，忽然想到我真糊塗了！怎麼這麼些天數，我眼前有個妙策，怎麼沒想到呢？你瞧，任老太太不是說嗎：花上千的銀子，給別人家買東西，三天後就不姓任的，可見得不是老太太不肯給錢，為的這樣用法，過了幾天，東西也是人家的，人還是人家的，豈不是人財兩空嗎？我本沒有第二個人在心上，不如我逕嫁了三爺，豈不是好？

「這個主意妥當，又想有五百銀子給我家父母，也很夠歡喜的；有五百銀子給我師父，也沒有什麼說的。我自己的衣服，有一套眼面前的就行了，以後到他家還怕沒得穿嗎？真正妙計，巴不得到天明著人請三爺來商量這個辦法。誰知道往常天明的很快，今兒要它天明，越看那窗戶越不亮，真是恨人！

「又想我到他家，怎樣伺候老太太，老太太怎樣喜歡我；我又怎樣應酬三奶奶，三奶奶又怎樣喜歡我；我又怎樣應酬大奶奶、二奶奶，他們又怎樣喜歡我。將來生養兩個兒子，大兒子叫他念書，讀文章中舉，中進士，點翰林，點狀元，放八府巡按，做宰相；我做老太太，多威武。二兒子，叫他出洋，做留學生，將來放外國欽差，我再跟他出洋，逛那些外國大花園，豈不快樂死了我嗎？咳！這個主意好！這個主意好！

「可是我聽說七八年前，我們師叔嫁了李四爺，是個做官的，做過那裡的道台，去的時候，多麼耀武揚威！末後聽人傳說，因為被正太太凌虐不過，喝生鴉片煙死了。

「又見我們彩雲師兄，嫁了南鄉張三爺，也是個大財主。老爺在家的時候，侍承的同親姊妹一樣，老爺出了門，那磨折就說不上口了，身上烙的一個一個的瘡疤。老爺回來，自然先到太太屋裡了，太太對老爺說：『妳們這姨太太，不知道向誰偷上了，著了一身的楊梅瘡，我好容易替她治好了，你明兒瞧瞧她身上那瘡疤子，怕人不怕人？你可別上她屋裡去，你要著上楊梅瘡，可就了不得啦！』把個老爺氣的發抖。第二天清早起，氣狠狠的拿著馬鞭子，叫她脫衣裳看疤，她自然不肯。老爺更信太太說的不錯，扯開衣服，看了兩處，不問青紅皂白，舉起鞭子就打，打了二三百鞭子，教人鎖到一間空屋子裡去，一天給兩碗冷飯，吃到如今，還是那麼半死不活的呢！

「再把那有姨太太的人盤算盤算：十成裡有三成是正太太把姨太太折磨死了的；十成裡也有兩成是姨太太把正太太慪悶死了的；十成裡有五成是唧唧咕咕，不是鬥口就是淘氣；一百裡也沒有一個太太平平的。我可不知道任三奶奶怎麼，聽說也很利害。然則我去到他家，也是死多活少。況且就算三奶奶人不利害，人家結髮夫妻過的太太平平和和氣氣的日子，要我去擾得人家六畜不安，末後連我也把個小命兒送掉了，圖著什麼呢？噯！這也不好，那也不好，不如睡我的覺罷。

「剛閉上眼，夢見一個白髮白鬚的老翁對我說道：『逸雲！逸雲！妳本是有大根基的人，只因為貪戀利慾，埋沒了妳的智慧，生出無窮的魔障，今日妳命光發露，透出妳的智慧，還不趁勢用妳本來具足的慧劍，斬斷妳的邪魔嗎？』我聽了連忙說：『是，是！』我又說：『我叫華雲，不叫逸雲。』那老者道：『迷時叫華雲，悟時就叫逸雲了。』我驚了一身冷汗，醒來可就把那些胡思亂想一掃帚掃清了，從此改為逸雲的。」

德夫人道：「看妳年紀輕輕的，真好大見識，說的一點也不錯。我且問妳：譬如現在有個人，比妳任三爺還要好點，他的正太太又愛妳，又契重妳的，說明了同妳姊妹稱呼，把家務全交給妳一個人管，永遠沒有那嘰嘰咕咕的事，妳還願意嫁他，不願意呢？」逸雲道：「我此刻且不知道我是女人，教我怎樣嫁人呢？」德夫人大驚道：「我不解妳此話怎講？」

未知逸雲說出甚話，且聽下回分解。

第五回　俏逸雲除慾除盡　德慧生救人救澈

話說德夫人聽逸雲說：她此刻且不知道她是女人，怎樣嫁人呢？慌忙問道：「此話怎講？」逸雲道：「金剛經云：『無人相，無我相。』世間萬事皆壞在有人相我相。維摩詰經：維摩詰說法的時候，有天女散花，文殊菩薩以下諸大菩薩，花不著身，只有須菩提花著其身，是何故呢？因為眾人皆不見天女是女人，所以花不著身，須菩提不能免人相我相，即不能免男相女相，所以見天女是女人，花立刻便著其身。推到極處，豈但天女不是女身，維摩詰空中，那得會有天女？因須菩提心中有男女相，故維摩詰化天女身而為說法。我輩種種煩惱，無窮痛苦，都從自己知道自己是女人這一念上生出來的，若看明白了男女本無分別，這就入了西方淨土極樂世界了。」

德夫人道：「妳說了一段佛法，我還不能甚懂，難道妳現在無論見了何等樣的男子，都無一點愛心嗎？」逸雲道：「不然，愛心怎能沒有？只是不分男女，卻分輕重。譬如見了一個才子，美人，英雄，高士，卻是從欽敬上生出來的愛心；見了尋常人卻與我親近的，便是從交感上生出來的愛心；見了些下等愚蠢的人，又從悲憫上生出愛心來。總之，無不愛之人，只是不管他是男是女。」德夫人連連點頭說：「師兄不但是師兄，我真要認妳做師父了。」又問道：「妳是幾時澈悟到這步田地的呢？」逸雲道：「也不過這一二年。」德夫人道：「怎樣便會證明到這地步呢？」逸雲道：「只是一個變字。易經說：『窮則變，變則通。』天下沒有個不變會通的人。」

德夫人道：「請妳把這一節一節怎樣變法，可以指示我們罷？」逸雲道：「兩位太太不嫌煩瑣，我就說說何妨。我十二三歲時什麼都不懂，卻也沒有男女相。到了十四五歲，初開知識，就知道喜歡男人了；卻是喜歡的美男子，怎樣叫美男子呢？像那天津捏的泥人子，或者戲子唱小旦的，覺得他實在是好。到了十六七歲，就覺得這一種人真是泥捏的絹糊的，外面好看，內裡一點兒沒有，必須有點斯文氣，或者有點英武氣，才算個人，這就是同任三爺要好的時候了。」

「再到十七八歲，就變做專愛才子英雄，看那報館裡做論的人，下筆千言，天下事沒有一件不知道的，真是才子！又看那出洋學生，或者看人兩國打仗要去觀戰，或者自己請赴前敵，或者借個題目自己投海而死，或者一洋鎗把人打死，再一洋鎗把自己打死，真是英雄！後來細細察看，知道那發議論的，大都知一不知二，為私不為公，不能算個才子。那些借題目自盡的，一半是發了瘋痰病，一半是受人家愚弄，更不能算個英雄。只有像曾文正，用人也用得好，用兵也用得好，料事也料得好，做文章也做得好，方能算得才子；像曾忠襄自練一軍，救兄於祁門，後來所向無敵，困守雨花臺，畢竟克復南京而後已，是個真英雄！

「再到十八九歲又變了，覺得曾氏弟兄的才子英雄，還有不足處，必須像諸葛武侯才算才子，關公、趙雲才算得英雄；再後覺得管仲、樂毅方是英雄，莊周、列禦寇方是才子；再推到極處，除非孔聖人、李老君、釋迦牟尼才算得大才子、大英雄呢！推到這裡，世間就沒有我中意的人了。既沒有我中意的，反過來又變做沒有我不中意的人，這就是屢變的情形。近來我的主意把我自己分做兩個人：一個叫做住世的逸雲，既做了斗姥宮的姑子，凡我應做的事都做，不管什麼人，要我說話就說話，要我陪酒就陪酒，要摟就摟，要抱就抱，都無不可，只是陪他睡覺做不到；又一個我呢，叫做出世的逸雲，終日裡但凡閒暇的時候，就去同那儒釋道三教的聖人玩耍，或者看看天地日月變的把戲，很夠開心的了。」

德夫人聽得喜歡異常，方要再往下問，那邊慧生過來說：「天不早了，睡罷！還要起五更等著看日出呢。」德夫人笑道：「不睡也行，不看日出也行，儜沒有聽見逸雲師兄談的話好極了，比一卷書還有趣呢！我真不想睡，只是願意聽。」慧生說：「這麼好聽，妳為什麼不叫我來聽聽呢？」德夫人說：「我聽入了迷，什麼都不知道了，還顧得叫你呢！可是好多時沒有喝茶了。王媽，王媽！咦！這王媽怎麼不答應人呢？」

逸雲下了炕說：「我去倒茶去。」就往外跑。慧生說：「妳真聽迷了，那裡有王媽呢？」德夫人說：「不是出店的時候，她跟著的嗎？」慧生又大笑。環翠說：「德太太，儜忘記了，不是我們出嶽廟的時候，她嚷頭疼的了不得，所以打發她回店去，就順便叫人送行李來的嗎？不然這鋪蓋怎樣會知道送來呢？」德夫人說：「可不是，我真聽迷糊了。」慧生又問：「妳們談的怎麼這麼有勁？」德夫人說：「我告訴你罷，我因為這逸雲有文有武，又能幹，又謙和，真愛極了！我想把她……」

說到這裡，逸雲笑嘻嘻的提了一壺茶進來說：「我真該死！飯後沖了一壺茶，擱在外間桌上，我竟忘了取進來，都涼透了！這新泡來的，儜喝罷。」左手拿了幾個茶碗，一一斟過。逸雲既來，德夫人適才要說的話，自然說不下去，略坐一刻，就各自睡了。

天將欲明，逸雲先醒，去叫人燒了茶水、洗臉水，招呼各人起來，煮了幾個雞蛋，燙了一壺熱酒，說：「外邊冷的利害，吃點酒擋寒氣。」各人吃了兩杯，覺得腹中和暖，其時東方業已發白，德夫人、環翠坐了小轎，披了皮斗篷，環翠本沒有，是慧生不用借給她的。慧生、老殘步行，不遠便到了日觀峰亭子等日出。看那東邊天腳下已通紅，一片朝霞，越過越明，見那地下冒出一個紫紅色的太陽牙子出來。

逸雲指道：「儜瞧那地邊上有一條明的跟一條金絲一樣的，相傳那就是海水。」只說了兩句話，那太陽已半輪出地了。只可恨地皮上面，有條黑雲像帶子一樣橫著，那太陽才出地，又鑽進黑帶子裡去，再從黑帶子裡出來，輪腳已離了地，那一條金線也看不見了。德夫人說：「我們去罷。」回頭向西，看了丈人峰、捨身巖、玉皇頂，到了秦始皇沒字碑上，摩挲了一會兒。原來這碑並不是個石片子，竟是疊角斬方的一支石柱，上面竟半個字也沒有。

再往西走，見一個山峰，彷彿劈開的半個饅頭，正面磨出幾丈長一塊平面，刻了許多八分書。逸雲指著道：「這就是唐太宗的紀泰山銘。」旁邊還有許多本朝人刻的斗大字，如栲栳一般，用紅油把字畫裡填得鮮明照眼，書法大都學洪鈞殿試策子的，雖遠不及洪鈞的飽滿，也就肥大的可愛了。又向西走，回到天街，重入元寶店裡，吃了逸雲預備下的湯麵，打了行李，一同下山。出天街，望南一拐，就是南天門了；出得南天門，便是十八盤。誰知下山比上山更屬可怕，轎夫走的比飛還快，一霎時十八盤已走盡，不到九點鐘，已到了斗姥宮門首，慧生抬頭一看，果然掛了大紅彩綢，一對宮燈，其時大家已都下了轎子，老殘把嘴對慧生向彩綢一努，慧生說：「早已領教了。」彼此相視而笑。

兩個老姑子迎在門口，打過了稽首，進得客堂，只見一個杏仁臉兒，面若桃花，眼如秋水，瓊瑤鼻子，櫻桃口兒，年紀十五六歲光景，穿一件出爐銀顏色的庫緞袍子，品藍坎肩，庫金鑲邊有一寸多寬，滿臉笑容趕上來替大家請安，明知一定是靚雲了。正要問話，只見旁邊走上一個戴薰貂皮帽沿沒頂子的人，走上來向德慧生請了一安，又向眾人略為打了個千兒，還對慧生手中舉著年愚弟宋瓊的帖子，說：「敝上給德大人請安，說昨兒不知道大人駕到，失禮的很。接大人的信，敝上很怒，叫了少爺去問，原來都是虛誑，沒有的事。已把少爺申斥了幾句，說請大人萬安，不要聽旁人的閒話。今兒晚上請在衙門裡便飯，這裡挑選了幾樣菜來，先請大人胡亂吃點。」

慧生聽了，大不悅意，說：「請你回去替你貴上請安，說送菜吃飯，都不敢當，謝謝罷。既說都是虛誑，不用說就是我造的謠言了，明天我們動身後，怕不痛痛快快奈何這斗姥宮姑子一頓嗎？既不准我情，我自有道理就是了。你回去罷！」那家人也把臉沈下來說：「大人不要多心，敝上不是這個意思。」回過臉對老姑子說：「妳們說實話，有這事嗎？」

慧生說：「你這不是明明當我面逞威風嗎？我這窮京官，你們主人瞧不起，你這狗才也敢這樣放肆！我搖你主人不動，難道辦你這狗才也辦不動嗎？今天既是如此，我下午拜泰安府，請他先把你這狗才打了，遞解回籍，再同你們主人算帳！子弟不才，還要這麼護短。」回頭對老殘說：「好好的一個人，怎樣做了知縣就把天良喪到這步田地！」那家人看勢頭不好，趕忙跪在地下磕頭。德夫人說：「我們裡邊去罷。」慧生把袖子一拂，逕往裡走，仍在靚雲房裡去坐。泰安縣裡家人知道不妥，忙向老姑子托付了幾句，飛也似的下山去了。暫且不題。

卻說德夫人看靚雲長的實在是俊，把她扯在懷裡，仔細撫摩了一回說：「妳也認得字嗎？」靚雲說：「不多幾個。」問：「念經不念經？」答：「經總是要念的。」問：「念的什麼經？」

答：「無非是眼面前幾部：金剛經、法華經、楞嚴經等罷了。」問：「經上的字，都認得嗎？」答：「那幾個眼面前的字，還有不認的嗎？」

德夫人又一驚，心裡想，以為她年紀甚小，大約認不多幾個字，原來這些經都會念了，就不敢怠慢她，又問：「妳念經，懂不懂呢？」靚雲答：「略懂一二分。」德夫人說：「妳要有不懂的，問這位鐵老爺，他都懂得。」老殘正在旁邊不遠坐，接上說：「大嫂不用冤人，我那裡懂得什麼經呢？」又因久聞靚雲的大名，要想試她一試，就兜過來說了一句道：「我雖不懂什麼，靚雲！妳如要問也不妨問問看，碰得著，我就說；碰不著，我就不說。」

靚雲正待要問，只見逸雲已經換了衣服，搽上粉，點上胭脂，走將進來；穿得一件粉紅庫緞袍子，卻配了一件元色緞子坎肩，光著個頭，一條烏金絲的辮子。靚雲說：「師兄偏勞了。」逸雲說：「豈敢，豈敢！」靚雲說：「師兄，這位鐵老爺佛理精深，德太太叫我有不懂的問他老人家呢。」逸雲說：「好，妳問，我也沾光聽一兩句。」靚雲遂立向老殘面前，恭恭敬敬問道：「金剛經云：『若人滿三千大千世界七寶以用布施，其福德多不如以四句偈語為他人說，其福勝彼。』請問那四句偈本經到底沒有說破。有人猜是：『一切有為法，如夢幻泡影，如露亦如電，應作如是觀。』」老殘說：「問的利害！一千幾百年註金剛經的都註不出來，妳問我，我也是不知道。」逸雲笑道：「妳要那四句，就是那四句，只怕妳不要。」靚雲說：「為什不要呢？」

逸雲一笑不語，老殘肅然起敬的立起來，向逸雲唱了一個大肥喏，說：「領教得多了！」靚雲說：「妳這話鐵老爺倒懂了，我還是不懂，為麼我不要呢？三十二分我都要，別說四句。」逸雲說：「為的妳三十二分都要，所以這四句偈語就不給妳了。」靚雲說：「我更不懂了。」老殘說：「逸雲師兄佛理真通達，妳想六祖只要了『因無所住，而生其心』兩句，就得了五祖的衣鉢，成了活佛，所以說『只怕妳不要』。真正生花妙舌。」

老殘因見逸雲非凡，便問道：「逸雲師兄，屋裡有客麼？」逸雲說：「我屋裡從來無客。」老殘說：「我想去看看許不許？」逸雲說：「你要來就來，只怕你不來。」老殘說：「我歷了無限劫，才遇見這個機會，怎肯不來？請妳領路同行。」

當真逸雲先走，老殘後跟。德夫人笑道：「別讓他一個人進桃源洞，我們也得分點仙酒飲飲。」說著大家都起身同去，就是這西邊的兩間北屋，進得堂門，正中是一面大鏡子，上頭一塊橫匾，寫著「逸情雲上」四個行書字，旁邊一副對聯寫道：

妙喜如來福德相；姑射仙人冰雪姿。

只有下款「赤龍」二字，並無上款。慧生道：「又是他們弟兄的筆墨。」老殘說：「這人幾時來的？是妳的朋友嗎？」逸雲說：「外面是朋友，內裡是師弟。他去年來的，在我這裡住了四十多天呢。」老殘道：「他就住在妳這廟裡嗎？」逸雲道：「豈但在這廟裡，簡直住在我炕上。」德夫人忙問：「妳睡在那裡呢？」逸雲笑道：「太太有點疑心山頂上說的話罷？我睡在他懷裡呢！」德夫人道：「那麼說，他竟是坐懷不亂的柳下惠嗎？」逸雲道：「柳下惠也不算得頭等人物，不過散聖罷咧，有什麼稀奇！若把柳下惠去比赤龍子，他還要說是貶他呢！」大家都伸舌頭。

德夫人走到他屋裡看看，原來不過一張炕，一個書桌，一架書而已，別無長物。卻收拾得十分乾淨，炕上掛了個半舊湖縐幔子，疊著兩床半舊的錦被，德夫人說：「我乏了，借妳炕上歇歇，行不行？」逸雲說：「不嫌骯髒，儜請歇著。」其時環翠也走進房裡來。德夫人說：「偺倆躺躺罷。」慧生、老殘進房看了一看，也就退到外間，隨便坐下。慧生說：「剛才你們講的金剛經，實在講的好。」老殘道：「空谷幽蘭，真想不到這種地方，會有這樣高人，而且又是年輕的尼姑，外像彷彿跟妓女一樣。古人說：『蓮花出於污泥。』真是不錯的！」慧生說：「你昨兒心目中只有靚雲，今兒見了靚雲，何以很不著意似的？」老殘道：「我在省城只聽人稱讚靚雲，從沒有人說起逸雲，可知道曲高和寡呢！」慧生道：「就是靚雲，也就難為她了，才十五六歲的孩子家呢……」

正在說話，那老姑子走來說道：「泰安縣宋大老爺來了，請問大人在那裡會？」慧生道：「到妳客廳上去罷。」就同老姑子出去了，此地剩了老殘一個人，看旁邊架上堆著無限的書，就抽一本來看，原來是本大般若經，就隨便看將下去。話分兩頭：慧生自去會宋瓊，老殘自是看大般若經。

卻說德夫人喊了環翠同到逸雲炕上，逸雲說：「儜躺下來，我替儜蓋點子被罷。」德夫人說：「妳來坐下，我不睡，我要問妳赤龍子是個何等樣人？」逸雲說：「我聽說他們弟兄三個，這赤龍子年紀最小，卻也最放蕩不羈的。青龍子、黃龍子兩個呢，道貌嚴嚴，雖然都是極和氣的人，可教人一望而知他是有道之士。若赤龍子，教人看著說不出個所以然來，嫖賭吃著，無所不為；官商士庶，無所不交。同塵俗人處，他一樣的塵俗；同高雅人處，他又一樣的高雅，並無一點強勉處，所以人都測不透他。因為他同青龍、黃龍一個師父傳授的，人也不敢不敬重他些，究竟知道他實在的人很少。

「去年來到這裡，同大家夥兒嘻嘻呵呵的亂說，也是上山回來在這裡吃午飯，師父留他吃晚飯。晚飯後師父同他談的話就很不少。師父說：『你就住在這裡罷。』他說：『好，好！』師父說：『儜願意一個人睡，願意有人陪你睡？』他說：『都可以。』師父說：『兩個人睡，你叫誰陪你？』他說：『叫逸雲陪我。』師父打了個楞，接著就說：『好，好！』師父就對我說：『妳意下何如？』我心裡想，師父今兒要考我們見識呢，我就也說：『好，好！』從那一天起，就住了有一個多月。

「白日裡他滿山去亂跑，晚上圍一圈子的人聽他講道，沒有一個不是喜歡的了不得，所以到底也沒有一個人說一句閒話，並沒有半點不以為然的意思。到了極熟的時候，我問他道：『聽說你老人家窯子裡頗有相好的，想必也都是有名無實罷？』他說：『我精神上有戒律，形骸上無戒律，都是因人而施，譬如你清我也清，你濁我也濁，或者妨害人或者妨害自己，都做不得，這是精神上戒律。若兩無妨礙，就沒什麼做不得，所謂形骸上無戒律。……』」

正談得高興，聽慧生與老殘在外間說話，德夫人惦記廟裡的事，趕忙出來問：「怎樣了？」慧生道：「這個東西初起還力辯其無，我說子弟倚父兄勢，凌逼平民，必要鬧出大案來。這件事以情理論，與強姦閨女無異，幸尚未成，你還要竭力護短。俗語說得好：『要得人不知，除非己莫為。』閣下一定要縱容世兄，我也不必嘵舌，但看御史參起來，是壞你的官，是壞我的官？不瞞你說，我已經寫信告知張宮保說：途中聽人傳說有這一件事，不知道確不確，請他派人密查一查。你管教世兄也好，不管教也好，我橫豎明日動身了。他聽了這話，才有點懼怕，說：『我回衙門，把這個小畜生鎖起來。』我看鎖雖是假的，以後再鬧，恐怕不敢了。」德夫人說：「這樣最好。」靚雲本隨慧生進來的，上前忙請安道謝。

究竟宋少爺來與不來，且聽下回分解。

第六回 斗姥宮中逸雲說法 觀音庵裡環翠離塵

話說靚雲聽說宋公已有懼意，知道目下可望無事，當向慧生夫婦請安道謝。少頃老姑子也來磕頭，慧生連忙摻起說：「這算怎樣呢，值得行禮嗎？可不敢當！」老姑子又要替德夫人行禮，早被慧生抓住了，大家說些客氣話完事。逸雲卻也來說：「請吃飯了。」眾人回至靚雲房中，仍舊昨日坐法坐定，只是青雲不來，換了靚雲，今日是靚雲執壺，勸大家多吃一杯。德夫人亦讓二雲吃菜飲酒，於是行令猜枚，甚是熱鬧。瞬息吃完，席面撤去。

德夫人說：「天時尚早，稍坐一刻，下山如何？」靚雲說：「您五點鐘走到店，也黑不了天，我看儜今兒不走，明天早上去好不好？」德夫人說：「人多，不好打攪的。」逸雲說：「有的是屋子，比山頂元寶店總要好點。我們哥兒倆屋子讓儜四位睡，還不夠嗎？我們倆同師父睡去。」德夫人說：「妳們走了，我們圖什麼呢？」逸雲說：「那我們就在這裡伺候也行。」德夫人戲說道：「我們兩口子睡一間屋。」指環翠說：「他們兩口子睡一間屋。」問逸雲：「妳睡在那裡呢？」逸雲說：「我睡在儜心坎上。」德夫人笑道：「這個無賴，妳從昨兒就睡在我心上，幾時離開了嗎？」大家一齊微笑。

德夫人又問：「妳幾時剃辮子呢？」逸雲搖頭道：「我今生不剃辮子了。」德夫人說：「不是這廟裡規定三十歲就得剃辮子嗎？」答道：「也不一定，倘若嫁人走的呢，就不剃辮子了。」問：「妳打算嫁人嗎？」答：「不是這個意思，我這些年替廟裡掙的功德錢雖不算多，也夠贖身的分際了，無論何時都可以走。我目下為的是自己從小以來，凡有在我身上花過錢的人，我都替他們念幾卷消災延壽經，稍盡我點報德的意思。念完了我就走，大約總在明年春夏天罷。」德夫人說：「妳走，可以到我們揚州去住幾天，好不好呢？」逸雲說：「很好，我大約出門先到普陀山進香，必走過揚州，儜開下地名來我去瞧儜去。」老殘說：「我來寫，儜給管筆給張紙我。」

靚雲忙到抽屜裡取出紙筆遞與老殘，老殘就開了兩個地名遞與逸雲說：「停也惦記著看看我去呀！」逸雲說：「那個自然。」又談了半天話，轎伕來問過數次，四人便告辭而去，送了打攪費二十兩銀子，老姑子再三不肯收，說之至再，始強勉收去。老姑子同逸雲、靚雲送出廟門而歸。

這裡四人回到店裡，天尚未黑，德夫人把山頂與逸雲說的話一一告訴了慧生與老殘，二人都讚歎逸雲得未曾有。慧生問夫人道：「可是呢，妳在山頂上說愛極了她，妳想把她怎樣，後來沒有說下去。到底妳想把她怎樣？」德夫人說：「我想把她替你收房。」慧生說：「感謝之至，可行不行呢？」夫人道：「別想吃天鵝肉了，大約世界上沒有能中她的意了。」慧生道：「這個見解倒也是不錯的，這人做妾未免太褻瀆了，可是我卻不想娶這麼一個妾，倒真想結交這麼一個好朋友。」老殘說：「誰不是這麼想呢？」

環翠說：「可惜前幾年我見不著這個人，若是見著，我一定跟她做徒弟去。」老殘說：「妳這話真正糊塗，前幾年見著她，她正在那裡熱任三爺呢，有啥好處？況且妳家道未壞，妳家父母把妳當珍寶一樣的看待，也斷不放妳出家，倒是此刻卻正是個機會，逸雲的道也成了，妳的辛苦也吃夠了，妳真要願意，我就送妳上山去。」環翠因提起她家舊事，未免傷心，不覺淚如雨下，掩面啜泣。聽老殘說道送她上山，此時卻答不出話來，只是搖頭。德夫人道：「她此時既已得了你這麼個主兒，也就離不開了。」

正在說話，只見慧生的家人連貴進來回語，立在門口不敢做聲。慧生問：「你來有什麼事？」連貴稟道：「昨兒王媽回來就不舒服的很，發了一夜的大寒熱，今兒一天沒有吃一點什麼，只是要茶飲；老爺車上的轅騾也病倒了，明日清早開車恐趕不上。請老爺示下，還是歇半天，還是怎麼樣？」慧生說：「自然歇一天再看，騾子叫他們趕緊想法子。王媽的病請鐵老爺瞧瞧，抓劑藥吃吃。」正要央求老殘，老殘說：「我此刻就去看。」站起身來就走。少頃回來對慧生說：「不過冒點風寒，一發散就好了。」

此時店家已送上飯來，卻是兩份，一份是本店的，一份是宋瓊送來的。大家吃過了晚飯，不過八點多鐘，仍舊坐下談心。德夫人說：「早知明日走不成功，不如今日住在斗姥宮了，還可同逸雲再談一晚上。」慧生說：「這又何難，明日再去花上幾個轎錢，有限的很。」老殘道：「我看逸雲那人灑脫的很，不如明天逕請她來，一定做得到的。我正有話同她商量呢。」慧生說：「也好，今晚寫封信，我們兩人聯名請她來，今晚交與店家，明日一早送去。」老殘說：「甚好，此信你寫我寫？」慧生說：「我的紙筆便當，就是我寫罷。」當時寫好交與店家收了，明日一早送去。

老殘遂對環翠道：「妳剛才搖頭，沒有說話，是什麼意思？我對妳說罷：我不是勒令要妳出家，因為妳說早幾年見她，一定跟她做徒弟，我所以說早年是萬不行的，惟有此刻倒是機會，也不過是據理而論，其實也是做不到的事情。何以呢？其餘都無難處，第一條：現在再要妳去陪客，恐怕妳也做不到了；若說逸雲這種人真是機會難遇，萬不可失的，其如廟規不好何？」

環翠說：「我想這一層倒容易辦，她們凡剃過頭的就不陪客，倘若去時先剃頭後去，她就沒有法子了。只是有兩條萬過不去的關頭：第一，承你從火水中搭救我出來，一天恩德未報，我萬不能出家，於心不安；第二，我還有個小兄弟帶著，交與誰呢？所以我想只有一個法子，明天等她來，無論怎樣，我替他磕個頭，認她做師父，請她來生來度我，或者我伺候你老人家百年之後，我去投奔她。」

老殘道：「這倒不然，妳說要報恩，妳跟我一世，無非吃一世用上一世，那會報得了我的恩呢？倘若修行成道，那時我有三災八難，妳在天上看見了，必定飛忙來搭救我，那才是真報恩呢。或者逕來度我成佛作祖，亦未可知。至於妳那兄弟更容易了，找個鄉下善和老兒，我分百把銀子替他置個二三十畝地，就叫善和老兒替他管理撫養成人，萬一妳父親未死，還有個會面的日期。只是妳年輕的人，守得住守不住，我不能知道，是一難；逸雲肯收留妳不肯收留妳，是第二難。且等明日逸雲到來，再作商議。」德夫人道：「鐵叔叔說的十分有理，且等逸雲到來再議罷。」大家又說了些閒話，各自歸寢。

次日八點鐘，諸人起來，盥漱方畢，那逸雲業已來到。四人見了異常歡喜，先各自談了些閒話，便說到環翠身上。把昨晚議論商酌的話，一一告知逸雲。逸雲又把環翠仔細一看，說：「此刻我也不必說客氣話了，鐵姨奶奶也是個有根器的人，你們所慮的幾層意思，我看都不難，只有一件難處，我卻不敢應承。我先逐條說去：

第一條，我們廟裡規矩不好，是無妨礙的；妳也不必先剪頭髮，明道不明道，關不到頭髮的事。我們這後山，有個觀音庵，也是姑子廟，裡頭只有兩個姑子，老姑子叫慧淨，有七十多歲，小姑子叫清修，也有四十多歲了，這兩個姑子皆是正派不過的人，與我都極投契；不過只是尋常吃齋念佛而已，那佛菩薩的精義，她卻不甚清楚。在觀音庵裡住，是萬分妥當的。

「第二條，她的小兄弟的話呢，也不為難：我這傲來峰腳下有個田老兒，今年六十多歲了，沒有兒子。十年前他老媽媽勸他納個妾，他說：『沒有兒子將來隨便抱一個就是了。若是納了妾，我們這家人家，今兒吵，明兒鬧，可就過不成安穩日子了。你留著俺們兩個老年人多活幾年罷。況且這納妾是做官的人們做的事，豈是我們鄉農好做得嗎？』因此他家過得十分安靜，從去年常托我替他找個小孩子。他很信服我，非我許可的他總不要，所以到今兒還沒選著。他家有二三百畝地的家業，不用貼他錢，他也是喜歡的，只是要姓他的姓。不怕等二老歸天後再還宗，或是兼祧兩姓俱可。」

環翠說道：「我家本也姓田。」逸雲道：「這可就真巧了。第三層，鐵老爺，你怕你姨太太年輕守不住，這也多慮，我看她一定不會有邪想的。你瞧她眼光甚正，外平內秀，決計是仙人墮落，難已受過，不會再落紅塵的了。以上三件，是你們諸位所慮的，我看都不要緊。只是一件甚難：姨太太要出家是因我而發，我可是明年就要走的人。把她一個人放在個荒涼寂寞的姑子庵裡，未免太苦。倘若可以明道呢，就辛苦幾年也不算事。無奈那兩個姑子只會念經吃素，別的全不知道。與其苦修幾十年，將來死了不過來生變個富貴女人，這也就大不合算了！倒不如跟著鐵老爺，還可講幾篇經，說幾段道，將來還有個大澈大悟的指望，這是一個難處。若說教我也不走，在這裡陪她，我卻斷做不到，不敢欺人。」

環翠道：「我跟師父跑不行嗎？」逸雲大笑道：「妳當做我出門也像妳們老爺雇著大車同妳坐嗎？我們都是兩條腿跑，夜裡借個姑子廟住住，有得吃就吃一頓，沒得吃就餓一頓，一天儘量我能走二百多里地呢。妳那三寸金蓮，要跑起來怕到不了十里，就把妳累倒了！」環翠沈吟了一會，說：「我放腳行不行？」逸雲也沈吟了一會，對老殘說道：「鐵爺，你意下何如？」老殘道：「我看這事最要緊的是妳肯提挈他不肯，別的都無關係。」

環翠此刻忽然伶俐，也是她善根發動，她連忙跪到逸雲眼前，淚流滿面說：「無論怎樣都要求師父超度。」逸雲此刻竟大剌剌的也不還禮，將她拉起說：「妳果然一心學佛，也不難。我先同妳立約：第一件到老姑子廟後，天天學走山道，能把這崎嶇山道走得如平地一般，妳的道就根基立定了。將來我再教妳念經說法。大約不過一年的恨苦，以後就全是樂境了。古人云：『十月胎成。』也大概不錯的，妳再把主意拿定一定。」環翠道：「主意已定，同我們老爺意思一樣。只要跟著師父，隨便怎樣，我斷無悔恨就是了。」老殘立起身來，替逸雲長揖說：「一切拜託。」逸雲慌忙還禮說：「將來靈山會上，我再問儜索謝儀罷。」老殘道：「那時候還不知道誰跟誰要謝儀呢？」大家都笑了。

環翠立起來替慧生夫婦磕了頭道：「蒙成就大德。」末後替老殘磕頭，就淚如雨下說：「只是對不住老爺到萬分了。」老殘也覺淒然，隨笑說道：「恭喜妳超凡入聖，幾十年光陰迅速，靈山再會，轉眼的事情。」德夫人也含著淚說：「我傷心就不能像妳這樣，將來倘若我墮地獄，還望妳二位早來搭救。」逸雲說：「德夫人卻萬不會下地獄。只是有一言奉勸，不要被富貴拴住了腿要緊！後會有期。」

老殘忙去開了衣箱，取出二百兩銀子交與逸雲設法佈置，又把環翠的兄弟叫來，替逸雲磕頭。逸雲收了一百兩銀子說：「儘夠了。不過田老兒處備分禮物，觀音庵捐點功德，給她自己置備四季道衣，如此而已。」德慧生說：「我們也送幾個錢，表表心意。」同夫人商酌，夫人說：「也是一百兩罷。」逸雲說：「都用不著了，出家人要多錢做什麼？」店家來問開飯，慧生說：「開罷。」飯後，逸雲說：「我此刻先去到田老兒同觀音庵兩處說妥了，再來回信，究竟也得人家答應，才能算數呢。」道了一聲，告辭去了。

這裡老殘一面替環翠收拾東西，一面說些安慰話，環翠哭得淚人兒似的，哽咽不止。德夫人也勸道：「在旁的人萬不肯拆散你們姻緣，只因為難得有這麼一個逸雲，我實在是沒法，有法我也同妳去了。」環翠含淚道：「我知道是好事，只是站在這裡就要分離，心上好像有萬把鋼刀亂扎一樣，委實難受！」慧生道：「明年逸雲朝南海，必定到我們那裡去，妳一定隨同去的，那時就可以見面，何必傷心呢！」過了一刻，環翠也收住了淚。

太陽剛下山的時候，逸雲已經回來，對環翠說：「兩處都說好了，明日我來接妳罷。」德夫人問：「此刻妳怎樣？」逸雲說：「我回廟裡去。」德夫人說：「明日我們還要起身，不如妳逕在我們這兒睡一夜罷。本來是他們兩個官客睡一處，我們兩個堂客睡一處的，妳逕陪我談一夜罷。妳肯度鐵奶奶，難道不肯度我德奶奶嗎？」逸雲笑道：「那也使得。儜這個德奶奶已有德爺度妳了。自古道：『儒釋道三教』，沒有你們德老爺度她，她總不能成道的。」德夫人道：「此話怎講？」逸雲道：「『德』字為萬教的根基，無德便是地獄。種子有德，再從德裡生出慧來，沒有一個不成功的了。」

德夫人道：「那不過是個名號，那裡認得真呢？」逸雲說：「名者，命也，是有天命的。他怎麼不叫德富、德貴呢？可見是有天命的了，我並非當面奉承，我也不騙錢花，你們三位將來都要證果的，不定三教是那一教便了。」德夫人說：「我終不敢自信，請妳傳授口訣，我也認妳做師父。」逸雲道：「師父二字語重，既是有緣，我也該奉贈一個口訣，讓儜依我修行。」德夫人聽了歡喜異常，連忙趴下地來就磕頭喊師父。逸雲也連忙磕頭說：「可折死我了。」二人起來，逸雲說：「請眾人迴避。」

三人出去，逸雲向德夫人耳邊說了個「夫唱婦隨」四個字。德夫人詫異道：「這是口訣嗎？」逸雲道：「口訣本係因人而施，若是有個一定口訣，當年那些高真上聖早把他刻在書本子上了。

妳謹記在心，將來自有個大澈大悟的日子，妳就知道不是尋常的套話了。佛經上常說：『受記成佛』，妳能受記，就能成佛；妳不受記，就不能成佛。妳們老爺現在心上已脫塵網，不出三年必棄官學道，他的覺悟在妳之先。此時不可說破。妳總跟定他走，將來不是一個馬丹陽、一個孫不二嗎？」德夫人凝了一會神，說：「師父真是活菩薩，弟子有緣，謹受記，不敢有忘。」又磕了一個頭。

其時外間晚飯已經開上桌子，王媽進來伺候。德夫人說：「妳病好了嗎？」王媽說：「昨夜吃了鐵爺的藥，出了一身汗，今日全好了；上午吃了一碗小米稀飯，一個饅頭，這會子全好了。」

當時五人同坐吃飯，德慧生問逸雲道：「儜何以不吃素？」逸雲說：「我是吃素，佛教同你們儒教不同，例得吃素。」慧生說：「我看妳同我們一樣吃的是葷哩。」逸雲說：「六祖隱於四會獵人中，常吃肉邊菜，請問肉鍋裡煮的菜算葷算素？」慧生說：「那自然算葷。」逸雲說：「六祖他卻算吃素，我們在斗姥宮終日陪客，那能吃素呢？可是有客時吃葷，無客時吃素，儜沒留心我在葷碗裡仍是夾素菜吃？」環翠說道：「當真我倒留心的，從沒見我師父吃過一塊肉同魚蝦之類。」逸雲道：「這也是世出世間法裡的一端。」

老殘問道：「倘若竟吃肉，行不行呢？」逸雲道：「有何不可，倘若有客逼我吃肉，我便吃肉，只是我不自己找肉吃便了。若說吃肉，當年濟顛祖師還吃狗肉呢！也擋不住成佛。地獄裡的人吃長齋的，不計其數。總之，吃葷是小過犯，不甚要緊。譬如女子失節，是個大過犯，比吃葷重萬倍，試問你們姨太太失了多少節了？這罪還數得清嗎？其實若認真從此修行，同那不破身的處子毫無分別。因為失節不是自己要失的，為勢所迫，出於不得已，所以無罪。」大家點頭稱善。

飯畢之後，連貴上來回道：「王媽病已好了，轎騾又換了一個，明天可以行了，請老爺示下，明天走不走呢？」慧生看德夫人，老殘說：「自然是走。」德夫人說：「明天再住一天何如？」老殘說：「千里搭涼棚，終無不散的筵席。」逸雲說：「依我看，明天午後走罷。清早我先同鐵老爺，奶奶送田頭兄弟到田老莊上，去後同鐵老爺到觀音庵，都安置好了儜再走，鐵老爺也放心些。」大家都說甚是。

一宿無話，次日清晨，老殘果隨逸雲將環翠兄弟送去，又送環翠到觀音庵，見了兩個姑子，囑託了一番，老姑子問：「下髮不下呢？」逸雲說：「我不主剃頭的，然佛門規矩亦不可壞。」將環翠頭髮打開剪了一綹，就算剃度了，改名環極。

諸事已畢，老殘回店，告知慧生夫婦，讚歎不絕。隨即上車起行，無非「荒村雨露眠宜早，野店風霜起要遲」。八九日光陰已到清江浦，老殘因有個親戚住在淮安府，就不同慧生夫婦同道，逕一車拉往淮安府去。這裡慧生夫婦雇了一個三艙大南灣子逕往揚州去。

未知後事如何，且聽下回分解。

第七回 銀漢浮槎仰瞻月姊 森羅寶殿伏見閻王

話說德慧生攜眷自赴揚州去了，老殘卻一車逕拉到淮安城內投親戚。你道他親戚是誰？原來就是老殘的姊丈。這人姓高名維，字曰摩詰。讀書雖多，不以功名為意。家有田原數十頃，就算得個小小的富翁了。住在淮安城內勺湖邊上。這勺湖不過城內西北角一個湖，風景倒十分可愛。湖中有個大悲閣，四面皆水；南面一道板橋有數十丈長，紅欄圍護；湖西便是城牆。城外帆檣林立，往來不斷。到了薄暮時候，女牆上露出一角風帆，掛著通紅的夕陽，煞是入畫。

這高摩詰在這勺湖東面，又買了一塊地，不過一畝有餘，圈了一個槿籬，蓋了幾間茅屋，名叫「小輞川園」。把那湖水引到園中，種些荷花，其餘隙地，種些梅花桂花之類，卻用無數的小盆子，栽月季花。這淮安月季，本來有名，種數極多，大約有七八十個名頭，其中以「藍田碧玉」為最。那日老殘到了高維家裡，見了他的胞姊。姊弟相見，自然格外的歡喜。

坐了片刻，外甥男女都已見過，卻不見他姊丈。便啟口問道：「姊丈哪裡去了？想必又到哪家赴詩社去了罷。」他大姊道：「沒有出門，想必在他小輞川園裡呢。」老殘道：「姊丈真是雅人，又造了一個花園了。」大姊道：「咦，哪裡是什麼花園呢？不過幾間草房罷了。就在後門外，不過朝西北上去約一箭多遠就到了。叫外甥小鳳引你去看罷。昨日他的『藍田碧玉』，開了一朵異種，有碗口大，清香沁人，比蘭花的香味還要清些。你來得正好，他必要捉你做詩哩。」老殘道：「詩雖不會做，一嘴賞花酒總可以擾得成了。」說著就同小鳳出了後門，往西不遠，已到門口。

進門便是一道小橋，過橋迎面有個花籬擋住，順著迴廊往北行數步，往西一拐，就到了正廳。上面橫著塊匾額，寫了四個大字是「散花斗室」。進了廳門，只見那高摩詰正在那裡拜佛。當中供了一尊觀音像，面前正放著那盆藍田碧玉的月季花。小鳳走上前去，看他拜佛起來說道：「二舅舅來了。」高維回頭一看，見了老殘，歡喜的了不得，說：「你幾時來的？」老殘說：「我剛才來的。」高維說：「你來得正好。你看我這花今年出的異種。你看這一朵花，總有上千的瓣子。外面看像是白的，細看又帶綠色。定神看下去。彷彿不知有若干遠似的。平常碧玉，沒有香味，這種卻有香，而又香得極清，連蘭花的香味都顯得濁了。」

老殘細細的聞了一回，覺得所說真是不差。高維忙著叫小僮煎茶，自己開廚取出一瓶碧蘿春來說：「對此好花，若無佳茗，未免辜負良朋。」老殘笑道：「這花是感你好詩來的。」高維道：「昨日我很想做兩首詩賀這花，後來恐怕把花被詩熏臭了，還是不做的好。你來倒是切切實實的做兩首罷！」老殘道：「不然。大凡一切花木，都是要用人糞做肥料的。這花太清了，用糞恐怕力量太大，不如我們兩個做首詩，譬如放幾個屁，替它做做肥料，豈不大妙！」二人都大笑了一回。此後老殘就在這裡，無非都是吃酒、談詩、養花、拜佛這些事體，無庸細述。

卻說老殘的家，本也寄居在他姊丈的東面，也是一個花園的樣子。進了角門有大荷花池。池子北面是所船房，名曰「海渡杯」。池子東面也是個船房——面前一棵紫藤，三月開花，半城都香——名曰「銀漢浮槎」。池子西面是一派五間的水榭，名曰「秋夢軒」。海渡杯北面，有一堂太湖石，三間蝴蝶廳。廳後便是他的家眷住居了。

老殘平常便住在秋夢軒裡面。無事時，或在海渡杯裡著棋，或在銀漢浮槎裡垂釣，倒也安閒自在。一日在銀漢浮槎裡看大圓覺經，看得高興，直到月輪西斜，照到槎外如同水晶世界一般，玩賞許久，方去安睡，自然一落枕便睡著了。夢見外邊來了一個差人模樣，戴著一頂紅纓大帽，手裡拿了許多文書，到了秋夢軒外間椅子上坐下。老殘看了，甚為詫異。心裡想：「我這裡哪得有官差直至臥室外間，何以家人並不通報？」正疑慮間，只見那差人笑吟吟的道：「我們敝上請你老人家去走一趟。」老殘道：「你是哪衙門來的，你們貴上是誰？」那差人道：「我們敝上是閻羅王。」

老殘聽了一驚，說道：「然則我是要死了嗎？」那差人答道：「是。」老殘道：「既是死期已到，就同你走。」那差人道：「還早著呢，我這裡今天傳的五十多人，你老人家名次在儘後頭呢！」手中就捧上一個單子上來。看真是五十多人，自己名字在三十多名上邊。老殘看罷說道：「依你說，我該什麼時候呢？」那差人道：「我是私情，先來給你老人家送個信兒，讓你老人家好預備預備，有要緊話吩咐家人好照著辦。我等人傳齊了再來請你老人家。」老殘說：「承情的很，只是我也沒有什麼預備，也沒有什麼吩咐，還是就同你去的好。」那差人連說：「不忙，不忙。」就站起來走了。

老殘一人坐在軒中，想想有何吩咐，直想不出。走到窗外，覺得月明如晝，景象清幽，萬無聲籟，微帶一分淒慘的滋味。說道：「噯！我還是睡去罷，管他什麼呢。」走到自己臥室內，見帳子垂著，床前一雙鞋子放著。心內一驚說：「呀！誰睡在我床上呢？」把帳子揭開一看，原來便是自己睡得正熟。心裡說：「怎會有出兩個我來？姑且搖醒床上的我，看是怎樣。」極力去搖，原來一毫也不得動。心裡明白，點頭道：「此刻站著的是真我，那床上睡的就是我的屍首了。」不覺也墮了兩點眼淚，對那屍首說道：「今天屈你冷落半夜，明早就有多少人來哭你，我此刻就要少陪你了。」回首便往外走。

煞是可怪，此次出來，月輪也看不見了，街市也不是這個街市了，天上昏沈沈的，像那颳黃沙的天氣將晚不晚的時候。走了許多路，看不見一個熟人，心中甚是納悶說：「我早知如此，我不如多賞一刻明月，等那差人回來同行，豈不省事。為啥要這麼著急呢？」忽見前面有個小僮，一跳一跳的來了。正想找他問個路，逕走到面前，原來就是周小二子。這周小二子是本宅東頭一個小戶人家的娃子，前兩個月吊死了的。老殘看見他是個熟人，心裡一喜，喊道：「你不是周小二子嗎？」那周小二子抬頭一看，說：「你不是鐵二老爺嗎？你怎麼到這裡來？」老殘便將剛才情形告訴說了一遍。

周小二子道：「你老人家真是怪脾氣。別人家賴著不肯死，你老人家著急要死，真是稀罕！你老人家此刻打算怎樣呢？」老殘道：「我要見閻羅王，認不得路。你送我去好不好？」周小二子道：「閻羅王宮門我進不去，我送你到宮門口罷！」老殘道：「就是這麼辦，很好。」說著，不消費力，已到了閻羅王宮門口了。周小二子說道：「你老人家由這東角門進去罷。」老殘道：「費你的心，我沒有帶著錢，對不住你。」周小二子道：「不要錢，不要錢。」又一跳一跳的去了。

老殘進了東角門，約有半里多路，到了二門，不見一個人。又進了二門，心裡想道：「直往裡跑也不是個事。」又走有半里多路，見是個殿門，不敢造次，心想：「等有個人出來再講。」卻見東邊朝房裡走出一個人來。老殘便迎了上去。只見那人倒先作了個揖，口中說道：「補翁，久違的很了。」老殘仔細一看，見這人有五十多歲，八字黑鬚，穿了一件天青馬褂，彷彿是呢的，下邊二藍夾袍子。滿面笑容問道：「閣下何以至此？」老殘把差人傳訊的話說了一遍。

那人道：「差人原是個好意，不想你老兄這等性急，先跑得來了，沒法，只好還請外邊去散步一回罷。此刻是五神問案的時候，專訊問那些造惡犯罪的人呢。像你老兄這起案子，是個人命牽連，與你毫不相干，不過被告一口咬定，須要老兄到一到案就了結的。請出去遊玩遊玩，到時候我自來奉請。」老殘道了費心，逕出二門之外，隨意散步。

走到西角門內，看西面有株大樹，約有一丈多的圍圓，彷彿有一個人立在樹下。心裡想，走上前去同他談談，這人想必也是個無聊的人。及至走到跟前一看，原來是個極熟的人。這人姓梁名海舟，是前一個月死的。老殘見了不覺大喜，喊道：「海舟兄，你在這裡嗎？」上前作了一個揖。那梁海舟回了半個揖。

老殘道：「前月分手，我想總有好幾十年不得見面，誰想不過一個月，竟又會晤了，可見我們兩人是有緣分。只是怎樣你到今還在這裡呢？我不懂的很。」那梁海舟一臉的慘淡顏色，慢騰騰的答道：「案子沒有定。」老殘道：「你有什麼案子？怎會耽擱許久？」梁海舟道：「其實也不算甚事，欠命的命已還，那還有餘罪嗎？只是轇葛的了不得。幸喜我們五弟替了個人情，大約今天一堂可以定了。你是什麼案子來的？」

老殘道：「我也不曉得呢。適才裡面有個黑鬚子老頭兒對我說，沒有什麼事，一堂就可以了案的。只是我不明白，你老五不是還活著沒有死嗎？怎會替你托人情呢？」梁海舟道：「他來有何用，他是托了一個有道的人來解散的。」老殘點頭道：「可見還是道比錢有用。你想，你雖不算富，也還有幾十萬銀子家私，到如今一個也帶不來。倒是我們沒錢的人痛快，活著雙肩承一喙，死後一喙領雙肩，歇耗不了本錢，豈不是妙。我且問你：既是你也是今天可以了案的，案了之後，你打什麼主意？」梁海舟道：「我沒有什麼主意，你有什麼主意嗎？」

老殘道：「有，有，有。我想人生在世是件最苦的事情，既已老天大赦，放我們做了鬼，這鬼有五樂，我說給你聽：一不要吃；二不要穿；三沒有家累；四行路便當，要快頃刻千里，要慢蹲在那裡，三年也沒人管你；五不怕寒熱，雖到北冰洋也凍不著我，到南海赤道底下也熱不著我。有此五樂，何事不可為。我的主意，今天案子結了，我就過江。先遊天臺雁宕，隨後由福建到廣東看五嶺的形勢，訪大庾嶺的梅花。再到桂林去看青綠山水。上峨嵋。上北順太行轉到西嶽，小住幾天，回到中嶽嵩山。玩個夠轉回家來，看看家裡人從我死後是個什麼光景，托個夢勸他們不要悲傷。然後放開腳步子來，過瀚海，上崑崙，在崑崙山頂上最高的所在結個茅屋，住兩年再打主意。一個人卻也稍嫌寂寞，你同我結了伴兒好不好？」

梁海舟只是搖頭說：「做不到，做不到。」老殘以為他一定樂從，所以說得十分興高采烈。看他連連搖頭，心裡發急道：「你這個人真正糊塗！生前被幾兩銀子壓的氣也喘不得一口，焦思極慮的盤算，我勸了你多回決不肯聽；今日死了，半個錢也帶不來。好容易案子已了，還不應該快活快活嗎？難道你還去想小九九的算盤嗎？」只見那梁海舟也發了急，皺著眉頭瞪著眼睛說道：「你才直下糊塗呢。你知道銀子是帶不來的，你可知道罪孽是帶得來的罷！銀子留下給別人用，罪孽自己帶來消受。我才說是這一案欠命的案定了，還有別的案子呢！我知道哪一天是了期？像你這快活老兒，吃了燈草灰，放輕巧屁哩！」老殘見他十分著急，知他心中有無數的懊惱，又看他面色慘白，心裡也替他難受，就不便說下去。

正在默然，只見那黑鬚老頭兒在老遠的東邊招手，老殘慌忙去了，走到老頭兒面前。老頭兒已戴上了大帽子，卻還是馬褂子。心裡說道：「原來陰間也是本朝服飾。」隨那老頭兒進了宮門，卻仍是走東角門進。大甬道也是石頭鋪的，與陽間宮殿一般，似乎還要大些。走盡甬道，朝西拐彎就是丹墀了。上丹墀彷彿是十級。走到殿門中間，卻又是五級。進了殿門，卻偏西邊走約有十幾丈遠，又是一層台子。從西面階級上去，見這台子也是三道階路。上了階，就看見閻羅天子坐在正中公案上，頭上戴的冕旒，身上著的古衣冠，白面黑鬚，於十分莊嚴中卻帶幾分和藹氣象。離公案約有一丈遠的光景，那老者用手一指，老殘明白是叫他在此行禮了，就跪下匍匐在地。看那老者立在公案西首，手中捧了許多簿子。

只見閻羅天子啟口問道：「你是鐵英嗎？」老殘答道：「是。」閻羅又問：「你在陽間犯的何罪過？」老殘說：「不知道犯何罪過。」閻羅說：「豈有個自己犯罪自己不知道呢？」老殘道：「我自己見到是有罪過的事，自然不做。凡所做的皆自以為無罪的事。況且陽間有陽間律例，陰間有陰間的律例。陽間的律例，頒行天下，但凡稍知自愛的皆要讀過一兩遍，所以干犯國法的事沒有做過。至於陰間的律例，世上既沒有頒行的專書，所以人也無從趨避，只好憑著良心做去，但覺得無損於人，也就聽他去了。所以陛下問我有何罪過，自己不能知道，請按律定罪便了。」

閻羅道：「陰律雖無頒行專書，然大概與陽律彷彿。其比陽律加密之處，大概佛經上已經三令五申的了。」老殘道：「若照佛家戒經科罪，某某之罪恐怕擢髮難數了。」閻羅天子道：「也不見得，我且問你，犯殺律嗎？」老殘道：「犯。既非和尚，自然茹葷。雖未擅宰牛羊，然雞鴨魚蝦，總計一生所殺，不計其數。」閻羅頷之。又問：「犯盜律否？」答曰：「犯。一生罪業，惟盜戒最輕。然登山摘果，涉水採蓮，為物雖微，究竟有主之物，不得謂非盜。」又問：「犯淫律否？」答曰：「犯。長年作客，未免無聊，舞榭歌臺，眠花宿柳，閱人亦多。」閻羅又問口、意等業，一一對答已畢。每問一事，那老者即舉簿呈閱一次。問完之後，只見閻羅回顧後面說了兩句話，聽不清楚。

卻見座旁走下一個人來，也同那老者一樣的裝束，走至老殘面前說：「請你起來。」老殘便立起身來。那人低聲道：「隨我來。」遂走公案前，繞至西距寶座不遠，傍邊有無數的小椅子，排有三四層，看著彷彿像那看馬戲的起碼坐位差不多，只是都已有人坐在上面，惟最下一層空著七八張椅子。那人對老殘道：「請你在這裡坐。」

老殘坐下，看那西面也是這個樣子，人已坐滿了。仔細看那坐上的人，煞是奇怪。男男女女參差亂坐，還不算奇。有穿朝衣朝帽的，有穿藍布棉襖褲的，還有光脊梁的；也有和尚，也有道士；也有極鮮明的衣服，也有極破爛的衣服，男女皆同。只是穿官服的少，不過一二人，倒是不三不四的人多。最奇第二排中間，一個穿朝服旁邊椅子上，就坐了光脊梁赤腳的，只穿了一條藍布單褲子。點算西首五排，人大概在一百名上下。卻看閻羅王寶座後面，卻站了有六七十人的光景，一半男，一半女。男的都是袍子馬褂，靴子大帽子，大概都是水晶頂子花翎居多，也有藍頂子的，一兩個而已。女的卻都是宮裝。最奇者，這麼多的男男女女立站後面，都泥塑木雕的相仿，沒有一人言笑，也無一人左右顧盼。

老殘正在觀看，忽聽他那旁坐的低低問道：「你貴姓呀！」老殘回頭一看，原來也是一個穿藍布棉襖褲的，卻有了雪白的下鬚，大約是七八十歲的人了，滿面笑容。老殘也低低答道：「我姓鐵呀。」那老翁又道：「你是善人呀。」老殘戲答道：「我不是善人呀。」那老者道：「凡我們能坐小椅子的，都是善人。只是善有大小，姻緣有遠近。我剛才看見西邊走了一位去做城隍了，又有兩位投生富貴家去了。」老殘問道：「這一堆子裡有成仙成佛的沒有？」那老翁道：「我不曉得，你等著罷，有了，我們總看得見的。」

正說話間，只見殿庭窗格也看不見了，面前丹墀也不是原來的樣子了，彷彿一片敞地，又像演武廳似的。那老翁附著老殘耳朵說道：「五神問案了。」當時看見殿前排了五把椅子，五張公案。每張公案面前，有一個差役站班，同知縣衙門坐堂的樣子彷彿。當真每個公堂面前，有一個牛頭，一個馬面，手裡俱拿著狼牙棒。又有五六個差役似的，手裡也拿著狼牙棒。怎樣叫做狼牙棒？一根長棒，比齊眉棒稍微長些，上頭有個骨朵，有一尺多長，茶碗口粗，四面團團轉都是小刀子如狼牙一般。那小刀子約一寸長三四分寬，直站在骨朵上。那老翁對老殘道：「你看，五神問案淒慘得很！算計起來，世間人何必作惡，無非為了財色兩途，色呢，只圖了片時的快活；財呢，都是為人忙，死後一個也帶不走。徒然受這狼牙棒的苦楚，真是不值。」

說著，只見有五個古衣冠的人從後面出來，其面貌真是凶惡異常。那殿前本是天清地朗的，等到五神各人上了公座，立刻毒霧愁雲，把個殿門全遮住了，五神公座前面，約略還看得見些兒，再往前便看不見了。隱隱之中。彷彿聽見無數啼哭之聲似的。

未知後事如何，且聽下回分解。

第八回　血肉飛腥油鍋煉骨　語言積惡石磨研魂

話說老殘在那森羅寶殿上面，看那殿前五神問案。只見毒霧愁雲裡靠東的那一個神位面前，阿旁牽上一個人來。看官，你道怎樣叫做阿旁？凡地獄處治惡鬼的差役，總名都叫做阿旁。這是佛經上的名詞，彷彿現在借留學生為名的，都自稱四百兆主人翁一樣的道理。閒話少講。

卻說那阿旁牽上一個人來，稍長大漢，一臉的橫肉，穿了一件藍布大褂，雄赳赳的牽到案前跪下。上面不知問了幾句什麼話，距離的稍遠，所以聽不見，只遠遠的看見幾個阿旁上來，將這大漢牽下去。距公案約有兩丈多遠，地上釘了一個大木樁，樁上有個大鐵環。阿旁將這大漢的辮子從那鐵環裡穿過去收緊了，把辮子在木樁上纏了有幾十道，拴得鐵結實；也不剝去衣服。

只見兩旁凡拿骨朵錘、狼牙棒的一齊下手亂打，如同雨點一般。看那大漢疼痛的亂蹦。起初幾下子，打得那大漢腳蹦起直豎上去，兩腳朝天，因為辮子拴在木樁上，所以頭離不了地，身子卻四面亂摔，蹦上去，落下來，蹦上去，落下來，幾蹦之後，就蹦不高。落下來的時候，那狼牙棒亂打，看那兩丈圍圓地方，血肉紛紛落，如下血肉的雹子一樣；中間夾著破衣片子，像蝴蝶一樣的飄。皮肉分兩沈重，落得快，衣服片分兩輕，落的慢，看著十分可慘。

老殘座旁那個老者在那裡落淚，低低對老殘說道：「這些人在世上時，我也勸道許多，總不肯信。今日到了這個光景，不要說受苦的人，就是我們旁觀的都受不得。」老殘說：「可不是呢！我直不忍再往下看了。」嘴說不忍望下看，心裡又不放心這個犯人，還要偷著去看看。只見那個人已不大會動了，身上肉都飛盡，只剩了個通紅的骨頭架子；雖不甚動，那手腳還有點一抽一抽的。老殘也低低的對那老者道：「你看，還沒有死透呢，手足還有抽動，是還知道痛呢！」那老者擦著眼淚說道：「陰間哪得會死，遲一刻還要叫他受罪呢！」

再看時，只見阿旁將木樁上辮子解下，將來搬到殿下去，再看殿腳下不知幾時安上了一個油鍋。那油鍋扁扁的形式，有五六丈圍圓，不過三四尺高，底下一個爐子，倒有一丈一二尺高；火門有四五尺高；三只腳架住鐵鍋，那爐口裡火穿出來比鍋口還要高二三尺呢。看那鍋裡油滾起來也高出油鍋，同日本的富士山一樣，那四邊油往下注如瀑布一般。看著幾個阿旁，將那大漢的骨頭架子抬到火爐面前，用鐵叉叉起來送上去。那火爐旁邊也有幾個阿旁，站在高台子上，用叉來接，接過去往油鍋裡一送。

誰知那骨頭架子到油鍋裡又會亂蹦起來，濺得油點子往鍋外亂灑。那站在鍋旁的幾個阿旁，也怕油點子濺到身上，用一塊似布非布的東西遮住臉面。約有一二分鐘的工夫，見那人骨架子，隨著沸油上下，漸漸的顏色發白了。見那阿旁朝鍋裡看，彷彿到了時候了，將鐵叉到鍋裡將那人骨架子挑出，往鍋外地上一摔。又見那五神案前有四五個男男女女在那裡審問，大約是對質的樣子。老殘扭過臉對那老者道：「我實在不忍再往下看了。」

那老者方要答話，只見閻羅天子回面對老殘道：「鐵英，你上來，我同你說話。」老殘慌忙立起，走上前去。見那寶座旁邊，還有兩層階級，就緊在閻羅王的寶座旁邊，才知閻羅王身體甚高，坐在椅子上，老殘立在旁邊，頭才同他的肩膊相齊，似乎還要低點子。那閻羅王低下頭來同老殘說道：「剛才你看那油鍋的刑法，以為很慘了嗎？那是最輕的了，比那重的多著呢！」老殘道：「我不懂陰曹地府為什麼要用這麼重的刑法，以陛下之權力，難道就不能改輕了嗎？臣該萬死，臣以為就用如此重刑，就該叫世人看一看，也可以少犯一二。卻又陰陽隔絕，未免有點不教而殺的意思吧。」

閻羅王微笑了一笑說：「你的戇直性情倒還沒有變哪！我對你說，陰曹用重刑，有陰曹不得已的苦衷。你想，我們的總理是地藏王菩薩，本來發了洪誓大願，要度盡地獄，然後成佛。至今多少年了，毫無成效。以地藏王菩薩的慈悲，難道不想減輕嗎？也是出於無可奈何！我再把陰世重刑的原委告你知道。第一你須知道，人身性上分善惡兩根，都是歷一劫增長幾倍的。若善根發動，一世裡立住了腳，下一世便長幾倍，歷世既多，以致於成就了聖賢仙佛。惡根亦然，歷一世亦長幾倍。可知增長了善根便救世，增長了惡根便害世。可知害世容易救世難。

「譬如一人放火，能燒幾百間屋，一人救火，連一間屋也不能救。又如黃河大汛的時候，一個人決堤可以害幾十萬人，一人防堤，可不過保全這幾丈地不決堤，與全局關係甚小。所以陰間刑法，都為炮煉著去他的惡性的。就連這樣重刑，人的惡性還去不盡，初生時很小，一入世途，就一天一天的發達起來。再要刑法加重，於心不忍，然而人心因此江河日下。現在陰曹正在提議這事，目下就有個萬不得了的事情，我說給你聽，先指給你看。」說著，向那前面一指。

只見那毒霧愁雲裡面，彷彿開了一個大圓門似的，一眼看去，有十幾里遠，其間有個大廣廠，廠上都是列的大磨子，排一排二的數不出數目來。那房子大約有三丈多高，磨子下面旁邊堆著無數的人，都是用繩子捆縛得像寒菜把子一樣的。磨子上頭站著許多的阿旁，磨子下面也有許多的阿旁，拿一個人往上一摔，磨上阿旁雙手接住，如北方瓦匠摔瓦，拿一壯幾十片瓦往上一摔，屋上瓦匠接住，從未錯過一次。此處阿旁也是這樣。磨子上的阿旁接住了人，就頭朝下把人往磨眼裡一填，兩三轉就看不見了，底下的阿旁再摔一個上去。只見磨子旁邊血肉同醬一樣往下流注，當中一星星白的是骨頭粉子。

老殘看著約莫有一分鐘時的工夫，已經四五個人磨碎了。像這樣的磨子不計其數。心裡想道：「一分鐘磨四五個人，一刻鐘豈不要磨上百個人嗎？這麼無數的磨子，若詳細算起來，四百兆人也不夠磨幾天的。」心裡這麼想，誰知閻羅王倒已經知道了，說道：「你疑惑一個人只磨一回就完了嗎？磨過之後，風吹還原，再磨第二回。一個人不定磨多少回呢！看他積的罪惡有多少，定磨的次數。」老殘說：「是犯了何等罪惡，應該受此重刑？」閻羅王道：「只是口過。」老殘大驚，心裡想道：「口過痛癢的事，為什麼要定這樣重的罪呢？」其時閻羅王早將手指收回，面前仍是雲霧遮住，看不見大磨子了。

閻羅王又已知道老殘心中所說的話，便道：「你心中以為口過是輕罪嗎？為的人人都這麼想，所以犯罪人多了。若有人把這道理說給人聽，或者世間有點驚懼，我們陰曹少作點難，也是個莫大號功德。」老殘心裡想道：「倘若我得回陽，我倒願意廣對人說；只是口過為什麼有這麼大的罪，我到底不明白。」

閻羅王道：「方才我問你殺、盜、淫這事，不但你不算犯什麼大罪，有些功德就可以抵過去的。即是尋常但凡明白點道理的人，也都不至於犯著這罪。惟這口過，大家都沒有仔細想一想，倘若仔細一想，就知道這罪比什麼罪都大，除卻逆倫，就數它最大了。我先講殺字律。我問你，殺人只能殺一個吧！陽律上還要抵命。即使逃了陽律，陰律上也只照殺一個人的罪定獄。若是口過呢，往往一句話就能把這一個人殺了，甚而至於一句話能斷送一家子的性命。若殺一個人，照一命科罪，若害一家子人，照殺一家子幾口的科罪。

「至於盜字律呢，盜人財帛罪小，盜人名譽罪大，毀人名譽罪更大。毀人名譽的這個罪為什麼更大呢？因世界上的大劫數，大概都從這裡起的。毀人名譽的人多，這世界就成了皂白不分的世界了。世界既不分皂白，則好人日少，惡人日多，必至把世界釀得人種絕滅而後已。故陰曹恨這一種人最甚，不但磨他幾十百次，還要送他到各種地獄裡去叫他受罪呢！你想這一種人，他斷不肯做一點好事的，他心裡說，人做的好事，他用巧言既可說成壞事，他自己做壞事，也可以用巧言說成好事，所以放肆無忌憚的無惡不作了。這也是口過裡一大宗。

「又如淫字律呢，淫本無甚罪，罪在壞人名節。著以男女交媾謂之淫，倘人夫妻之間，日日交媾，也能算得有罪嗎？所以古人下個淫字，也有道理。若當真的漫無節制，雖然無罪，身體即要衰弱了。身體髮膚，受之父母，若任意毀傷，在那不孝裡擔了一分罪去哩。若有節制，便一毫罪都沒有的。若不是自己妻妾，就科損人名節的罪了。要知苟合的事也不甚容易，不比隨意撒謊便當。

「若隨口造謠言，損人名節呢，其罪與壞人名節相等。若聽旁人無稽之言隨便傳說，其罪減造謠者一等。可知這樣損人名節，比實做損人名節的事容易得多，故統算一生積聚起來，也就很重的了。又有一種圖與女人遊戲，發生無根之議論，使女人不重名節，致有失身等事，雖非此人壞其名節，亦與壞人名節同罪。因其所以失節之因，誤信此人遊談所致故也。若挑唆是非，使人家不和睦，甚至使人抑鬱以死，其罪比殺人加一等。何以故呢？因受人挫折抑鬱以死，其苦比一刀殺死者其受苦猶多也。其他細微曲折之事，非一時間能說得盡的，能照此類推，就容易明白了。你試想一人在世數十年間，積算起來，應該怎樣科罪呢？」

老殘一想，所說實有至理，不覺渾身寒毛都豎起來，心裡想道：「我自己的口過，不知積算起來該怎樣呢？」閻羅王又知道了，說：「口過人人都不免的，但看犯大關節不犯，如不犯以上所說各大關節，言語亦有功德，可以口德相抵。可知口過之罪既如此重，口德之功亦不可思議。如人能廣說與人有益之事，天上酬功之典亦甚隆也。比如，金剛經說：『若有善男子、善女人，以七寶滿爾所恒河沙數三千大千世界以用布施，得福多否？須菩提言「甚多，世尊」。佛告須菩提：「若善男子、善女人，於此經中，乃至受持四句偈等為他人說，而此福德勝前福德。」』這是佛經上的話，佛豈肯騙人。要知『受持』二字很著力的，言人能自己受持，又向人說，福德之大，至比於無量數之恒河所有之沙的七寶布施還多。以比例法算口過，可知人自身實行惡業，又向人演說，其罪亦比恒河中所有沙之罪過還重。以此推之，你就知道天堂地獄功罪是一樣的算法。若人於儒經、道經受持奉行，為他人說，其福德也是這樣。」老殘點頭會意。

閻羅王回頭向他侍從人說：「你送他到東院去。」老殘隨了此人，下了台子，往後走出後殿門，再往東行過了兩重院子，到了一處小小一個院落，上面三間屋子。那人引進這屋子的客堂，揭開西間門簾，進內說了兩句話，只見裡面出來一個三十多歲的人，見面作了個揖說：「請屋裡坐。」那送來的人，便抽身去了。

老殘進屋說：「請教貴姓？」那人說：「姓顧名思義。」顧君讓老殘桌子裡面坐下，他自己卻坐桌子外面靠門的一邊。桌上也是紙墨筆硯，並堆著無窮的公牘。他說：「補翁，請寬坐一刻，兄弟手下且把這件公事辦好。」筆不停揮的辦完，交與一個公差去了。卻向老殘道：「一向久仰的很。」老殘連聲謙遜道：「不敢。」顧君道：「今日敝東請閣下吃飯，說公事忙，不克親陪，叫兄弟奉陪，多飲幾杯。」彼此又說了許多客氣話，不必贅述。

老殘問道：「閣下公事忙的很，此處有幾位同事？」顧君道：「五百餘人。」老殘道：「如此其多？」顧君道：「我們是幕友，還有外面辦事的書吏一萬多人呢！」老殘道：「公牘如此多，貴東一人問案來得及嗎？」顧君道：「敝東親詢案，千萬中之一二，尋常案件，均歸五神訊辦。」老殘道：「五神也只五人，何以足用？」顧君道：「五神者，五位一班，不知道多少個五位呢，連兄弟也不知底細，大概也是分著省分的吧。如兄弟所管，就是江南省的事，其管別省事的朋友，沒有會過面的很多呢，即是同管江南省事的，還有不曾識面的呢！」老殘道：「原來如此。」

顧君道：「今日吃飯共是四位，三位是投生的，惟有閣下是回府的。請問尊意，在飯後即回去，還是稍微遊玩遊玩呢？」老殘道：「倘若遊玩些時，還回得去嗎？」顧君道：「不為外物所誘，總回得去的，只要性定，一念動時便回去了。」老殘道：「既是如此，鄙人還要考察一番地府裡的風景，還望閣下保護，勿令遊魂不返，就感激的很了。」顧君道：「只管放心，不妨事的。但是有一事奉告，席間之酒，萬不可飲，至囑至囑。就是街上遊玩去，沽酒市脯也斷不可吃呢！」老殘道：「謹記指教。」

少時外間人來說：「席擺齊了，請師爺示，還請哪幾位？」聽他說了幾個名字，只見一刻人已來齊。顧君讓老殘到外間，見有七八位，一一作揖相見畢。顧君執壺，一座二座三座俱已讓過，方讓老殘坐了第四座。老殘說：「讓別位吧！」顧君說：「這都是我們同事了。」入座之後，看桌上擺得滿桌都是碟子，青紅紫綠都有，卻認不出是什麼東西。看顧君一逕讓那三位吃酒，用大碗不住價灌，片刻工夫都大醉了。席也散了。

看著顧君吩咐家人將三位扶到東邊那間屋裡去，回頭向老殘道：「閣下可以同進去看看。」原來這間屋內，盡是大床，看著把三人每人扶在一張床上睡下，用一個大被單連頭帶腳都蓋了下去，一面著人在被單外面拍了兩三秒鐘工夫，三個人都沒有了，看人將被單揭起，仍是一張空床。老殘詫異，低聲問道：「這是什麼刑法？」顧君道：「不是刑法，此三人已經在那裡呱呱價啼哭了。」老殘道：「三人投生，斷非一處，何以在這一間屋裡拍著，就會到那裡去呢？」顧君道：「陰陽妙理，非閣下所能知的多著呢！弟有事不能久陪，閣下願意出遊，我著人送去何如？」老殘道：「費心感甚。」顧君吩咐從人送去，只見一人上來答應一聲「是」。老殘作揖告辭，兼說謝謝酒飯。顧君送出堂門說：「恕不送了。」

那家人引著老殘，方下台階，不知怎樣一恍，就到了一個極大的街市，人煙稠密，車馬往來，擊轂摩肩。正要問那引路的人是什麼地方，誰知那引路的人，也不知道何時去了，四面尋找，竟尋不著。心裡想道：「這可糟了，我此刻豈不成了野鬼了嗎？」然而卻也無法，只好信步閒行。看那市面上，與陽世毫無分別，各店鋪也是懸著各色的招牌，也有金字的，白字的，黑字的；房屋也是高低大小，新舊不齊。只是天色與陽間差別，總覺暗沈沈的。

老殘走了兩條大街，心裡說何不到小巷去看看，又穿了兩三條小巷，信步走去，不覺走到一個巷子裡面。看見一個小戶人家，門口一個少年婦人，在雜貨擔子買東西，老殘尚未留心，只見那婦人抬起頭來，對著老殘看了一看，口中喊道：「你不是鐵二哥哥嗎？你怎樣到這裡來的？」慌忙把買東西的錢付了，說：「二哥哥，請家裡坐吧。」老殘看著十分面熟，只想不起來她是誰來，只好隨她進去，再作道理。

畢竟此人是誰？且聽下回分解。

第九回　德業積成陰世富　善緣發動化身香

話說老殘正在小巷中瞻望，忽見一個少年婦人將他叫住，看來十分面善，只是想不起來，只好隨她進去。原來這家僅有兩間樓房，外間是客廳，裡間便是臥房了。老殘進了客屋，彼此行禮坐下，仔細一看，問道：「妳可是石家妹妹不是？」那婦人道：「是呀！二哥你竟認不得我了！相別本也有了十年，無怪你記不得了。還記當年在揚州，二哥哥來了，上上下下沒有一個人不喜歡。那時我們姐妹們同居的四五個人，都未出閣。誰知不到五年，嫁的嫁，死的死，五分七散，回想起來，怎不叫人傷心呢！」說著眼淚就流下來了。

老殘道：「嗳！當年石嬸娘見我去，同親侄兒一般待我。誰知我上北方去了幾年，起初聽說妹妹妳出閣了，不道一二年，又聽妳去世了，又一二年，聽說石嬸娘也去世了。回想人在世間，真如做夢一般，一醒之後，夢中光景全不相干，豈不可歎！當初親戚故舊，一個一個的，聽說前後死去，都有許多傷感，現在不知不覺的我也死了，淒淒惶惶的，我也不知道往哪裡去的是好，今日見著妹妹，真如見著至親骨肉一般。不知妹妹現在是同嬸嬸一塊兒住不是？不知妹妹見著我的父親母親沒有？」

石姑娘道：「我哪裡能見著伯父伯母呢？我想伯父伯母的為人，想必早已上了天了，豈是我們鬼世界的人所能得見呢！就是我的父母，我也沒有見著，聽說在四川呢，究竟怎樣也不得知，真是淒慘。」老殘道：「然則妹妹一個人住在這裡嗎？」石姑娘臉一紅說道：「慚愧死人，我現在陰間又嫁了一回了。我現在的丈夫是個小神道，只是脾氣非常暴虐，開口便罵，舉手便打，忍辱萬分，卻也沒一點指望。」說著說著，那淚便點點滴滴的下來。

老殘道：「妳何以要嫁的呢？」石姑娘道：「你想我死的時候，才十九歲，幸尚還沒有犯什麼罪，閻王那裡只過了一堂，就放我自由了。只是我雖然自由，一個少年女人，上哪裡去呢？我婆家的翁姑找不著，我娘家的父母找不著，叫我上哪裡去呢？打聽別人，據說凡生產過兒女的，婆家才有人來接，不曾生產過的，婆家就不算這個人了。若是同丈夫情義好的，丈夫有繫念之情，婆家也有人來接，將來繼配生子，一樣的祭祀，這雖然無後，尚不至於凍餒。你想我那陽間的丈夫，自己先不成個人，連他父母聽說也做了野鬼，都得不著他的一點祭祀，況夫妻情義，更如風馬牛不相干了。總之，人凡做了女身，第一須嫁個有德行的人家，不拘怎樣都是享福的。

「停一會我指給你看，那西山腳下一大房子有幾百間，僕婢如雲，何等快樂，在陽間時不過一個窮秀才，一年掙不上百十吊錢，只為其人好善，又孝順父母，到陰間就這等闊氣。其實還不是大孝呢！若大孝的人，早已上天了，我們想看一眼都看不著呢。女人若嫁了沒有德行的人家，就可怕的很。若跟著他家的行為去做，便下了地獄，更苦不可耐，像我已經算不幸之幸了。若在沒德行的人家，自己知道修積，其成就的比有德行人家的成就還要大得多呢。只是當年在陽世時不知這些道理，到了陰間雖然知道，已不中用了。然而今天碰見二哥哥，卻又是萬分慶幸的事。只盼望你回陽後努力修為，倘若你成了道，我也可以脫離苦海了。」

老殘道：「這話奇了。我目下也是個鬼，同妳一樣，我如何能還陽呢？即使還陽，我又知道怎修積！即使知道修積？僥倖成了道，又與妳有什麼相干呢？」石姑娘道：「一夫得道，九族升天。我不在你九族內嗎？那時連我爹媽都要見面哩！」老殘道：「我聽說一夫得道，九祖升天。那有個九族升天之說嗎？」石姑娘道：「九祖升天，即是九族升天。九祖享大福，九族亦蒙少惠，看親戚遠近的分別。但是九族之內，如已下地獄者，不能得益。像我們本來無罪者，一定可以蒙福哩！」老殘道：「不要說成道是難極的事，就是還陽恐怕也不易罷！」

石姑娘道：「我看你一身的生氣，決不是個鬼，一定要還陽的。但是將來上天，莫忘了我苦海中人，幸甚幸甚。」老殘道：「那個自然。只是我現在有許多事要請教於妳。鬼住的是什麼地方，人說在墳墓裡，我看這街市同陽間一樣，斷不是墳墓可知。」石姑娘道：「你請出來，我說給你聽。」

兩人便出了大門。石姑娘便指那空中彷彿像黃雲似的所在，說道：「你見這上頭了沒有？那就是你們的地皮。這腳下踩的，是我們的地皮。陰陽不同天，更不同地呢！再下一層，是鬼死為聻的地方。鬼到人世去會作祟，聻到鬼世來亦會作祟。鬼怕聻，比人怕鬼還要怕得凶呢！」老殘道：「鬼與人既不同地，鬼何以能到人世呢？」石姑娘道：「俗語常言，鬼行地中如魚行水中，鬼不見地，亦如魚不見水。你此刻即在地中，你見有地嗎？」老殘道：「我只見腳下有地，難道這空中都是地嗎？」

石姑娘道：「可不是呢！我且給憑據你看。」便手攙著老殘的手道：「我同你去看你們的地去。」彷彿像把身子往上一攢似的，早已立在空中，原來要東就東，要西就西，頗為有趣。便極力往上遊去。石姑娘指道：「你看，上邊就是你們的地皮了。你看，有幾個人在那裡化紙呢。」看那人世地皮上人，彷彿站在玻璃板上，看得清清楚楚。只見那上邊有三個人正化紙錢，化過的，便一串一串掛下來了。其下有八九個鬼在那裡搶紙錢。

老殘問道：「這是件甚事？」石姑娘道：「這三人化紙，一定是其家死了人，化給死人的。那死人有罪，被鬼差拘了去，得不著，所以都被這些野鬼搶了去了。」老殘道：「我正要請教，這陽間的所化紙錢銀錠子，果有用嗎？」石姑娘說：「自然有用，鬼全靠這個。」老殘道：「我問妳，各省風俗不同，銀錢紙錠亦都不同，到底哪一省行的是靠得住的呢？」石姑娘道：「都是一樣，哪一省行什麼紙錢，哪一省鬼就用什麼紙錢。」

老殘道：「譬如我們遨遊天下的人，逢時過節祭祖燒紙錢，或用家鄉法子，或用本地法子，有妨礙沒妨礙呢？」石姑娘道：「都無妨礙。譬如揚州人在福建做生意，得的錢都是爛板洋錢，匯到揚州就變成英洋，不過稍微折耗而已。北五省用銀子，南京蕪湖用本洋，通匯起來還不是一樣嗎？陰世亦復如此，得了別省的錢，換作本省通用的錢，代了去便了。」

老殘問道：「祭祀祖、父能得否？」石姑娘道：「一定能得，但有分別。如子孫祭祀時念及祖、父，雖隔千里萬里，祖、父立刻感應，立刻便來享受。如不當一回事，隨便奉行故事，毫無感情，祖、父在陰間不能知覺，往往被野鬼搶去。所以孔聖人說：『祭如在』，就是這個原故。聖人能通幽明，所以制禮作樂，皆是極精微的道理，後人不肯深心體會，就失之愈遠了。」

老殘又問：「陽間有燒房化庫的事，有用沒用呢？」石姑娘說：「有用。但是房子一事，不比銀錢，可以隨處變換。何處化的庫房，即在何處，不能挪移。然有一個法子，也可以行。如化庫時，底下填滿蘆席，莫教它著土，這房子化到陰間，就如船隻一樣，雖千里萬里也牽得去。」老殘點頭道：「頗有至理。」

於是同回到家裡，略坐一刻，可巧石姑娘的丈夫也就歸來，見有男子在房，怒目而視，問石姑娘這是何人？石姑娘大有觳觫之狀，語言蹇澀。老殘不耐煩，高聲說道：「我姓鐵，名叫鐵補殘，與石姑娘係表兄妹。今日從貴宅門口過，見我表妹在此，我遂入門問訊一切。我卻不知陰曹規矩，親戚准許相往來否？如其不許，則冒昧之罪在我，與石姑娘無涉。」那人聽了，向了老殘仔細看了一會說：「在下名折禮思，本係元朝人，在陰曹做了小官，於今五百餘年了。原妻限滿，轉生山東去了，故又續娶令表妹為妻。不知先生惠顧，失禮甚多。先生大名，陽世雖不甚大，陰間久已如雷震耳。但風聞仙壽尚未滿期，即滿期亦不會閒散如此，究竟是何原故，乞略示一二。」

老殘道：「在下亦不知何故，聞係因一個人命牽連案件，被差人拘來。既自見了閻羅天子，卻一句也不曾問到，原案究竟是哪一案，是何地何人何事，與我何干係。全不知道，甚為悶悶。」折禮思笑道：「陰間案件，不比陽世，先生一到，案情早已冰消瓦解，故無庸直詢。但是既蒙惠顧，禮宜備酒饌款待，惟陰間酒食，大不利於生人，故不敢以相敬之意致害尊體。」老殘道：「初次識荊，亦斷不敢相擾。但既蒙不棄，有一事請教。僕此刻孤魂飄泊，無所依據，不知如何是好？」折禮思道：「閣下不是發願要遊覽陰界嗎？等到閣下遊興衰時，自然就返本還原了，此刻也不便深說。」又道：「舍下太狹隘，我們同到酒樓上熱鬧一霎兒罷！」便約老殘一同出了大門。

老殘問向哪方走，折禮思說：「我引路罷。」就前行拐了幾個彎，走了三四條大街，行到一處，迎面有條大河，河邊有座酒樓，燈燭輝煌，照耀如同白日。上得樓去，一間一間的雅座，如蜂窩一般。折禮思揀了一個座頭入去，有個酒保送上菜單來。折公選了幾樣小菜，又命取花名冊來。折公取得，遞與老殘說：「閣下最喜招致名花，請看陰世比陽間何如？」

老殘接過冊子來驚道：「陰間何以亦有此事？僕未帶錢來，不好相累。」折公道：「些小東道，尚做得起，請即挑選可也。」老殘打開一看，既不是北方的金桂玉蘭，又不是南方的寶寶媛媛，冊上分著省份，寫道某省某縣某某氏，大驚不止，說道：「這不都是良家婦女嗎？何以當著妓女！」折禮思道：「此事言之甚長，陰間本無妓女，係菩薩發大慈悲，所以想出這個法子。陰間的妓女，皆係陽間的命婦，罰充官妓的，卻只入酒樓陪坐，不薦枕席。陰間亦有薦枕席的娼妓，那都是野鬼所為的事了。」

老殘問道：「陽間命婦何以要罰充官妓呢？」折禮思道：「因其惡口咒罵所致。凡陽間咒罵人何事者，來生必命自受。如好咒罵人短命早死等，來世必夭折一度，或一歲而死，或兩三歲而死。陽間妓女，本係前生犯罪之人，判令投生妓女，受辱受氣，更受鞭扑等類種種苦楚。將苦楚受盡，也有即身享福的，也有來生享福的，惟罪重者，一生受苦，無有快樂時候。若良家婦女，自己丈夫眠花宿柳，自己不能以賢德感化，令丈夫回心，卻極口咒罵妓女，並咒罵丈夫；在被罵的一邊，卻消了許多罪，減去受苦的年限，如應該受十年苦的，被人咒罵得多，就減作九年或八年不等。而咒罵人的，一面咒罵得多了，陰律應判其來生投生妓女，一度亦受種種苦惱，以消其極口咒罵之罪。惟犯此過的太多，北方尚少，南方幾至無人不犯，故菩薩慈悲，將其犯之輕者，以她別樣口頭功德抵銷。若犯得重者，罰令在陰間充官妓若干年，滿限以後往生他方，總看她咒罵的數目，定她充妓的年限。」

老殘道：「人在陽間挾妓飲酒，甚至眠花宿柳，有罪沒有？」折公道：「不能無罪，但是有可以抵銷之罪耳。如飲酒茹葷，亦不能無罪，此等統謂之有可抵銷之罪，故無大妨礙。」老殘道：「既是陽間挾妓飲酒有罪，何以陰間又可以挾妓飲酒，豈倒反無罪耶？」折公道：「亦有微罪，所以每叫一局，出錢兩千文，此錢即贖罪錢也。」老殘道：「陽間叫局，也須出錢，所出之錢可算贖罪不算呢？」折公道：「也算也不算。何以謂之也算也不算？因出錢者算官罪，可以抵銷。不出錢算私罪，不准抵銷，與調戲良家婦女一樣。所以叫做也算也不算。」

老殘道：「何以陽間出了錢還算可以抵銷之公罪，而陰間出了錢即便抵銷無罪，是何道理呢？」折公道：「陽間叫局，自然是狎褻的意思，陰間叫局則大不然。凡有錢之富鬼，不但好叫局，並且好多叫局。因官妓出局，每出一次局，抵銷輕口咒罵一次。若出局多者，早早抵銷清淨，便可往生他方。所以陰間富翁喜多叫局，讓他早早消罪的意思，係發於慈悲的念頭，故無罪。不但無罪，且還有微功呢。所以有罪無罪，專爭在這發念時也。若陽間為慈悲念上發動的，亦無餘罪也。」

老殘點頭歎息。折公道：「講了半天閒話，你還沒有點人，到底叫誰呀？」老殘隨手指了一名。折公說：「不可不可！至少四名。」老殘無法，又指了三名，折公亦揀了四名，交與酒保去了。不到兩秒鐘工夫，俱已來到。老殘留心看去，個個容貌端麗，亦復畫眉塗粉，豔服濃妝；雖強作歡笑，卻另有一種陰冷之氣，逼人肌膚，寒毛森森欲豎起來。坐了片刻各自散去。

折公付了錢鈔，與老殘出來，說：「我們去訪一個朋友吧。」老殘說：「甚好。」走了數十步，到了一家，竹籬茅舍，倒也幽雅。折公扣門，出來一個小僮開門，讓二人進去。進得大門，一個院落，上面三間敞廳。進得敞廳，覺桌椅條桁，亦復佈置得井井有條；牆上卻無字畫，三面粉壁，一抹光的，只有西面壁上題著幾行大字，字有茶碗口大。老殘走上前去一看，原來是一首七律。寫道：

野火難消寸草心，百年荏苒到如今；
牆根蚯蚓吹殘笛，屋角鴟梟弄好音。
有酒有花春寂寂，無風無雨晝沈沈；
閒來曳杖秋郊外，重疊寒雲萬里深。

老殘在牆上讀詩，只聽折禮思問那小僮道：「你主人哪裡去了？」小僮答道：「今日是他的忌辰，他家曾孫祭奠他呢，他享受去了。」折禮思道：「那麼回來還早呢，我們去吧。」老殘又隨折公出來，折公問老殘上哪裡去呢，老殘道：「我不知道上哪裡去。」折公凝了一凝神，忽然向老殘身上聞了又聞，說：「我們回去，還到我們舍下坐坐吧。」

不到幾時，已到折公家下。方進了門，石姑娘迎接上來，走至老殘面前，用鼻子嗅了兩嗅，眉開眼笑的說：「恭喜二哥哥！」折公道：「我本想同鐵先生再遊兩處的，忽然聞著若有檀香味似的，我知道必是他身上發出來的，仔細一聞果然，所以我說趕緊回家吧。我們要沾好大的光呢！」石姑娘道：「可盼望出好日子來了。」折禮思說：「你看此刻香氣又大得多了。」

老殘只是愣，說：「我不懂你們說的什麼話。」石姑娘說：「二哥哥，你自己聞聞看。」老殘果然用鼻子嗅了嗅，覺得有股子檀香味，說：「你們燒檀香的嗎？」石姑娘說：「陰間哪有檀香燒！要有檀香，早不在這裡了。這是二哥哥你身上發出來的檀香，必是在陽間結得佛菩薩的善緣，此刻發動，頃刻你就要上西方極樂世界的。我們這裡有你這位佛菩薩來一次，不曉得要受多少福呢！」正在議論，只覺那香味越來得濃了，兩間小樓忽然變成金闕銀台一般。那折禮思夫婦衣服也變得華麗了，面目也變得光彩得多了。老殘詫異不解何故，正欲詢問。

未知後事如何？且聽下回分解。

外編　卷一（殘稿）

堂堂塌，堂堂塌，今日天氣清和，在下唱一個道情兒給諸位貴官解悶何如？唱道：

儘風流，老乞翁，托鉢盂，朝市中。人人笑我真無用，遠離富貴鑽營苦，閒看乾坤造化工，與來長嘯山河動。雖不是，相如病渴；有些兒，尉遲裝瘋。

在下姓百名鍊生，鴻都人氏。這個鴻都，卻不是「南昌故郡，洪都新府」的那個洪都，倒是「臨邛道士鴻都客，能以精誠致魂魄」的那個鴻都。究竟屬哪一省、哪一府，連我也不知道，大約不過是北京、上海等處便是。少不讀書，長不成器，只好以乞丐為生。非但乞衣乞食，並且遇著高人賢士，乞他幾句言語，我覺得比衣食還要緊些。適才所唱這首道情，原是套的鄭板橋先生的腔調，我手中這魚鼓簡板也是歷古相傳，聽得老年人說道，這是漢朝一個鍾離祖師傳下來的。只是這「堂堂塌」三聲，就有規勸世人的意思在內，更沒有什麼工、尺、上、一、四、合、凡等字。噯！堂堂塌，堂堂塌，你到了堂堂的時候，須要防他塌，他就不塌了；你不防他塌，他就是一定要塌的了。

這回書，因老殘遊歷高麗、日本等處，看見一個堂堂箕子遺封，三千年文明國度，不過數十年間，就倒塌到這步田地，能不令人痛哭也麼哥！在下與老殘五十年形影相隨，每逢那萬里飛霜、千山落木的時節，對著這一燈如豆、四壁蟲吟，老殘便說，在下便寫，不知不覺已成了「老殘遊記」六十卷書。其前二十卷，已蒙天津日日新聞社主人列入報章，頗蒙海內賢士大夫異常稱許。後四十卷因被老殘隨手包藥，遺失了數卷，久欲補綴出來再為請教，又被這「懶」字一個字耽擱了許多的時候。目下不妨就把今年的事情敘說一番，卻也是俺叫化子的本等。

卻說老殘於乙巳年冬月在北京前門外蝶園中住了三個月，這蝶……（按：此處遺失稿箋一張，約四百字左右）也安閒無事。

一日正在家中坐著，來了兩位，一個叫東閣子，一個叫西園公，說道：「近日朝廷整頓新政，大有可觀了。滿街都換了巡警兵，到了十二點鐘以後，沒有燈籠就不許走路，並且這些巡警兵都是從巡警學堂裡出來的，人人都有規矩。我這幾天在街上行走，留意看那些巡兵，有站崗的，有巡行的，從沒有一個跑到人家鋪面裡去坐著的。不像以前的巡兵，遇著小戶人家的婦女，還要同人家胡說亂道，人家不依，他還要拿棍子打人家。不是到這家店裡要茶吃，便是到那家要煙吃，坐在板櫈上蹺著一隻腳唱二簧調、西梆子。這些毛病近來一洗都空了。」

東閣子說道：「不但沒有毛病，並且和氣的很。前日大風，我從百順胡同福順家出來回粉坊琉璃街，剛走到大街上，燈籠被風吹歪了，我沒有知道，哪知燈籠一歪，蠟燭火就燎到燈籠泡子上，那紙燈籠便呼呼的著起來了。我覺得不好，低頭一看，那燈籠已燒去了半邊，沒法，只好把它扔了。走了幾步，就遇見了一個巡警兵上來，說道：『現在規矩，過了十二點鐘，不點燈籠就不許走路，此刻已有一點多鐘，儜沒有燈籠，可就犯規了。』我對他說：『我本是有燈的，被風吹燒著了，要再買一個，左近又沒有燈籠鋪，況且夜已深了，就有燈籠鋪，已睡覺了，我有什麼法子呢？』那巡兵道：『儜往哪裡去？』我說：『回粉坊琉璃街去。』巡兵道：『路還遠呢，我不能送儜去。前邊不遠，有東洋車子，我送儜去雇一輛車坐回去罷。』我說：『很好很好。』他便好好價拿手燈照著我，送到東洋車子跟前，看著坐上車，還摘了帽子呵呵腰才去，真正有禮。我中國官人總是橫聲惡氣，從沒有這麼有禮過，我還是頭一遭兒見識呢！」老殘道：「巡警為近來治國第一要務，果能如此，我中國前途大有可望了。」

西園公道：「不然。你瞧著罷，不到三個月，這些巡警都要變樣子的。我講一件事給你們聽，昨日我到城裡去會一個朋友，聽那朋友說道：『前日晚間，有一個巡警局委員在大街上撒尿，巡警兵看見，前來抓住說：「嘿！大街上不許撒尿，你犯規了。」那委員從從容容的撒完了尿，大聲嚷道：「你不認得我嗎？我是老爺，你怎樣敢來拉我？」那巡兵道：「我不管老爺不老爺，你只要犯規，就得同我到巡警局去。」那委員更怒，罵道：「瞎眼的王八蛋！我是巡警局的老爺，你都不知道！」那巡兵道：「大人傳令時候，只說有犯規的便扯了去，沒有說是巡警局老爺就可以犯規。儜無論怎樣，總得同我去。」那委員氣極，舉手便打，那巡警兵亦怒道：「你這位老爺怎麼這麼不講理！我是辦的公事，奉公守法的，你怎樣開口便罵，舉手便打？你若再無禮，我手中有棍子，我可就對不起你了。」那委員怒狠狠的道：「好東西，走走走！我到局子裡揍你個王八蛋去！」便同到局子裡，便要坐堂打這個巡兵。他同事中有一人上來勸道：「不可！不可！他是蠢人，不認得老兄，原諒他初次罷。」那委員怒不可遏，一定要坐堂打他。內中有一個明白的同事說道：「萬萬不可亂動，此種巡兵在外國倒還應該賞呢。老兄若是打了他或革了他，在京中人看著原是理當的，若被項宮保知道，恐怕老兄這差使就不穩當了。」那委員怒道：「項城便怎樣？他難道不怕大軍機麼？我不是沒來歷的人，我怕他做什麼？」那一個同事道：「老兄是指日飛陞的人，何苦同一小兵嘔氣呢？」那一個明白事的，便出來對那拉委員來的巡警兵道：「你辦事不錯，有人撒尿，理當拉來。以後裁判，便是我們本局的事了。你去罷。」那兵垂著手，併一併腳，直直腰去了。』老兄試想一想，如此等事，京城將來層見疊出，怕那巡警不鬆懈麼？況天水侍郎由下位驟陞堂官，其患得患失的心必更甚於常人。初疑認真辦事可以討好，所以認真辦事，到後來閱歷漸多，知道認真辦事不但不能討好，還要討不好，倒不如認真逢迎的討好還靠得住些，自然走到認真逢迎的一條路上去了。你們看是不是呢？」

老殘歎道：「此吾中國之所以日弱也！中國有四長，皆甲於全球：廿三行省全在溫帶，是天時第一；山川之孕蓄，田原之腴厚，各省皆然，是地理第一；野人之勤勞耐苦，君子之聰明穎異，是人質第一；文、周、孔、孟之書，聖祖、世宗之訓，是政教第一；理應執全球的牛耳才是。然而國日以削，民日以困，駸駸然將至於危者，其故安在？風俗為之也。外國人無論賢愚，總以不犯法為榮，中國人無論賢愚，總以犯法為榮。其實平常人也不敢犯法，所以犯法的，大概只三種人，都是有所倚仗，就犯法了。哪三種人呢？一種倚官犯法；一種倚眾犯法；一種倚無賴犯法。倚官犯法的，並不是做了官就敢犯，他既做了官，必定怕丟官，倒不敢犯法的。是他那些官親或者親信的朋友，以及親信的家丁，這三樣人裡頭，又以官家親信的家丁犯法尤甚，那兩樣稍微差點。你想前日巡警局那個撒尿的委員，不是倚仗著有個大軍機的靠山嗎？這都在倚官犯法部裡。第二種就是倚眾犯法。如當年科歲考的童生，鄉試的考生，到了應考的時候，一定要有些人特意犯法的。第二便是今日各學堂的學生，你看那一省學堂裡沒有鬧過事。究竟為了什麼大事麼？不過覺得他們人勢眾了，可以任意妄為，隨便找個題目暴動暴動，覺得有趣，其實落了單的時候，比老鼠還不中用。第三便是京城堂官宅子裡的轎伕，在外橫行霸道，屢次打戲園子等情，都老爺不敢過問，這都在倚眾犯法部裡。第三種便是倚無賴犯法，地方土棍、衙門口的差役等人，他就仗著屁股結實。今日犯法捉到官裡去打了板子，明日再犯法，再犯再打，再打再犯，官也無可如何了，這叫做倚無賴犯法。大概天下的壞人無有越過這三種的。」

西園子道：「儜這話我不佩服。倘若說這三種裡有壞人則可，若要說天下壞人沒有越過這三種的，未免太偏了。請教：強盜、鹽梟等類也在這三種裡嗎？」老殘道：「自然不在那裡頭，強盜似乎倚無賴犯法，鹽梟似乎倚眾犯法，其實皆不是的。」西園子道：「既是這麼說，難道強盜、鹽梟比這三種人還要好點嗎？」

老殘道：「以人品論，是要好點。何以故呢？強盜雖然犯法，大半為饑寒所迫，雖做了強盜，常有怕人的心思，若有人說強盜時，他聽了總要心驚膽怕的，可見天良未昧。若以上三種人犯了法，還要自鳴得意，覺得我做得到，別人做不到。聞說上海南洋公學鬧學之後，有一個學生在名片上居然刻著南洋公學退學生，竟當做一條官銜，必以為天下榮譽沒有比這再好的。你想是不是天良喪盡呢？有一日，我在張家花園吃茶，聽見隔座一個人對他朋友說：『去年某學堂奴才提調不好，被我罵了一頓，退學去了。今年又在某處監督，被我罵了一頓。這些奴才好不好，都是要罵的，常罵幾回，這些監督、教習等人就知道他們做奴才的應該怎樣做法呢。可恨我那次要眾人退學，眾人不肯。這些人都是奴性，所以我不願與之同居，我竟一人退學了。』」

老殘對西園子道：「儜聽一聽這種議論，尚有一分廉恥嗎？我所以說強盜人品還在他們之上，其要緊的關鍵，就在一個以犯法為非，一個以犯法為得意。以犯法為非，尚可救藥；以犯法為得意，便不可救了。我再加一個譬語，讓儜容易明白。女子以從一而終為貴，若經過兩三個丈夫，人都瞧不起他，這是一定的道理罷？」西園子道：「那個自然。」

老殘道：「閣下的如夫人，我知道是某某小班子裡的，閣下費了二千金討出來的。他在班子裡時很紅，計算他從十五歲打頭客起，至十九歲年底出來，四、五年間所經過的男人，恐怕不止一百罷？」西園子道：「那個自然。」老殘道：「閣下何以還肯要他呢？譬如有某甲之妻，隨意與別家男子一住兩三宿，並愛招別家男子來家隨意居住，常常罵本夫某甲不知做奴才的規矩，倘若此人願意攜帶二千金來嫁閣下，閣下要不要呢？」

西園子道：「自然不要。不但我不要，恐怕天下也沒人敢要。」老殘道：「然則閣下早已知道有心犯法的人品，實在不及那不得已而後犯法的多矣。婦人以失節為重，妓女失節，人猶娶之，為其失節出於不得已也。某甲之妻失節，人不敢要，為其以能失節為榮也。強盜、鹽梟之犯法，皆出於饑寒所迫，若有賢長官，皆可化為良民，故人品實出於前三種有心犯法者之上。二公以為何如？」東閣、西園同聲說是。

東閣子道：「可是近日補哥出去遊玩了沒有？」老殘道：「沒有地方去呢。閣下是熟讀『北里志』、『南部煙花記』這兩部書，近來是進步呢，是退化呢？」東閣子道：「大有進步。此時衛生局已開了捐，分頭二三等，南北小班子俱是頭等。自從上捐之後，各家都明目張膽的掛起燈籠來。頭等上寫著某某清吟小班，二等的寫某某茶室，三等的寫三等某某下處。那二三等是何景象，我卻不曉得，那頭等卻是清爽得多了。以前混混子隨便可以占據屋子坐著不走，他來時回他沒有屋子，還是不依，往往的把好客央告得讓出屋子來給他們。此時雖然照舊坐了屋子儘是不走，若來的時候回他沒屋子，他卻不敢發標了。今日清閒無事，何妨出去溜達溜達。」老殘說：「好啊！自從庚子之後，北地胭脂我竟未曾寓目，也是缺點，今日同行甚佳。」說著便站起身來，同出了大門，過大街，行不多遠，就到石頭胡同口了。

進了石頭胡同，望北慢慢地走著，剛到穿心店口，只見對面來了一掛車子，車裡坐了一個美人，眉目如畫，面上的光彩頗覺動人。老殘向東閣子道：「這個人就不錯，儜知道她叫什麼？」東閣子說：「很面熟，只是叫不出名字來。」看著那車子已進穿心店去，三人不知不覺的也就隨著車子進了穿心店。東閣子嚷道：「車子裡坐的是誰？」那美人答道：「是我。你不是小明子麼？怎麼連我也看不出來哪？」東閣子道：「我還是不明白，請妳報一報名罷。」車中美人道：「我叫小蓉。」東閣子道：「妳在誰家？」小蓉道：「榮泉班。」說著，那車子走得快，人走得慢，已漸漸相離得遠了。

看官，你道這小蓉為什麼管東閣子叫小明子呢？豈不輕慢得很嗎？其實不然，因為這北京是天子腳下，富貴的大半是旗人。那旗人的性情，最惡嫌人稱某老爺的，所以這些班子裡揣摩風氣，凡人進來，請問貴姓後，立刻就要請問行幾的。初次見面，可以稱某大爺，某二爺，漢人稱姓，旗人稱名。你看紅樓夢上，薛蟠是漢軍，稱薛大爺，賈璉、賈環就稱璉二爺、環三爺了，就是這個體例。在紅樓夢的時候，璉二爺始終稱璉二爺，環三爺始終稱環三爺，北京風俗，初見一二面時稱璉二爺、環三爺，若到第三面時，再稱璉二爺、環三爺，客人就要發標鬧脾氣，送官、封門等類的辭頭汨汨的冒出口來的，必定要先稱他二爺、三爺才罷。此之謂普通親熱。若特別的親熱呢，便應該叫小璉子、小環子。漢人呢，姓張的、姓李的，由張二爺、李三爺漸漸的熬到小張子、小李子為度。這個道理不但北方如此。南方自然以蘇、杭為文物聲明之地，蘇、杭人鬍子白了，聽人叫他一聲度少牙，還喜歡的了不得呢。可見這是南北的同情了。東閣子人本俊利，加之他的朋友都是漂亮不過的人，或當著極紅的烏布；或是大學堂的學生；或是庚子年的道員，方引見去到省；或是匯兌莊的大老板。因為有這班朋友，所以各班子見了他，無不恭敬親熱，也無人不認識他，才修出這「小明子」三個字的徽號，在旁人看著，比得頭等寶星還榮耀些呢。

閒話少講。卻說三人慢慢地走到了榮泉班門口，隨步進去，只聽門房裡的人嗥的叫了一聲，也不知他叫的是什麼。老殘便問，東閣子答道：「他是喊的『瞧廳』兩個字，原是叫裡面人招呼屋子的意思。」三人進了大門，過了一道板壁腰門，上子穿堂的台階，已見有個人把穿堂東邊的房門簾子打起，口稱：「請老爺們這裡屈坐屈坐。」三人進房坐下，看牆上□□，知是素雲的屋子。那夥計還在門口立著，東閣子道：「都叫來見見！」那夥計便大聲嚷道：「都見見咧！都見見咧！」只見一個個花丟丟、粉郁郁的，都來走到屋門口一站，夥計便在旁邊報名。報名後立一秒鐘的時候，翩若驚鴻，婉若游龍的去了。一共來了六七個人，雖無甚美的，卻也無甚醜的。

夥計報道：「都來齊了。」東閣子道：「知道了，我們坐一坐。」老殘詫異，問道：「為何不見小蓉？」東閣子道：「紅腳色例不見客，少停自會來的。」約有五六分鐘功夫，只見房門簾子開處，有個美人進來，不方不圓的個臉兒，打著長長的前瀏海，是上海的時裝，穿了一件竹青摹本緞的皮襖，模樣也無甚出眾處，只是一雙眼睛透出個伶俐的樣子來。進門便笑，向東閣子道：「小明子呀，你怎麼連我也不認得了呀！你怎麼好幾個月不來，公事很忙嗎？」東閣子道：「我在街上，妳在車子裡一幌……（下缺）（按：此「外編殘稿」乃於民國十八年天津劉氏舊宅中發現，原稿以素白棉紙毛筆書寫，每張注有頁碼，順序一至十六，中缺第三頁，共十五張。此稿一直由劉氏後人保存，至民國五十一年才公開發表，收於魏紹昌所編《老殘遊記資料》中。）

國家圖書館出版品預行編目資料

老殘遊記 / (清)劉鶚著. －－二版.－－臺北市：五南圖書出版股份有限公司, 2013.09
面； 公分

ISBN 978-957-11-7238-5 (平裝)

857.44 102014481

中國經典 01

8R41 **老殘遊記**

作　　者　清・劉鶚
總 經 理　楊士清
總 編 輯　楊秀麗
副總編輯　蘇美嬌
責任編輯　邱紫綾
封面設計　童安安
發 行 人　楊榮川
出 版 者　五南圖書出版股份有限公司
地　　址　台北市和平東路２段３３９號４樓
電　　話　０２－２７０５５０６６
傳　　真　０２－２７０６６１００
郵政劃撥　０１０６８９５３
網　　址　https://www.wunan.com.tw
電子郵件　wunan@wunan.com.tw
總 經 銷　貿騰發賣股份有限公司
電　　話　(02)8227-5988　傳　真：(02)8227-5989
地　　址　23586新北市中和區中正路880號14樓
網　　址　www.namode.com

顧　　問　林勝安律師事務所　林勝安律師

出版日期　2011年9月 初版四刷
　　　　　2013年9月 二版一刷
　　　　　2021年2月 二版五刷
定　　價　新台幣200元整

經典永恆・名著常在

五十週年的獻禮——經典名著文庫

五南，五十年了，半個世紀，人生旅程的一大半，走過來了。
思索著，邁向百年的未來歷程，能為知識界、文化學術界作些什麼？
在速食文化的生態下，有什麼值得讓人雋永品味的？

歷代經典・當今名著，經過時間的洗禮，千錘百鍊，流傳至今，光芒耀人；
不僅使我們能領悟前人的智慧，同時也增深加廣我們思考的深度與視野。
我們決心投入巨資，有計畫的系統梳選，成立「經典名著文庫」，
希望收入古今中外思想性的、充滿睿智與獨見的經典、名著。
這是一項理想性的、永續性的巨大出版工程。
不在意讀者的眾寡，只考慮它的學術價值，力求完整展現先哲思想的軌跡；
為知識界開啟一片智慧之窗，營造一座百花綻放的世界文明公園，
任君遨遊、取菁吸蜜、嘉惠學子！